Eva Klingler

Suppengörls

D1859122

Eva Klingler

Suppengörls

BADISCHE GESCHICHTEN

Silberburg-Verlag

Eva Klingler, Jahrgang 1955, geboren in Gießen. Sie studierte in Mannheim Germanistik und Anglistik, absolvierte ein Volontariat beim SWR und arbeitete als Lehrerin, Journalistin und Bibliotheksleiterin. Sie hat über zwanzig Romane, Krimis sowie Satiren in verschiedenen Verlagen veröffentlicht – zuletzt den Band: »Frauen wie wir. Badische Geschichten«.

1. Auflage 2013

© 2013 by Silberburg-Verlag GmbH,
Schönbuchstraße 48, D-72074 Tübingen.
Alle Rechte vorbehalten.
Umschlaggestaltung: Christoph Wöhler, Tübingen.
Coverfoto: iStockphoto – Michael Balderas.
Lektorat: Patricia Keßler, Eggenstein.
Druck: Gulde-Druck, Tübingen.
Printed in Germany.

ISBN 978-3-8425-1275-7

Besuchen Sie uns im Internet
und entdecken Sie die Vielfalt
unseres Verlagsprogramms:
www.silberburg.de

Prolog

Schauplatz: Eine kleine Zeitungsredaktion irgendwo in einem ruhigen Vorort von Lübeck. Draußen vor der Tür ist es grau und regnerisch. Die Geschäfte werden bald schließen, denn es ist ja schon fast sechs Uhr abends ...

Reporter: »Moin. Moin. Frau Vandenberg, Sie leben ja nun man seit einem Jahr da unten in ... Moment, wie heißt das Land nochmal schnell (blättert) ... Baden. Ist das ein büschen Richtunk S-tuttgart, nich? Na, wie lebt man denn da so, als echtes Noordlicht?«

Gerda: »Mit Stuttgart wollen die nicht viel zu tun haben. Dieses Baden war angeblich mal ein eigenes Land mit richtigen Großherzögen und so weiter.« (Runzelt die Stirn.)

Reporter: »Ach, is das man wahr?«

Gerda: »Ja. Also, die Menschen sind da unten natürlich ganz anders als wir hier im Noorden. Haben schon 'n büschen was Südliches an sich. Sie sitzen bei jeder Gelegenheit draußen herum. Nein, nicht im gepflegten Wintergarten bei einer schönen Tasse Tee wir wir. Richtig im Freien! Ja. Trinken zwar Wein schon am helllichten Tag, essen aber ihr warmes Mittagessen erst am Abend. Wie die Franzosen. (Seufzt.) Viel zu spät für mich. Und sie reden mit Wildfremden. Im Zug, in der Gaststätte, die sie dort Kneipe nennen, und auf der Straße. Ohne Grund. Nachbarn sind alle per Du ... (schnauft)... nicht wie bei uns, wo man schon die Familie längere Zeit, sagen wir, über zwei Generationen kennen muss ...«

Reporter (erstaunt): »Kann das wahr sein?«

Gerda: »Ja. Zu Karneval gehen sie alle aus. Auch erwachsene Frauen. (Leise:) In Ringelhemden! Überhaupt treffen sie sich oft, manchmal sogar ohne eine ordentliche Verabredung, einfach so und dann ... *schwätze* ... sie! Alle durcheinander.«

Reporter: »Das ist ja man bannig furchtbar. Verstehen Sie die Menschen da unten überhaupt?«

Gerda: »Die meisten meiner Freundinnen sprechen mir zuliebe so etwas wie Hochdeutsch, oder was sie dafür halten. Manchmal lassen sie aber Endungen weg. Nur eine, die, unter uns gesagt, ein wenig schlicht ist, sagt *mer* anstatt wir. Mer! Und sie hängt an fast alles, was sich nicht wehrt, ein -le dran. Büchle!«

Reporter: »Oj!«

Gerda: »Dieser badische Dialekt. Da hört sich wirklich alles an wie bei einem Kind. Putzig. Das *st* wird dann zum *sch*. Besonders, wenn sie sich aufregen. Was sie übrigens auch gerne und oft tun ...«

Reporter: »Klingt ein büschen merkwürdig.«

Gerda: »Und fast alles, was sie unternehmen, hat irgendwie mit Essen zu tun. Entweder essen sie vorher, währenddessen oder hinterher. Eine von denen, eine gewisse Susanne, ist sogar Schriftstellerin. Nein, nicht wie unser Thomas Mann. Um Himmels willen. Sie schreibt Tierbücher. Die tut natürlich immer so, als sei sie intellektueller als der Rest, aber ich vermute, im Geheimen denkt sie auch nur ans Essen. Sie erleben alle recht seltsame Geschichten und in praktisch jeder spielt irgendeine Mahlzeit eine Rolle. Und sei es nur eine gewöhnliche Suppe.«

Reporter: »Suppe?«

Gerda: »Sogar die Suppen sind bei denen nahrhaft. Und wie viele Suppen sie haben! Natürlich fehlt bei kaum einer das Wort ›badisch‹ davor, was bedeutet, dass sie bannig viel Sahne und manchmal sogar Wein hineinrühren! Und dann reden sie vom Abnehmen. Keine Disziplin.«

Reporter: »So was!«

Gerda: »Ja, nich wahr. Aber letztes Silvester ... da wollten sie natürlich *keine* Suppe essen, sondern eine Süßspeise namens Badische Schneeballen, und zwar von einer bestimmten Bäckerei. Sylvia bestand darauf. Sylvia hatte ich in der Kur kennengelernt. Das ist so eine Luxuriöse. Ihre Freundin Lore, auch alleins-tehend, ist gutmütig und ein büschen schlicht, der war es egal. Diese Elke ist sowieso nur eine brave Hausfrau, die gewohnt ist, zurückzustecken. Hat zwei Kinder, aber leider nicht sehr gut erzogen. Johanna-Marie will sich immer von ihrem Freund Torsten trennen, die hat also eigentlich andere Sorgen. Ingrid spricht sowieso immer nur von ihrem entlaufenen Ehemann, einem Lehrer namens Rolf …«

Reporter (leicht genervt, sieht auf die Uhr): »Ja und?«

Gerda (triumphierend): »Ja, jedenfalls habe ich ihnen allen mal gezeigt, wie ein Nordlicht zu Badischen Schneeballen kommt, auch wenn eigentlich keine Badischen Schneeballen mehr da sind.«

Reporter: »He?«

Badische Schneeballen nach Großmutters Art
oder: Warum es sich lohnt, Hochdeutsch zu sprechen

Ist Weihnachten schon ein sozialer Störfall im ansonsten angenehmen Singleleben, so wird an Silvester erst recht gnadenlos abgerechnet: »Und wohin gehsch du zum Feiern?«

Im schlimmsten Fall wird der Single Gegenstand von Mitleid: »Mer könne doch die Lore an Silvester net allein lasse. Komm, Manfred, mer lade sie halt ein. Sei net so. Sie isch net direkt verkehrt!«

So oder so ähnlich.

Doch dieses Jahr ist alles anders. Die Männer fahren zusammen in den Schwarzwald zum Skifahren, und die Mädels im allerbesten Alter können ganz entspannt zusammen bei der Elke feiern.

»Frag mich zwar, was es zu feiern gibt – dass man uns im Betreute Wohne bald net mehr für e Besucherin, sondern für en verhältnismäßig gut erhaltener Neuzugang hält?« Sylvia hat nicht nur ein Talent für teures Leben, sondern auch für schonungslose Einsichten.

Elke hat sich als Mutter zweier schnell heranwachsender Kinder sowieso schon mit der Lebensmitte angefreundet: »Was soll's. Mir werde e verdammtes Jahr älter, aber glücklicherweise die Kinner auch. Un der Hund nähert sich ebenfalls seiner Lebenserwartungsgrenz! Die Freiheit winkt also!«

Gerda hebt erstaunt die Augenbrauen, so als alterten Leute aus Lübeck nicht, sondern konservierten sich wie Stockfische.

Gut. Die Mädels werden also unter sich feiern.

Johanna-Maries Freund Torsten bereut den Skiausflug in die Wildnis allerdings schon: »E einsame Hütt unnerhalb vom Feldberg. Ohne WLAN. Ich kann nur hoffe, mei Handy hat Empfang. Ich kann mich net einfach so aus der digitale Welt auslogge!«

Johanna-Marie kann das nur bestätigen. Ihre Gespräche mit Torsten finden fast nur mit Hilfe eines elektronischen Mediums statt. Je elektronischer, desto besser. Doch selbst an einem ganz normalen schlichten Telefon gehört er ihr nicht alleine: »Du, Schatz, es klopft an. Hörsch du's? Das könnte direkt der Olli sein. Wegen dem Router, den er mir vom Tex bestelle wollt. Wir sehen uns ja später. Ciao!«

Hundebuchautorin Susanne heuchelt Selbstgenügsamkeit: »Also, ich persönlich wär auch daheim gebliebe! Mei erfolgreiches Jahr reflektiere.«

Ganz stimmt das nicht. In Susannes Appartementanlage gibt es nämlich einen neuen Mieter, und zwar in der Wohnung schräg rechts unter ihr. Ein sichtlich alleinstehender SWR-Redakteur aus Baden-Baden. Endlich ein kultivierter Mann aus der Welt der Kunst und Medien in greifbarer Nähe. SWR! SWR!

»Solle mer dann alle zu dir komme?«, fragt Lore nachgiebig wie immer.

»Ach, nein«, erwidert Susanne hastig und denkt: »Nur net! Wenn der sieht, mit was für einfach gestrickte Freundinne ich mich umgeb, hab ich kei Chance mehr.«

Auch Sylvia runzelt die Stirn. Silvester in Elkes trautem Familienheim bedeutet: Keine Gelegenheit, in einer Bar richtig viel Geld für einen angesagten Modecocktail mit exotischem Fruchtspieß auszugeben. Andererseits ... auch sie wird mit den Jahren bequemer. So braucht sie für diese hausbackene Art von Jahreswechsel zumindest kein aufwändiges Make-up und muss nicht auf sexy High Heels durch den Schnee stöckeln sowie sich in einem viel zu dünnen T-Shirt die erste Erklältung des neuen Jahres einfangen. Wobei man sich herrlich in die eigene Tasche lügt, indem man ernsthaft behauptet, diese Mühe mache man sich keinesfalls (!) wegen irgendwelcher Männer, sondern nur alleine für sich selbst. Frauen ab 40, so predigen es die Zeitschriften, sind nur liebenswert, wenn sie sich selbst lieben.

»Allerdings sind mer aber auch noch net tot!«, denkt Sylvia. »Man könnt sich trotzdem so gelenkig wie noch irgend möglich auf den Barhocker nebe irgenden Mann schwinge, der kurz vor zwölf am Tresen allein ins Glas guckt.«

Deshalb bäumt sie sich noch kurz auf: »Lasst uns doch dann wenigstens vor zwölf schick und unverschämt teuer ausgehe. Net de ganze Abend in der Elke ihrer Hausfrauekücht sitze. Carpe diem. Schon mal gehört?«

»Carpe diem heißt bei dir nix anneres als Geld ausgebe«, murrt Johanna-Marie. »Ich sollt aber besser spare. Ich will mich im kommende Jahr eventuell vom Torsten trenne. Das heißt, wenn er sich net ändert.«

»Aha. Mal widder!« Sylvia zuckt die Achseln.

Alle wissen: Torsten muss sich ändern, Johanna-Marie will sich trennen – alles in allem also eine wirklich stabile Beziehung.

»Ich bleib nur bis elf, dann hau ich sowieso ab.« Joanna lackiert sich einen brüchigen Teenagerfingernagel erst schwarz und sprüht dann bunte Kügelchen darauf, was aussieht, als hätte sie sich mit einem Hammer auf den Daumen geschlagen.

»Wohin denn?«, fragt Elke in ihrer zunehmend überflüssigen Rolle als Mutter. Joanna pustet auf den Nagel und entgegnet mürrisch: »Party mache. Abchille. Mit Inzest, Konvex und dem Schwarzwaldelch.«

»Was sind denn das für Namen!« Die badische Neubürgerin Gerda aus Lübeck, deren einziger Kontakt mit irgendwas Kleinem jener zu ihrem jüngst tot von der Stange gefallenen Kanarienvogel Michelangelo gewesen ist, schüttelt den Kopf. »Dass du das erlaubst, Elke!«

Elke erwidert resigniert: »Heutzutag wird nix mehr erlaubt, Gerda. Höchschtens verhandelt!«

»Mein Mann Rolf hat kürzlich auch telefonisch erwähnt, die Jugend geht heut erscht spät aus«, schaltet sich Ingrid ein. »Das hat in Berlin begonne und isch ins Badische geschwappt.«

Die Mädels verdrehen die Augen. Nachdem der erste Groll auf Ehemann Rolf verflogen ist, führt Ingrid den Namen des Flüchtigen so oft im Mund, als sei er noch zu Hause und wohne vor dem Fernseher wie einst. Er ist halt Zigaretten holen gegangen, so die Sprachregelung. So was kann dauern. Vor allem bei Nichtrauchern.

Manchmal, wenn sie etwas getrunken hat, gibt Ingrid zu, dass Rolf derzeit vorübergehend mit einer flüchtigen Saunabekanntschaft zusammenlebt: »Mit einer miesen, niveaulosen Nacktschnecke!«

Sylvia würde immer noch gerne Geld ausgeben: »Gut, wenn wir schon net teuer ausgehe, dann will ich aber besonnere Sache. Vor allem e edle Nachspeis. Silvester ohne edle Nachspeis isch nix. Ich will die Badischen Schneeballen nach Art der Großmutter, und zwar vom Konditor Rissel. Ich ruf an und bestell vor.«

»Wollte mir net eigentlich alle abnehme?«, fragt Lore, die sich offensichtlich unbedingt unbeliebt machen will. »Des war doch unser feschter Vorsatz. Übrigens schon die letschte Jahre!«

»Da bin ich ganz bei dir!«, sagt Susanne neudeutsch, um schon mal für die kultivierten Gespräche im Freundeskreis des SWR-Redakteurs zu üben.

Elke wirft säuerlich ein: »Solche Vorsätz werde ja net schlecht. Mir nehme es uns einfach wieder vor.«

Gerda rückt sich zurecht. Doziert.

»Ich weiß nicht. Für uns im Nooorden hat das Essen nicht gar so einen hohen Stellenwert. Ein bisschen Fisch, etwas saure Creme und ein schönes Graubrot genügen uns. Sollten wir nicht lieber etwas Kulturelles unternehmen? Ein

Theaterstück oder ein Konzert könnte gewiss nicht schaden. Was meinst du, Susanne? Als ... Autorin hast du doch auch einen gewissen kulturellen Background!«

Unverhohlen neidisch schauen die Mädels die Susanne an.

»Neid isch e gutes un e gesundes Gefühl«, sagt Sylvia immer. »Ohne Neid ging's net voran!«

Außerdem sind sie schließlich Freundinnen und keine Engel. »Wenn man beschreibt, hinter welchem Busch im Badische der Hund am liebschte sei Geschäft macht, hat man noch lang kein kulturelle Background!«, versetzt Sylvia trocken.

»Kultur lag meinem Rolf als Deutschlehrer geradezu im Blut!« Ingrid betrachtet den Finger, an dem einst jener Ehering gesteckt hat, den sie im ersten Wutanfall an die Nacktschnecke geschickt hat. Diese berechnende Hexe rückt ihn jetzt natürlich nicht mehr raus, obwohl Ingrid sie mit einem gefälschten Briefkopf – »Rechtsanwalt Dr. Judas Adam, Bundesgerichtshof, Karlsruhe« – dazu aufgefordert hat, die Pretiose unverzüglich zurückzusenden. Außerdem: »Der steht meiner Tochter zu. Wenn überhaupt.«

Noch ist ein schwacher weißer Streifen am Finger zu erkennen. Solang der da ist! Und noch sind sie nicht geschieden. Ihr trübes Singledasein inmitten der anderen, der echten Singles, das ist nur eine Übergangszeit, das weiß die schöne Ingrid tief drinnen.

»Was soll's. Mir sin in der Mitte vom Lebe und die zweite Hälfte von der Mitte kommt mer entschiede kürzer vor als die erschte. Genieße mer's also. Ich hol geschwind die Mousse vom Lidl vorne«, meint Lore, gutmütig wie immer.

»Lidl? Was ist denn das? Lieber verhunger ich, eh ich was vom Lidl ess. Oder vom Netto.« Sylvia betritt nur kleine ausgesuchte Feinkostläden, wo Tomaten grundsätzlich an Rispen hängen und für die Käsetheke mindestens zwei Volkshochschulkurse Französisch erforderlich sind.

»Lore, du bisch en annerer Typ als ich. Du kaufsch freiwillig beim C&A, machsch in em Heuhotel Urlaub und duftesch wie der Popo vom Baby meiner Kusine, weil du dich fingerdick mit Penaten eincremsch.«

Lore schweigt verstockt. Sie lässt sich ihre schlichte Freude am Einfachen nicht vermiesen, und Penaten riecht nun mal so vertraut nach Kindheit in einem abendlichen Zimmer mit Gutenachtkuss, zugezogenen Gardinen und einem Glas warmer Milch mit Honig.

Nach einer Weile kehrt Sylvia enttäuscht vom Telefon zurück. »Ich hab alles versucht. Erinnerunge an früher geweckt, an mei Mutter und die Oma sowie mit ner Osterfeier und dementsprechender Großbestellung von der Firma gelockt. Flattiert. Beste Badische Schneeballen weltweit nur bei Ihne, Herr Rissel! Nix zu mache. Kei Badische Schneeballen mehr, sin alle schon vorbestellt. Und auch alles andere beim Rissel isch rationiert. Man müsst mit lange Wartezeite im Lade rechne, wenn man überhaupt noch irgendwas will. Was sind das für Zeiten und was isch des für e Land, wo sich so viele Leut Sache vom Rissel leischte könne? Da stimmt was net. Bei de nächschte Wahle wähl ich FDP. Mir Wohlhabende müsse widder zur Minderheit werde!«

Mürrische Stimmung am Abend. Fondue vernichtet, die Weinflaschen leer und der Zeiger kriecht gelangweilt auf die Zwölf zu.

Bis das Unfassbare geschieht. Gerda verschwindet irgendwohin und erscheint triumphierend wieder. In ihrer Hand ein Styroporgefäß. Umwickelt mit Alufolie. Stolz enthüllt sie eine Schüssel mit zarten weißen Gebilden darin – eindeutig Schneeballen.

Von niemand Geringerem als dem sagenhaften Konditor Rissel.

»E Wunner!«, sagt Lore, die schnell an Wunder glaubt, andächtig.

»Gerda! Wo bringsch die jetzt her?« Hochgezogene Augenbrauen bei Sylvia.

»Tja, man muss eben nur eine gewisse Würde ausstrahlen, von oben herunter ... Und ohne euch zu nahe treten zu wollen, aber der gemeine Badener bringt das eben nicht fertig. Er ist immer ein wenig, wie soll ich sagen, von gleich zu gleich.«

»Mir sind hier im Badische halt die Wiege der Demokratie«, zitiert Ingrid gebetsmühlenartig den entlaufenen Rolf.

»Jedenfalls bin ich in dieses Geschäftchen, wie heißt es, naja, Rissel, gegangen, und dort stand eine lange Schlange von Leuten, die gewartet haben. Ich gehe man aufrecht ganz nach vorne an die Theke und habe deutlich nach der vorbestellten Mousse au Chocolat für Gerda Vandenberg gefragt. Nicht mehr und nicht weniger. Schon der Name, mein Name, hat natürlich Eindruck gemacht. Das klingt nun mal etwas anders als ... beispielsweise Endle, nich wahr, Lore? Die Verkäuferin eilt nach hinten, keine Mousse mehr da, ich beharre, sage kühl, ich weiß noch präzise genau, wann ich angerufen habe und dass ich mit einer Dame gesprochen habe, die Badisch gesprochen hat – das war ja kein Risiko – und ob man sich denn heutzutage sogar in solchen Fällen den Namen aufschreiben müsse? Dann schweige ich erneut. Es geht hin, es geht her, man diskutiert, ich schweige und schaue. Muss es eine Mousse sein? Ja, sach ich kurz und kühl, das wird von meinen Gästen aus den ersten Kreisen erwartet. Langes Diskutieren. Ich sage hochmütig: Ich würde zur allergrößten Not auch etwas ... nun ja, Badisches akzeptieren. Etwa Badische Schneeballen. Erleichterung.

Schließlich drängt man mir eine Schüssel dieser Schneeballen aus dem Privatbesitz der Rissels geradezu auf, man entschuldigt sich mehrmals ... hier habe ich noch selbstgebackene Biskuits dazubekommen.«

»Wow«, sagt Joanna, die immer noch bei den Alten herumhängt, weil sich Konvex verspätet hat, und setzt sich auf ihren prallen Teenagerhintern. »Des isch echt saufett!«

»Gerda, des war doch geloge!« Lore ist erschüttert.

»Man muss sich eben zu helfen wissen.«

»Ihr könnt sage, was ihr wollt«, raunt Ingrid in der Küche, als sie auffallenderweise alle zusammen die Schüsselchen holen. »Aber des isch irgendwie typisch für die Norddeutsche. Die sind in dem Punkt annersch als mir. Sagt auch Rolf, wenn ich mich recht erinner.«

Lore, emotional wie ein Lied von Helene Fischer, fühlt mit den Rissels.

»Mir tun die jetzt doch leid. Rühre tagaus, tagein Mousse für fremde Leut an un forme Schneeballe un habe heut nacht selbscht keine. Ich wär damit ja nie durchgekomme. Ich denk schon, des Hochdeutsche macht was aus.« Lore seufzt.

»Pech gehabt. Bisch halt e badisches Pflänzle. Aus dir wird in diesem Lebe kei Hanseatin mehr«, versetzt Susanne. »Los, esse mir im alte Jahr noch die köschtliche Schneeballe, aber nächschtes Jahr wird wirklich abgenomme. Wenn mir uns treffe, verzehre mer nur noch Suppe. Des macht satt und schlank. Un für die Geizhäls unner euch: Es koscht net mal viel.«

Gerda hüstelt. »Jetzt komme ich nich mehr nach! Ich denke, ihr esst alle so gerne! Und jetzt nur noch dünne Suppen? Das ist doch langweilig. Eine Suppe ist wie die andere!«

»Bei euch vielleicht. Und von wege dünn. Und immer das Gleiche. Im Badische sin sogar die Suppe gut, Gerda.«

Die Mädels sehen sich an. Ein neues Jahr wird beginnen, und sie nehmen sich selbst mit: Zu dick, zu allein. Mit gar keinem oder mit dem falschen Kerl zusammen. Keine Kinder oder welche, die zu frech sind. Die Ehemänner bequem. Geld, aber keine Liebe. Oder zu wenig Geld und zu viel Zeit allein.

Sie stehen mit beiden Beinen in der Mitte vom Leben.

»'s hat alles Mögliche versproche, aber bis jetzt net viel gehalte!«, findet jede für sich. Doch das soll sich mit dem neuen Jahr ändern.

Da wird das Leben in die Pflicht genommen. Träume sollen wahr werden, bevor es zu spät ist. Ein paar offene Wünsche sollen sich noch erfüllen.

»Ich erober den Rolf zurück!«, denkt Ingrid. »Denn ich bin immer noch schön und zusätzlich durch das Leid jetzt auch noch interessant.«

Auch Lore weiß, was sie will: »Ich schaff mir vielleicht wieder e Katz an, nachdem der Otto verstorbe isch. Und ich mach viele spannende Sache mit den Mädels. Sport un Hobbys. Und Schluss mit der Männersuche, die ja doch nix bringt.«

»Ich find die Handtasche meines Lebens und geb ansonschte so viel Geld wie möglich für mich selbscht aus!«, denkt Sylvia wild entschlossen.

»Ich eröffne mir neue Perspektive!« So die Elke. »Vielleicht irgendwo im Verkauf? Un ich kümmer mich ausnahmsweis mal um mich anstatt immer um die annere, die gar net wolle, dass ich mich um sie kümmer.«

»Ich definier mei Verhältnis zum Torsten neu«, beschließt Johanna-Marie. »Und auch das zu meiner Ursprungsfamilie. Zum Beispiel zu meim arme Bruder, der jetz gleich zwei Geschiedene zu unnerhalte hat.«

Susannes Träume begeben sich wie auf flinken Füßen ein Stockwerk tiefer: »Ich werde in SWR-Kreisen verkehren. Nächtelang mit dem Redakteur über Philosophie, die katholische Kirche und über Medienpolitik diskutieren. Und zwei Dinge werden in unseren Gesprächen ganz bestimmt niemals vorkommen: Badisches und Suppen!«

Und alle wissen noch nicht, dass das Leben – egal ob in Baden oder anderswo – überhaupt nicht vorhat, sich an ihre Pläne zu halten. Im Gegenteil: Dass es manchmal einen ausgesprochen fiesen Humor hat ...

Badische Topinambursuppe mit Wildschweinstreifen
oder: Schlechte Vorsätze

Es ist Januar. Auch im angeblich toskanisch angehauchten Baden einfach nur ein grauer und saukalter Monat. Lore verspürt Mitleid mit der Natur: »Sogar die erschte Schneeglöckle sehe total verfrore aus. Naja, ich wollt jetzt auch net im Vorgarte rumstehe!«

»Lore, schon mal was von der Evolution gehört? Feldhamschter, Schneeglöckle und italienische Eisdiele habe über die Jahrhunderte gelernt, mit dem deutsche Winter zurechtzukomme.«

Sylvia ist zu Besuch bei der Lore und gibt mit einem sündhaft teuren Wellnesstag an, den sie in einem Sternehotel – »grad noch im Badische, aber schon kurz vor Baiersbronn« – verbracht hat.

»Nach so em Tag fühlsch dich wie nach ner Woch Urlaub irgendwo im Süde.«

»Der eine Tag koscht ja auch so viel wie e Woch Urlaub im Süde«, murrt Lore. »Für vierhundert Euro wollt ich persönlich net uff die Murg gucke, sondern am Mittelmeer entlangflaniere!«

Getreu dem Vorsatz abzunehmen haben die beiden Freundinnen eine Suppe verspeist, die nicht, wie sonst üblich, als Vorspeise, sondern als Hauptgericht dienen soll.

Allerdings hat es sich um eine gehaltvolle und wärmende badische Topinamburcremesuppe gehandelt, die Sylvia durch dünne Streifen Wildschweinschinken etwas aufgewertet hat – aber trotzdem. Suppe ist eben nur Suppe. Beide Damen sind deshalb noch hungrig und entsprechend schlecht gelaunt.

»Sei mir net bös, Lore, aber du bisch e bissle altmodisch.«

»Wieso jetzt des?«

Lore, die tatsächlich irgendwie aus der Zeit gefallen ist, hat sich zum neuen Jahr Ordnung verordnet. Aufräumen in Regal und Leben ist angesagt. Mit roten Backen sortiert sie gerade ihre Tagebücher (»warn des noch Zeite!«), ihre Pucki-Kinderbücher (»unmodern, aber immer noch schön!«), die signierten Fotos von Stars, die sie mal getroffen hat (»wenn ich gewollt hätt, da wär was gelaufe!«) sowie den Artikel aus dem Kirchenblättchen, in dem sie für ihre Bilder erwähnt worden war: »Lore Endle steuerte farbige Flussimpressionen bei, die auch auf Interesse stießen.«

»Nix verkauft!«, murmelt Lore bitter.

Sylvia sitzt grazil auf dem Sofa und sieht zu, wie Lore all die verpassten Gelegenheiten sortiert.

»Du bisch altmodisch, weil du noch en traditionelle Terminkalender führsch. Wie e altes Weible. Des macht man heut mit dem Outlook und dem Laptop oder dem Tablet. Mindestens mit em Smartphone. Du hasch doch eins. Von der Firma.«

»Na und?« Lore gibt sich kämpferisch.

»Des macht mer net mehr. Wie verwaltescht du beispielsweis dei Kontakte?«

»Wie? Verwalte? Mei Kontakte?

»Dei Adresse. Von deine Freundinne und von deine Leut daheim?«

»Ich verwalt mei Adresse net! Ich schreib sie in e Büchle un ... wenn jemand stirbt, radier ich sie aus. Aber net glei, erscht nach de Beerdigung. Man weiß ja nie!«

»Oh Gott. In e Büchle! Am Computer lösche und hinzufüge. Immer aktuell. Mit E-Mail und de soziale Profile. Des nennt mer verwalte. Bitte stell dich net dumm. Lass mich mal sehe. Freundinne müsse sich gegeseitig berate. Social Networking.«

»Wie?«

»Lore! Das isch bekanntlich englisch un bedeutet: zusammehalte.«

»Ich bin in nem mittelständische Betrieb in Eggestein. Mir habe kei Networking. Mir habe nur Kollege!«

Bevor es Lore verhindern kann, hat sich Sylvia aber schon das alte, gemütliche, ein bisschen zerfledderte Buch geschnappt, in dem Lore ihre Adressen hütet. »Guck mal da, Lore, der Bäcker Lotter, Durmersheim, den gibt's schon lang net mehr. Da isch jetzt en Instantbäcker, wo auf Knopfdruck e vorprogrammiertes und aufgebackenes Brot in e Auffangschale purzelt. Nach Brot riecht's, weil sie dafür so e Brotduftspray habe. Und hier: Gefriergerätereparaturdienst A. Meier aus Ettlinge drübe. Der Meier hat sich doch des Lebe genomme, weil die Frau ... na, egal ... und des Ristorante di Luna in Rheinstette isch letztes Jahr vom Wirtschaftskontrolldienst geschlosse worde, obwohl die Pizza net mal schlecht war.«

»Ebe!«, beharrt Lore trotzig.

»Hier, Lore, die Frau Dr. Irmtraud Nebeldreher, Augeärztin, hat ihr Praxis vor Jahre aufgegebe, weil sie ihre Patiente selbsch net mehr erkenne konnt und zu eitel war, e Brille zu trage. Du musch des alles ausmischte und künftig mit dem Handy verwalte. Ich will dir doch nur helfe.«

»Lass mich in Ruh!«

Letztlich lässt sich die Lore aber doch überreden, zu lernen, wie man ins Handy-Adressbuch säuberlich alle Nummern einträgt. »Mit E-Mail, mit Handynummer, Kurzwahl, Favoriten, Festnetz, Homepage, des isch doch alles viel praktischer.«

Gemeinsam durchforsten sie das handgeschriebene Adressbuch von Lore, das dabei zusehends schmäler wird. Viele Freundinnen hat sie nicht mehr, das fällt Lore jetzt bitterlich auf. Muss das Alter sein. Weggezogen, sogar gestorben, verstritten. Ihre Schwester ist geschieden, der Schwager sowie seine unverständlich sprechende Verwandtschaft aus Schopfheim im Südbadischen können also mithin endlich komplett gestrichen werden.

Ebenso alles, was mit ihrem Frauenkegelclub zusammenhängt. »Der hat sich aufgelöst, nachdem unser Kassenwartin Thea die Vereinskasse veruntreut hat, um sich in Bade-Bade an em verkaufsoffene Sonntag spontan e sauteure Seidenblus zu kaufe. Hergestellt von biologisch ernährte Seideraupe! Da kam se halt net dran vorbei!«, berichtet Lore.

Sylvia grinst: »Biologisch ernährte Seideraupe? Was mache die denn? Rauche und trinke net, oder was?«

Lore seufzt.

Und die Nummer der neuen Frau ihres Exfreundes kann sie jetzt endlich auch löschen. Sie hat irgendwann aufgehört, nachts mit unterdrückter Rufnummer bei den beiden Fremdgehern anzurufen und minutenlang in den Hörer zu lauschen, ob sie ihn im Hintergrund schwer atmen hört.

Sylvia hält bei P inne.

»Wer sind Pfeiffers?«

»Ganz nette Leut, die ich mal im Schwarzwald kennegelernt hab. Die wohne in Berlin.«

»Die dürfe drinbleibe. Adresse in Berlin kann man immer brauche.«

»Also ...«

»Und wer isch des? Reni – und dann nur e Handynummer.«

Lore bekommt traurig-verschleierte Augen.

»Des war dortmals e ganz ganz gute Freundin von mir. Die isch irgendwo in die Gegend von Mannheim gezoge, einmal hab ich sie besucht, kann mich aber net mehr an den Name von dem Örtle erinnern. Sie hat g'heirat, ich weiß aber net, wie sie jetzt heißt. Sonscht war des echt e Nette ... nur der Mann ... also sie habe immerzu mir gegeüber auf dem Sofa gesesse und sich geküsst und mir vorgeschwärmt, wie toll des isch, sich zu finde und zu liebe. Dann hab ich halt kein Kontakt mehr zu ihr gesucht. Mer muss sich ja net quäle. Als sie noch Single war, habe mir viel Spaß miteinander gehabt. Sie stammte aus der Offeburger Gegend, und grad an Fasnacht habe mir tolle Zeite erlebt ... so alemannisch mit Maske un Hexe ... also die Reni würd ich gern mal wiedersehen.«

»Typisch für dich. Und dann sitzt sie wieder vor dir und schmust demonstrativ. Willsch du jetzt die Nummer wirklich noch aufhebe?«

»Vielleicht net.«

»Also, weg ... so was hat auch e reinigende Funktion. In meim Philosophiekurs nenne sie diesen Vorgang Katharsis. Sozusage e Spülmaschin der Emotione. Damit hasch du der Reni gezeigt, dass mer des mit dir net mache kann. Und du bisch seelisch frei von ihr.«

Mag sein.

Doch wie schnell schlägt das Leben zurück!

Nur zwei Wochen später, kurz bevor die alemannische Fasnacht in Oberkirch und Umgebung ihren Höhepunkt erreicht, blinkt der Anrufbeantworter. Keine Nummer auf dem Display erkennbar.

Eine muntere Stimme erklingt:

»Hallo, Lorchen, ich hab dich ausm Internet gefischt. Ich bin's, die Reni. Ich wohn wieder in meiner alte Gegend. Ich hab mich getrennt von dem Blender und Casanova und tät mich so gern wieder mit dir treffe. So zum Ablästern und vielleicht e bissle Fortgehe zur alemannische Fasnacht. Wie früher! Wenn du willsch un wenn du net sauer bisch ... Rufsch du mich grad zurück? Mei Handynummer hasch du ja, gell. Ich hinnerlass nämlich net gern Nummern auf anonyme Maschine.«

Topinambursuppe mit Wildschweinschinken

Zutaten:

200 g Wildschweinschinken
6–8 Topinamburknollen
1 Zwiebel
1/3 weiße Lauchstange in Streifen
50 g Sellerie in Streifen
1 Knoblauchzehe
½ l Kalbsbrühe
2 EL Topinamburschnaps
½ Becher Crème fraîche

Zubereitung:
Topinamburknollen in Scheiben schneiden und mit den oben genannten Gemüsen und Gewürzen anschwitzen. Die Masse mit der Kalbsbrühe aufgießen und etwa 30 Minuten kochen lassen. Mit dem Pürierstab durcharbeiten. Crème fraîche dazugeben und am Schluss mit dem Topinamburschnaps veredeln.

Den Wildschweinschinken in dünne Streifen schneiden und die in vorgewärmte Teller gegossene Suppe damit garnieren.

Kinzigtäler Endiviensuppe
oder: Gerda geht als Gerda

Ohne Suppe geht dieses Jahr nichts bei den Mädels. So serviert Elke heute eine Kinzigtäler Endiviensuppe, die aus geschmorten Salatköpfen sowie Brotscheiben zubereitet wird. Die Suppe, deren Vorbild angeblich aus Italien kommt, wird laut Rezept gerne als Vorgericht zu gekochter Ochsenbrust genossen. Die Ochsenbrust ist von den Damen gestrichen worden, dafür gibt es aber ausnahmsweise noch sogenannte Badische Fasnachtsküchle, die, in Fett gebacken und in Zucker und Zimt gewälzt, ebenfalls garantiert dick machen. Alle sind eingeladen, und Lore stellt mal wieder einen emotionalen Mangel fest.

»Wann habe mir des letzte Mal was miteinanner unnernomme? Üblicherweise hocke mer nur rum und esse. Meistens Supp! Wenn's net sexistisch wär, würd ich sage: Mir sin richtige Suppenhühner!«

Gerda hüstelt vielsagend.

Sylvia zieht die frisch gezupften Augenbrauen hoch und klappt den Taschenspiegel auf. »Gott sei Dank bin *ich* zumindest kei altes Suppenhuhn. Anja Ascona, mei Kosmetikerin, hat mit dene Vitalserumkapsle aus Kalifornien meine Faltentiefe bereits um siebzehn Prozent reduziert. Meinen Kontostand allerdings auch!«

Gerda rührt in ihrem aus Lübeck importierten Tee, Ingrid seufzt und studiert die unaufhaltsam schwächer werdende weiße Stelle am ehemaligen Eheringfinger.

Doch Lore will unbedingt ihren Neujahrsvorsatz verwirklichen und gemeinschaftlich fröhlich sein: »Lasst uns alle zusamme auf Fasching gehe. Irgendwo aufs Dorf, wo's noch urig isch. Nach Kuppenheim oder nach Sasbachwalde. Oder Oberkirch. Gengebach. Auf de ...«

Sylvia ist dagegen.

»Keinesfalls. Auf de Dörfer sehe mir wirklich alt aus. Badische Golden Girls. Zwische all dene Landteenager, die noch kein Führerschein habe. In Frage kommt nur der Alte Krug in Karlsruhe, am Rosemontag. Tanz und Guggemusik. Des ging grad noch. Und des beschte Kostüm gewinnt da übrigens traditionell einen Aufenthalt im feine sterneverdächtige Rebenhof in Waldulm mit dreigängigem Essen und Getränke …«

»Da komm ich net mit. Zu peinlich«, mault Joanna und schiebt den Suppenteller angewidert von sich. »Die Ü50 habe Ausgang. Wenn mich da einer von meine Leut sieht! Die lischte mich doch direkt aus.«

»Joanna, es gibt gewisse Kulturen, da ist es eine Ehre für ein junges Mädle, wenn sich weise und reife Frauen mit ihm abgeben«, lügt Susanne. Ob der SWR-Redakteur auch auf Fasching geht? Kaum. Derlei Volkstümliches wird von Akademikern im Kulturbetrieb meist abgelehnt. Wird höchstens als Folklore der einfachen Massen studiert.

Sie seufzt.

»Echt? Wo genau sind diese Kulture?«, fragt Lore.

»Weit weg«, versetzt Sylvia. »Mir gehe jedenfalls alle zusamme.«

»Ich weiß net«, grübelt Ingrid. »Verheiratete Frauen gehen normalerweise nicht alleine aus. Ja, mal en Kaffee trinke. Aber net zum Tanze.«

»Da hat sie im Grundsatz Recht!«, stimmt Gerda wohlwollend zu. »Aber unser famoser Pastor Jan Stüveking pflegt stets zu sagen: Der Mensch darf auch einmal vergnügt sein. Doch immer in Maßen! Also kein wildes süddeutsches Herumgehopse, bitte!«

Joanna verdreht die Augen und stöpselt ihren iPod wieder ein.

Rosenmontag sind alle ausgehfertig und haben sich wild kostümiert, um den Preis der »Badischen Rosenmontagskönigin« samt Sterne-Essen einzuheimsen. Alle außer Gerda, die eine graue Gabardinehose, einen maritimen Blazer, eine weiße Bluse, graue Pumps und als Zeichen, dass sie es ernst meint, einen grauen Damenschlips trägt.

Sylvia geht als grüngemusterte Schlange, Ingrid wenig überraschend als Prinzessin und Lore als Clown. Elke als Cowgirl und Susanne als Chinesin. Joanna erscheint in einem schwarzen Netzüberwurf mit fast nichts darunter. Elke weigert sich, sie so mitzunehmen, woraufhin sie schimpfend in dem finsteren Loch ihres Zimmers verschwindet und in einem Schlafanzug wiederkehrt, an dem in Höhe des Pos noch ein gezuckertes Popcorn vom vorigen Abend klebt.

Im Alten Krug herrscht bereits feuchtfröhliche Stimmung. Ingrid erspäht aus dem Augenwinkel einen Kollegen von Rolf mit einer ganzen Männerrunde und schämt sich, dass er sie in Gesellschaft einer feisten grünen Schlange und eines karogemusterten Clowns in überlebensgroßen Schlappen sieht. Lores Wohnungsnachbar aus dem ersten Stock, ein ältlicher Klavierlehrer, sitzt als Beethoven verkleidet alleine an einem Tisch, und Lore wirft ihm aus großen Clownsaugen warme Blicke zu.

»Auch hier?«, sagt sie freundlich.

»Wie bitte?«, ruft er unfreundlich zurück und hält die Hand ans Ohr. »Spreche Sie doch lauter!«

»Warum?«, schreit Lore.

»Weil Beethoven taub war!«

Nach ein paar Titeln wie »Heile, heile, Gänschen« zum Einheizen wird eine Polonaise veranstaltet, die als lachende und verschwitzte Schlange durchs Lokal stolpert. Gerda sitzt am Tisch und beobachtet mit Argusaugen, wie ein Henker beharrlich versucht, das Popcorn von Joannas Po zu entfernen. Eine badisch gelb-rot gekleidete Guggenmusikgruppe veranstaltet ohrenbetäubenden Lärm, der überwiegend aus falschen Tönen besteht, und irgendein nicht mehr ganz nüchterner Tisch singt geschlossen das Badnerlied.

Die Kellnerinnen balancieren Schnitzel mit Pommes durch das Lokal, Luftschlangen wirbeln, Konfetti bedeckt den Boden bis zur Toilette, wo Frauen am Spiegel kleben und hingebungsvoll die verblassten Herzchen auf ihren Wangen nachmalen. Ein ganz altes Ehepaar dreht sich eng umschlungen zu »Ein Stern, der deinen Namen trägt« auf der Tanzfläche. Ingrid kriegt feuchte Augen: »So hätt ich alt werde wolle!«

»Bisch du net die Ex vom Rolf?«, fragt ein Kollege aus der Herrenrunde, als er an ihrem Tisch vorbeigeht. Ingrid tut so, als habe sie nichts gehört.

Gerda sitzt immer noch starr und steif an ihrem Tisch und macht auch bei der Polonaise zu Hits wie »Am Rosenmontag bin ich gebohoren« und »Gehen mer mal rüber zum Schmidt seiner Frau« nicht mit. Als Höhepunkt des Abends bestellt sie frivol einen Toast Hawaii und einen zweiten Tee mit Milch.

Gegen Mitternacht folgt dann die Kostümprämierung.

Sylvia, die Dschungelschlange, bringt sich in Position und wirft böse Blicke in Richtung eines lebensechten Geistes, der zwei Reihen vor ihr sitzt. Der Typ hat ziemlich sorgfältig Rippenknochen auf sein Betttuch gemalt und könnte so eine Konkurrenz sein.

Der Geist macht eine obszöne Handbewegung in ihre Richtung, und Sylvia murmelt: »Verpiss dich!«

»Der erste Preis geht an – die Sekretärin!«

Stille im Raum. Alle Frauen sehen an sich herunter. Sylvia wirft wilde Blicke in die Umgebung. Der Geist flucht.

Der Chef des Alten Krugs geht feierlich mit einem Umschlag in der Hand auf ihren Tisch zu und überreicht den Umschlag – Gerda!

Die ist total fertig.

»Was? Bitte?«

»Des isch emal was Originelles!«, sagt der Wirt. »E Sekretärin aus de 50er Jahre. Genau so hat mei ledige Tante Auguste ausgsehe. So e richtige alte Jungfer! Toll. Gratuliere!«

Kinzigtäler Endiviensuppe

Zutaten:

1 großer Kopf Endiviensalat
Salz
½ Bund Petersilie
1 Bund Schnittlauch
1 kleine Zwiebel
2 Knoblauchzehen
40 g Butter
1 EL Mehl
¾ l kräftige Rinderbouillon
2 Scheiben Kastenweißbrot
4 kleine Eigelb
geriebene Muskatnuss

Zubereitung:

Den gewaschenen, zerpflückten, geputzten Salat 30 Sekunden in kochendem Salzwasser blanchieren, abgießen, abschrecken, in ein Sieb geben, ausdrücken und grob hacken. Die Hälfte der Kräuter, Zwiebel und Knoblauch fein hacken, in Butter glasig dünsten, die Endivie zufügen, weitere drei Minuten dünsten. Mit Mehl anschwitzen, Bouillon drunterrühren und die Suppe 20 Minuten köcheln lassen. Die getoasteten, entrindeten und gewürfelten Brotscheiben in die Suppentassen verteilen und je ein Eigelb darübergleiten lassen sowie die zweite Hälfte der Kräuter darüberstreuen. Die abgeschmeckte Suppe heiß in die Tassen füllen.

Badische Gänsekleinsuppe
oder: Susanne will nix als ihr Ruh

Die erfolgreiche Hundebuchautorin Susanne ist gestresst. »Die vielen Lesungen. Die Pressetermine. Verlagsgespräche«, stöhnt sie theatralisch.

Und Fans rufen ständig an und wollen Exemplare signiert haben: »Für den lieben Waudel zum Geburtstag.« Oder: »Bessy, unvergessen!«

»Ach«, seufzt sie. »Ich kann Kollegen wie Robbie Williams gut verstehen, da muss man ja irgendwie abheben! Ich brauch eine Auszeit. Ich fahr runter nach Basel in die Giacometti-Ausstellung.«

»Giacometti? Isch des der mit dene dürre Eisenmännle, die alle wie verhungert aussehe?«, will Sylvia wissen.

Susanne nickt ergeben. »So könnt man es auch sage!«

Sie selbst wird sich allerdings gebildeter ausdrücken, wenn sie den bewussten SWR-Redakteur im Hausflur trifft. Etwa: »Irgendwie hat diese Reduzierung auf die Struktur und das reine Material Metall etwas Archaisches.« Diesen Satz hat sie sich sorgfältig zurechtgelegt und zweimal geprobt.

Paul, der Hund, ist versorgt. Die tierliebe und gutmütige Lore wird mal wieder bei der Susanne wohnen und das eingeschnappte, widerstrebende Vieh an der Leine die Murg entlangzerren.

Susanne freut sich: »Ich nehm den Regionalzug. Entschleunigt durchs schöne Bade reisen und zu sich finde!«, schwärmt sie den Mädels vor.

»Also, ich persönlich würd lieber in der erste Klasse zu mir finde. Warum nimmsch keinen ICE? Du kannsch dir des doch leischte!«, fragt Sylvia, die sich immer alles leistet, was sie sich leisten kann, und manchmal auch ein bisschen mehr.

Susanne entgegnet affektiert: »Ach, du, ich will mal endlich Zeit habe. Zum Lese. Nachdenke. Mich bei all dem Erfolg noch selbst spüre. Die Fahrt kann mer also gar net lang genug dauern.«

Da ein Regionalexpress bekanntlich kein Restaurant hat, stärkt sie sich vor der Fahrt mit einer ihrer (und Hund Pauls) Lieblingssuppen, nämlich Badischer Gänsekleinsuppe. Außenstehenden bietet sie die nicht an, denn sie wird einem Hexentrank ähnlich aus Gänsehälsen, Flügelspitzen sowie Gänsefüßchen zusammengebraut. Pauls knochenfreie Portion zweigt sie ab, bevor sie die Karotten, den Lauch, den Sellerie und das Kerbelkraut an die Brühe gibt.

Dann werden Lore und Paul mit der Situation vertraut gemacht – Paul mürrisch, Lore schmeichelnd: »Wo ist das gute Hundi?« – und sie selbst besteigt beschwingt den Regionalzug, zunächst nach Offenburg.

Im Großraumwagen ergattert sie einen Platz alleine in einer Vierer-Sitzgruppe.

Herrlich entschleunigt zieht eine gepflegte mittelbadische Wohlstandswelt an ihr vorüber: Häusle, Gärtle, Sträßle und Kirchle.

Bis Rastatt währt ihr stilles Glück. Dann steigt das Unheil in Gestalt einer gelockten Dame mittleren Alters ein. Badischer Konjunktiv: »Wär bei Ihne noch frei?«

»Ja!« Susanne räumt ihre Tasche weg und guckt demonstrativ aus dem Fenster Richtung Rhein.

»Ja, mer muss halt schon frage, net wahr? Die Junge frage ja net mehr, die setze sich einfach hin. Platsch und da sin se. Und dann des Handy ans Ohr oder Musik eingestöpselt und die Mitmensche net mehr wahrgenomme. Dabei isch so e Zugfahrt doch so e gute Gelegenheit, neue Leut kennezulerne. Ich bin übrigens die Frau Laumann aus Rastatt. Des heißt, net aus Rastatt direkt, sondern mehr aus

Ötigheim. Ö-tig-heim. Ja, des sagt ihne jetzt was. Genau, wo die Festspiele stattfinde, und Sie werde's net glaube …« Ein verschmitztes Lächeln zieht über das Gesicht und nistet sich in den Mundwinkeln ein: »Ja, Sie fahre mit ner Prominente. Ja, gell, jetzt glaube Sie's net, aber ich spiel die Widerspenschtige in unserm neue Stück. Es heißt »Die Zähmung« oder so ähnlich. Ich erzähl Ihne mal ganz schnell de Inhalt, soweit ich ihn schon kenn. Also, e hübsche Frau in Italie unte …«

»Verzeihen Sie, bis wohin fahren Sie?«

»Ja, auch des wird Sie jetzt wundernehme. Ich fahr nämlich bis fascht Basel. Net ganz. Basel isch arg teuer, selbst für Theaterleut wie mich. Ich steig in Effringe-Kirchen aus.«

Oh Gott. Fast drei Stunden mit einer altbadischen Widerspenstigen.

Der Zug hält in Baden-Baden. Susanne reagiert schnell.

»Ach, da steigt meine Freundin ein, da drüben, ach, und in einen anderen Wagen. Ich muss ihr schnell Bescheid sagen.«

Rafft alles eilig zusammen, flieht zwei Wagen weiter. Lässt sich wieder in eine Vierer-Sitzgruppe fallen. Ist alleine. Fängt an, ihre Bücher auszupacken. »Jetzt aber schnell entschleunige«, ermahnt sie sich selbst.

In der Sitzgruppe nebenan sitzen ein junger Mann mit Rucksack und ein älterer Mann.

»Excuse me!«, sagt der Rucksackmann jetzt, » where do I have to change for Konstanz?«

»Change Konstanz?«, murmelt der Ältere. »Ich kenn mei Vokable. Change heißt wechsle, auswechsle. Warum will er Konstanz auswechsle? Des isch doch e schöne Stadt. Fast schon südlich und doch badisch.« Sieht den Rucksackmann an. »Konstanz isch a Badisch town.«

»Yes? But where do I have to change for Konstanz?«

»Sie brauche kei Wechselgeld. Alles Euro in Europe. Nur not in Switz!«

Der Rucksack sieht sich verzweifelt um, sein Blick fällt auf Susanne. Die guckt weg. Auf ihren Computer.

»Change Offenburg?«, fragt der Rucksack den Älteren.

»Offenburg is too Badisch Town. Nix change. Nix Swaben!«

Zu Susanne: »Die denke vielleicht, dass mir alle Schwabe wäre. Für die sin mir doch alle gleich. You Ami?«

»No, I'm from Toronto!«

»Sehen Sie. Alles Amerikaner, die unser schönes Land halt erst näher kennenlerne müsse. Baden isch more als Heidelberg.«

»Change in Heidelberg?«, fragt der junge Mann.

Susanne kann es irgendwie nicht mehr aushalten.

Mitleidig sagt sie zu dem Kanadier: »You don't have to change! This is a direct train.«

»Ach, Sie könne auch Englisch?«, freut sich der Alte. »Ich lern seit drei Jahr. Bei uns im Betreute Wohne kommt nämlich e Frau ins Haus. Einmal die Woch. Isch im Pensionpreis drin. Frau Fisher-Kraut. Die isch mit nem Engländer verheiratet gewese. Geschiede. Naja, warum soll's da anders sein als bei uns? Die Kinner wohne bei ihr. Das heißt, die Klei will jetzt für e Jahr nach London, wo, glaub ich, eine Tante von ihr wohnt. Oder isch des e Cousine ...?«

Der Rucksackmann steht in Offenburg auf und verlässt das Abteil, als sei er auf der Flucht. Susanne sieht ihm geradezu neidisch nach. Der alte Mann setzt sich gemütlich hin.

»Ich fahr nach Badeweiler. Da könne Sie mir ja vielleicht mal ein paar Sache erkläre, die ich in dem Englisch nie versteh. Zum Beispiel mit dene Promotione. His, him und so weiter. Wo mer jetzt e bissle Zeit habe. Schönfärber mein Name!«

Steht auf und deutet eine Verbeugung an.

»Wo Sie des grad sage, Herr Schönleber. Ich muss dringend nach vorne, schaue, ob meine ... Schwester eingestiege isch. In Bühl. Ich käm vielleicht bald wieder.«

»Färber!«

»Bis bald, Herr Färber!«

»Schön!«

»Ja, schön ...«

Susanne rafft alles zusammen, zieht ins nächste Abteil. Fast leer. Keine alte Leut, denkt sie. Nimmt trotzdem vorsichtshalber einen Zweierplatz.

Entspannt sich endlich. Sieht Lahr vorbeiziehen.

Stellt ihre Tasche auf den Nachbarsitz. Der Zug hält etwas jäh kurz vor Freiburg. Die Tasche fällt herunter, alles purzelt raus.

»Ich helf Ihnen!« Eine gleichaltrige Frau ist zur Stelle. Gott sei Dank. Die steht noch mitte im Lebe, denkt Susanne. Die isch froh, wenn sie mal nix schwätze muss. Die lässt mich bestimmt in Ruh.

»Oh, das Buch hier isch auch rausgefalle. Ach, das kenn ich. Habe Sie des auch gelese? Spaziergäng mit Paul. Des isch doch zu nett. Ich hab auch en Hund und ich hab immer schon gedacht, wenn ich *die* Frau mal treff, die das geschriebe hat, also der würd ich stundelang erzähle, stundelang.«

Susanne zieht ihren Schal halb übers Gesicht.

»Da vorne isch auch e Foto von der Autorin ... lasse Sie mal sehe, also irgendwie sehe Sie der direkt ähnlich. Arg ähnlich. Oh Gott ... oh Gott ... ich komm schnell rüber zu Ihne, jetzt werde Sie staune ...«

Susanne hat nicht gewusst, dass es *so* viel Geld kostet, wenn man die Notbremse ohne Grund betätigt.

Gänsekleinsuppe nach Hausfrauenart

Zutaten:

2 Gänsehälse
2 Gänseflügel
Gänsefüßchen
1 Gänsemagen
2 Karotten
2 Stangen Lauch
50 g Sellerie
125 g Reis
50 g Butter
Kerbelkraut
Kräuterbündel
Salz, Pfeffer und Muskatnuss

Zubereitung:

Das Gänseklein waschen, in Stücke schneiden und abkochen.

Karotten, Lauchstange und Sellerie in Würfel schneiden, in einem Topf mit Butter anschwitzen und mit drei Liter Wasser aufgießen. Die Gänsekleinteile, das Kräutersträußchen und Salz und Pfeffer hinzufügen.

Das Ganze etwa 1 ½ Stunden köcheln lassen.

Danach den gewaschenen Reis hinzugeben, aufkochen und noch 30 Minuten weiter sieden lassen.

Das Kräutersträußchen herausnehmen, Muskatnuss in die Suppe reiben, abschmecken und mit dem Kerbelkraut anrichten.

Markgräfler Hefe-Rahm-Suppe
oder: Net in hunnert Winter

Wie vereinbart haben die Mädels zusammen Suppe gekocht. Mit Suppe nimmt man bekanntlich ab. Allerdings nicht mit Markgräfler Hefe-Rahm-Suppe, bei der neben unverdächtigem Geflügelfond vor allem Gutedel-Wein und Schlagsahne eine herausragende Rolle spielen.

Beim Gang auf die Toilette bei Johanna-Marie stellt sich deshalb jede heimlich auf die Waage und kommt deprimiert zurück.

Schweigen in der Runde. Jetzt löffelt man schon ständig diese ewigen Suppen und es nützt auch nichts. Mit einem Schäufele und halbwarmem badischen Kartoffelsalat sowie einer mehrstöckigen Schwarzwälder Kirschtorte würde das Zunehmen wenigstens Spaß machen.

»Gehn wir mal alle in die Therme nach Bade-Bade?«, schlägt Zeremonienmeisterin Lore unverdrossen eifrig vor. »Schwimme macht Spaß, isch gesund und man nimmt ab, ohne dass man's merkt.«

»Ich bin zu dick«, erwidert die Elke. »Ich muss erscht daheim abnehme, bevor ich in der Therme abnehme kann.«

»Mein Mann hat ...«, hebt Ingrid an.

»... dich betroge!«, kürzt Sylvia ab. »Es wird Zeit, dass du dich freischwimmsch. Also, packt eure Sache. Morge, am Samstag Nachmittag, greife mer an!«

»Des wird toll«, jubelt Lore, die die Gabe hat, in allem etwas Schönes zu sehen. »Entspannt hinfahre, unne in der Tiefgarasch komfortabel einparke. Sich in dem luxuriöse Umkleidebereich dann ganz gemütlich umziehe, dusche, eintauche, schwimme. Die Umwelt ausblende. Was trinke. Hinliege. Entspanne. Hoch in die Sauna gehe. Neue Leut kennelerne. Des wird unser neues gemeinsames Hobby.«

Gerda zu ihrer Kusine in Lübeck am Telefon: »Annika-Svenja, sei mal ganz Ohr. Ich bin also mitgegangen, weil ich mich nicht ausschließen wollte. Aber … nun ja, decken wir den Mantel des gütigen Schweigens darüber. Jedenfalls ist bei uns oben alles viel weiträumiger. Erst einmal ein endloser Stau auf der Autobahn selbst, dann von der Autobahn nach Baden-Baden hinein. Stau. In dem Örtchen selbst nur s-teile Einbahnstraßen. Dann endlich ein weiterer Stau vor dem Eingang der Garage. Wir haben sodann fünf Mal durch diese Tiefgarage kreisen müssen, bevor wir ganz weit entfernt vom Schwimmbadeingang einen winzig kleinen Parkplatz bekommen haben. Und jede Menge Ausländer. Ja? Genau! Ich weiß, darf man nicht sagen … Jedenfalls überall französische Autos, ganz zerbeult und leider nicht sehr sauber. Dann ein nicht enden wollender Weg bis zur Kasse. Ich war schon ganz erschöpft, bis ich dort war. Also, da gehe ich gewiss nicht mehr hin!«

Susanne aufgebracht zu ihrer Schwester: »Fahr da ja nie hin. Ich war jedenfalls das letzte Mal in diesem Schwimmbad. Also erst mal: Kei Umkleidekabine frei. Ewig lang mit em Wintermantel in der feucht-stickige Luft rumstehe, lauere, wo jemand rauskommt. An feuchte Körper entlangstreife. In der Hand immer die sperrige schwere Tasch mit Handtücher, mehrere Badeanzüg, Cremes und Haarbürschte und Schuh und Deos und Duschgel. Teuer bezahlte Zeit verrinnt. Dann endlich krieg ich so e Box und muss mer se noch mit der Elke teile. Ja, die Dicke, genau. Am Bode lage undefinierbare Sache, es gab net genug Kleiderbügel, des Bändle mit dem Chip war ausgeleiert und eklig nass. Dann im Badeanzug zu der Dusche stakse … erst war's so schwül und in dene Gänge war's dann plötzlich net mehr warm, sondern eiskalt ... ich bin Künstlerin, ich kann mir kei Erkältung leischte. Nie wieder.«

Ingrid hastig in ihr Tagebuch: »Lieber Rolf, eines Tages les ich dir das vor und dann lachen wir zusammen, was ich alles Verrücktes in der Singlezeit erlebt habe. Vielleicht lacht unsere Tochter ja dann mit. Wenn sie wieder aus England zurück ist. Die Duschen in dieser Therme waren total überfüllt und nur schwer auf lauwarm einzustellen, am Boden stand eine Seifenbrühe, an der Wand hat ein Hansaplastpflaster geklebt. Ewig lange Wartezeite, bis man dran war, und überall lagen kleine gekräuselte Haare, du weißt schon, woher ... hmmmm ... Du hast es doch immer gern sauber gehabt, also da gehen wir zwei bestimmt niemals hin.«

Elke zu Manfred, ihrem Mann: »Schwimme war da net möglich. Halb Moskau war in dem Bad unterwegs. Hasch in der lauwarme Brüh ein Zug gemacht, befandsch dich Nas an Nas mit irgendeiner blondgefärbte Russin mit zerlaufener Wimperntusch. Unner mir durch sin pfeilschnell Kinner g'schwomme. Und vor mir paddelt e dicke Ältere. Du, ich schwör, aus der kame so verdächtige Bläsle raus. Nie mehr!«

Johanna-Marie zu Torsten, das heißt zu Torstens Rücken, denn sein Gesicht klebt fünf Zentimeter vor dem Computerbildschirm: »Also, Torsten, dieser Kerl nebe mir in der Sauna! Des hab ich mir net eingebildet. Also, wie da die Nebelschwade von dem Bademeischter mit dem Tuch hochgewirbelt wurde, krabbelt sei Hand rüber in Richtung meim Oberschenkel ... Des isch doch e Frechheit. Sin mir Fraue denn Freiwild, nur weil mer nackt herumsitze? Sag du mal! Torsten! Mach jetzt mal des Ding aus und guck mich an!«

Sylvia zu ihrem Spiegelbild: »Ich kauf mer e Privatkärtle für den Erbprinz in Ettlinge. Das war absolut unter meinem verfeinerte Niveau. Der Früchtespieß am Cocktail in der Saunalounge war ein Witz. Des ware garantiert Dosefrücht vom Pennymarkt. Für 15 Euro darf ich wohl Frischobst erwarten, ja! Net in hunnert Winter geh ich da nochmal hin.«

Lore abends vor dem Einschlafen glücklich zu sich selbst: »Ich hab den Eindruck, es hat alle supergut gefalle. Zumindest hat keiner was anneres gesagt. Bald gehe mer wieder hin.«

Markgräfler Hefe-Rahm-Suppe

Zutaten

½ l kräftiger Geflügelfond, am besten natürlich selbst gekocht
¼ l Gutedel-Wein
325 g Schlagsahne
3 EL Speisestärke
1 Würfel frische Hefe (42 Gramm)
1 Eigelb
Salz, Pfeffer und frisch geriebene Muskatnuss

Zubereitung:

Fond und Wein zusammen etwa 10 Minuten bei kleiner Hitze aufköcheln. 250 g Schlagsahne und die Speisestärke verrühren und das Ganze zur Brühe hinzugeben. Die Hefe zerbröckeln und zur Suppe geben. Die restliche Sahne und das Eigelb verquirlen und unter Rühren in die Suppe gießen (legieren).

Nicht mehr kochen lassen.

Die Suppe durch ein feines Sieb streichen, damit sie noch feiner wird. Nun mit Salz, Pfeffer und Muskat abschmecken und vor dem Servieren mit einem Stabmixer kurz aufschäumen.

Badisches Schneckenrahmsüppchen
oder: Die Gefühlsentscheidung

Sylvia ist bekanntlich ein Luxusgeschöpf. Attraktiv, gut verdienend, ohne lästige Kinder oder störenden Ehemann und mit einem entspannten Verhältnis zum Geldausgeben.

Zu solch einem Geschöpf passt eine gepflegte Handtaschensucht ganz gut.

Sylvia gibt zu: Sie befindet sich bereits lebenslang auf der Suche nach der perfekten Handtasche. »Irgendwo muss sie sein, ich spür des mit alle Fasern!«

Diese Suche hat sie rastlos in kleine Lädchen in der Altstadt von Heidelberg, nach Mannheim in die Shoppingtempel auf den unteren Planken und nach Freiburg in grün angehauchte Ledermanufakturen geführt. Und bei dieser Suche hat es viele kostspielige Fehlgriffe gegeben.

Die Fehlgriffe hängen bei ihr im Arbeitszimmer an eigens dafür installierten Haken und werden Besucherinnen, Nichten, Freundinnen und deren Töchtern aufgedrängt.

»Joanna, jetzt guck doch mal, des beigefarbene Täschle hier. War net billig. Die Tasch wär doch prima für dich. Die kannsch in die Schul und später in die Uni mitnehme, das heißt, wenn du's je dahin schaffsch. Geht sogar A4 rein, guck, da. Un e Handyfach hat se auch. Nemm se doch grad mit!«

Sylvia ist besessen davon, die Fehlkäufe loszuwerden, denn sie sind ledergewordene Mahnmale ihrer Taschenkaufsucht.

Meistens nehmen die Opfer die Taschen nur höchst undankbar und widerwillig an sich: »Na, dann geb se schon her!«

Ein gemeinsamer Ausflug mit Gerda, Lore und Ingrid. Man hat in einem rustikalen Restaurant bei Renchen auf alles

Nahrhafte verzichtet und nur eine Suppe bestellt. Immerhin ein herrliches Schneckensüppchen mit Champignons, Crème fraîche und Riesling. Und mit einer Käsekruste. Hmmm. Gerda ist allerdings für diesen Tag aus der Suppen-Allianz ausgestiegen. »Tut mir leid. Schnecken entfernen wir bei uns im Norden vom Salat und dann … nun, wir essen sie jedenfalls nicht.« Stattdessen hat sie sich einen Rheinhecht im Rieslingsud bestellt. »Aber bitte ohne Riesling. Das kennen wir nicht so!«

Sylvia lehnt sich zurück, schiebt eine braune Notlösung von Tasche mit Messingschließe ziemlich lieblos zur Seite und doziert im Kreis ihrer Freundinnen: »Also, ich geh seit Neueschtem ganz kühl und rational an die Taschensuche ran: Ich hab sieben wichtige Kriterie entworfe, die die ideale Handtasch erfülle muss. Erschtens: Sie muss unbedingt kurze und lange Henkel habe. Zweitens: Die kurze Henkel müsse seitlich wegklappe, net im Weg sein. Drittens: Sie muss von allein und auch, wenn sie leer isch, aufrecht stehe. Net umfalle und sich zusammenkrumple. Viertens: Sie darf nur ein einziger Innenraum habe, kei so labbriges Mittelfach, wo mer nie genau weiß, was mer reingetan hat. Und der Inneraum muss hell sein. Net aus schwarzem Stoff, der Falte schlägt, in dene sich Sache verberge und Krümel ansammle. Fünftens: Sie muss e Extrafach für die EC-Kart und weitere wertvolle Sache habe. Sechstens: Sie derf net zu klein und net zu groß sein. Es muss e Buch reinpasse, größere Einkäuf aber net zwingend. Dafür hab ich ja mein Shopper. Siebtens: Sie muss braun oder schwarz sein und unbedingt aus Leder. Kein Plastik! Davon krieg ich en kreisförmiger Ausschlag!«

Bald darauf erscheint sie, triumphierend, denn sie hat endlich den Heiligen Gral gefunden. Die einzig wahre Tasche, die alle Kriterien erfüllt. Die wird gekauft, koste sie, was sie wolle. Und sie will!

Die schwarze Tasche mit den beigefarbenen Applikationen und dem passenden langen Riemen wird geküsst, allen anderen vorgezogen, sie wird herumgezeigt, gestreichelt, ein-, aus- und umgeräumt.

»Nie wieder werdet ihr mich mit ner annere Tasch sehe. Ihr könnt ruhig alle alte Tasche von mir mitnehme. Taschengeschäfte könne schließe zwische Basel und Mannheim. Vor euch steht en Mensch, der angekomme isch!«

Tage später. Sylvia taucht auf. Mit einer grasgrünen Tasche. Mehrere Innenfächer, die Riemen klappen nicht weg, Stoff schlägt Falten ohne Ende, kein Leder in Sicht.

Johanna-Marie zweifelt. »Sylvia, was ist jetzt mit der Tasche da? Die erfüllt doch kei einziges von deine strenge Kriterie.«

»Manche Sache kann mer net mit em Verstand löse. Da spiele Emotione mit. Und wie ich des Grün gesehe hab, da war plötzlich nur noch Gefühl. Dagege kann mer nix mache. Hat jemand Interesse an em Täschle, schwarz mit beigefarbene Applikatione, oder kennt ihr jemand, der Interesse hat?«

Badisches Schneckenrahmsüppchen

Zutaten:

12 Weinbergschnecken aus der Dose
200 ml Kalbsfond
200 g weiße Champignons
1 Schalotte
40 g Butter
1/8 l trockener badischer Riesling/Klingelberger
20 g Mehl
100 g Crème fraîche
¾ l kräftige Fleischbrühe

1-2 Knoblauchzehen
2 Eigelb
Salz
Pfeffer aus der Mühle
Muskatnuss
2 EL fein gehackte Petersilie
2 EL Schnittlauchröllchen
100 g süße Sahne

Zubereitung:
Die im Kalbsfond weichgekochten, dann erkalteten und abgetropften Schnecken ebenso wie die geputzten Champignons klein hacken und zusammen mit der zuvor in 20 g Butter glasig gebratenen und mit Riesling abgelöschten Schalotte in einen Topf geben.

Fünf Minuten durchkochen. Crème fraîche und Fleischbrühe hinzufügen, einmal aufkochen. Die restliche Butter mit dem Mehl verkneten und diese Mehlbutter mit den Fingern bröselweise in die Suppe geben. Nochmals aufkochen. Knoblauch durch die Presse in die Suppe drücken und die Suppe mit einem Eigelb legieren. Würzen und abschmecken und in Suppentassen füllen.

Die Hälfte der Petersilie und der Schnittlauchröllchen auf die Suppentassen verteilen. Sahne steif schlagen, mit dem zweiten Eigelb verrühren und über die Suppe verteilen. Unter dem Grill zart anbräunen und, mit den restlichen Kräutern bestreut, sofort heiß servieren.

Herrgottsbescheißerle in Brühe
oder: Handbuch des nutzlosen Wissens

Lore gilt ein wenig als Dummerle in der Clique, in deren Schaltzentrale sich die schicke, pragmatische Sylvia sowie die erfolgreiche, intellektuelle Susanne befinden. Ingrid und Johanna-Marie nutzen ihre geistigen Möglichkeiten bedauerlicherweise nur, um ihre Männer zurückzuerobern oder vielmehr zu behalten. Elke ist zwar auch etwas schlicht, doch immerhin zieht sie stellvertretend für die anderen zwei künftige Rentenbeitragszahler groß und ist so für die Zeit der Brutpflege entschuldigt.

Gerda zählt sowieso nicht.

Doch seit einiger Zeit hat sich etwas verändert. Lore entwickelt urplötzlich eine Neigung, am Stammtisch und bei anderen Zusammenkünften geradezu unbeantwortbare Fragen zu stellen, um dann mit erstaunlichem Wissen aufzutrumpfen. Angeblich hat sie sich halt fortgebildet, liest viel, geht in Kurse und schaut jetzt anstatt der »Fallers« lieber »Planet Wissen« im Fernsehen an.

Ihre ersten Fragen sind noch harmlos und drehen sich passenderweise ums Essen: »Welcher«, erkundigt sie sich angelegentlich, »ist eigentlich der älteste englische Käse?«

»Gouda!«, sagt Ingrid, die damit einen peinlichen Mangel an Bildung erkennen lässt.

Alle Augen wandern zur Elke. Die ist Hausfrau, die muss wissen, was man eigentlich gar nicht wissen muss.

Und tatsächlich trumpft die auf: »Stilton!«

»Nein«, jubelt Lore, »Cheshire.«

Alle schweigen.

»Naja, macht nix. Frankreich is ja des Käseland Nummer eins, und hat jemand eine Idee, welcher der teuerschte Käse der Welt ist?«

»Gouda!«, sagt Ingrid wieder und dann entschuldigend: »Alter Gouda?«

»La Barratte!«, verkündet Lore lässig.

Alle rühren verlegen im Kaffee. La was?

Gerda ist gekränkt. »Das vermag ich nicht zu glauben. Wir haben wunderbaren Käse in Lübeck, zum Beispiel den ...«

Niemand will das wissen. Aber eigentlich will auch niemand wissen, was Lore als Nächstes fragt: »Wisst ihr, wie mir perfekt abnehme könne?«

»Nix esse!«

»Ebe net. Wer ein einziges Stück Sellerie isst, verbraucht dabei mehr Kalorie, als des ganze Stückle enthält!«

»Herr Wirt! Sechsmal Sellerie, bitte!«, ruft Sylvia und schüttelt den Kopf.

Im Laufe dieses Stammtisches erfahren alle auch, dass ein Pfund Zitronen mehr Zucker enthält als ein Pfund Erdbeeren, dass im Ur-Coca-Cola auch Kokain enthalten war und dass die Verpackung von Cornflakes mehr Nährstoffe enthält als die Cornflakes in ihr drin. Das will Elke jetzt nicht glauben.

»Nie im Lebe, Lore!«

Dass man Chili con Carne verfeinern kann, wenn man Bitterschokolade beigibt, wird von Susanne sogar mitnotiert. Natürlich wird sie den SWR-Redakteur nicht mit ihren Kochkünsten, sondern mit ihren geistigen Werten beeindrucken, aber wenn man dann eine Weile zusammen ist, könnte man schon mal ein Chili zusammen essen.

Den nächsten gemeinsamen Spaziergang in den Rheinauen bei Plittersdorf – den zwei Hunden der Clique zuliebe – nutzt Lore zu einem erneuten Angriff.

»Wisst ihr zufällig, welches die 73. Sure des Korans ist?«

»He?«, macht Ingrid. Gerda kneift die Lippen zusammen.

»Die Verhüllte!«, sagt Lore. »Und wisst ihr, welches Autokennzeichen für Niger steht?«

»N?«, stöhnt Elke.

Joanna, die die Mädels begleitet, weil Konvex vorübergehend mit ihr Schluss gemacht hat (»der Behinderte!«), tippt sich an die Stirn. »Spinnt die?«

»Nein. RG!«

»Gut, dass ich des jetzt weiß.«

Auf dem Spaziergang lernen die Mädels, dass Ludwig XIV. (Wie oft, sagt mal!) ganze drei Mal im Leben gebadet hat und dass Richard Löwenherz (»He? Wer?«, fragt Joanna) nur fünf Prozent seiner Amtszeit in England verbracht hat. Und dass Katharina die Große gegen Schlaflosigkeit sechsmal täglich Geschlechtsverkehr verordnete.

»Dann hat man ja gar kei Zeit mehr zum Schlafe!«, stellt Sylvia fest.

Alle beginnen dann den Hunden wie wild Stöckchen zu werfen, damit die Fragerei aufhört.

Doch schon beim nächsten gemeinsamen Essen bei Elke, diesmal fehlt Susanne (»Ich hätt e Lesung, sagt ihr das bitte!«), erfahren alle Neues, beispielsweise dass ein »Ricevimento« der Empfang eines neuen Diplomaten ist, dass Weißdorn ein sehr hartes Holz ist, dass ein kleiner runder Hut, von Römern getragen, Pileus heißt. Alabama wurde 1819 in die USA aufgenommen, außerdem lernen die Mädels, dass 1643 die Kurilen entdeckt worden sind und dass der Brahmaputra 2900 Kilometer lang ist. »Des hättet ihr net gedacht, was?«

Als Lore von ihnen wissen will, ob sich Ratten erbrechen können oder nicht, reicht es den Mädels.

»Lore! Aufhören!«

»Bitte sehr, ich bemüh mich ebe nur um e solide Allgemeinbildung un ich les halt sehr viel. Und in dene dicke, wissenschaftliche Bücher, die ich ausleih und verschling, notier ich mir am Rand kleine interessante Begebenheite. Wenn ihr aber dumm bleibe wollt und euch geischtig nur vom Fernsehe ernähre wollt ....«

Johanna-Marie springt auf und spricht allen aus der Seele.

»Lore, ich will ganz annere Sachen wisse. Zum Beispiel, warum das Hütchen von meiner Body Lotion nach em Dusche immer ganz weit unner des Rattanschränkle rollt, dahin, wo ich net hinkomm. Und warum immer die Kassiererin bei *meiner* Kasse fortrenne muss, weil der Preiscode an der Ware net zu lese isch. Warum des Klo im Regionalexpress nach Mannheim genau dann gesperrt ist, wenn ich damit fahr, und warum ich überhaupt nur dann aufs Klo muss, wenn es gesperrt ist. Warum ich nach em Wasche immer nur noch ein Kniestrumpf find. Wo isch der annere? Kniestrümpf könne des Haus doch net selbständig verlasse! Warum mein Kaschmirpullover nach zwei Wäschen aussieht wie die Katz von meine Nachbarn. Warum es regnet, wenn ich kein Schirm dabeihab, warum der neue Kollege schon verheiratet ist und warum ich Spaghetti aglio olio für mein Leben gern ess, aber sofort Durchfall davon krieg ... mein verdammter Alltag ist voller solcher Rätsel.«

Kurz darauf reist Lore für eine Woche ins Allgäu. Mit ihrer Mutter. In der Zeit betreut Sylvia die Grünpflanzen in Lores ordentlicher Singlewohnung.

Und als Lore zurückkommt, ist plötzlich Schluss mit dem lustigen Fragespiel ...

Ob es damit zu tun hat, dass jenes schmale Büchlein namens »Handbuch des unnützen Wissens« auf Lores Schreibtisch verschwunden ist?

»Lore«, fragt Elke cool beim nächsten Mädelskochen, »weißt du, wie des Gericht heißt, das die Mönche früher freitags gegesse habe, obwohl sie's eigentlich net durfte, und wo mer Teigtasche mit Spinat, Ei, Hack und Wurstbrät, schon abgeschmeckt mit Salz, Pfeffer, Muskat, füllt und das Ganze kocht mer in Brüh und hat e wunderbare Supp ...?«

»Nee.«

»Des isch jetzt mal was, was mer unbedingt wisse sollt, Lore: Herrgottsbescheißerle!«

Herrgottsbescheißerle in Brühe

Zutaten:

300 g TK-Blattspinat
375 g Mehl
4 Eier
Salz, Pfeffer, Muskat
1 Zwiebel
150 g Rinderhack
1 Stück feine Bratwurst
2 l Fleischbrühe
1 Bund Petersilie

Zubereitung:

Das Mehl auf die Arbeitsfläche schütten, eine Mulde bilden, dort drei Eier hineingeben und mit etwas kaltem Wassser zu einem Nudelteig verarbeiten. 20 Minuten ruhen lassen.

Inzwischen den aufgetauten und kleingehackten Spinat mit Zwiebel, Gewürzen, dem Hack und der Wurst zu einer Masse verarbeiten.

Den Teig in kleine Quadrate schneiden, die Masse hineinfüllen, zusammenfalten, die Enden gut verschließen, mit etwas kaltem Wasser bestreichen und in Brühe ziehen lassen.

Entweder in Suppe oder als Maultaschengericht servieren.

So wollte man früher am Freitag den lieben Gott »bescheißen«, da man das Fleisch im Teig versteckte.

Falsche Wurstsuppe badische Art
oder: Johanna-Marie macht sich Sorgen

»Was isch des?« Torstens schwach ausgeprägte Sinnesorgane registrieren Essensgeruch.

»Falsche Wurschtsupp!«, gibt Johanna-Marie zurück.

»Kannsch du keine echte Wurstsuppe koche? Warum falsch?«

»Weil mer kei Wurscht daheim habe und diese Suppe besteht halt nur aus Brot und Gewürze. Des hat mer immer im Haus! Und es isch gesünder.«

»Versteh ich nicht ...« Torsten löffelt trotzdem. »Weiberlogik.«

»Torsten, bitte! Des sagt mer heutzutag net mehr. Und ich muss überhaupt mit dir rede. Mach doch mal den Computer aus! Und ess net so lieblos und nebeher. Die Supp isch aus einem ältere Kochbuch mit Rezepte vom Oberrhein! Als die Leut noch bescheidener ware und net andauernd Wurst und Fleisch gegesse habe. Die habe in ihr Speisekammer geschaut und dann was zusammegezaubert.«

»Von mir aus hättesch du auch was vom Aldi zaubere könne. Jetzt lass mich. Ich lad grad was hoch!«

»Was denn jetzt schon widder?«

»Ein Börsenbewertungsprogramm.«

»Willsch du etwa an der Börse spekuliere? Des isch gefährlich, wenn mer sich net auskennt!«

Torsten verdreht die Augen.

»Fraue! Deshalb lad ich's ja hoch ... Also, was isch. Red halt.«

Torsten klickt und tippt und verfolgt den Fortschritt des Ladeprogramms. Nebenher kontrolliert er mit einer lässigen Seitwärtsbewegung sein Handy und sein Tablet auf eingehende Nachrichten und gleicht seinen morgigen Terminkalender mit allen anderen Geräten ab. Es surrt, piepst und sein Handy miaut, wenn eine Facebookmitteilung eintrifft: »Ach, guck, der Joschi. War heut neue Reife kaufe. Gefällt mir! Zack! Hier isch der Daume für dich, Joschi!«

Abwesend löffelt er einen Schluck Falsche Wurstsuppe badische Art in sich hinein. Verzieht das Gesicht.

Johanna-Marie lässt sich auf einen Sessel in Torstens Rücken nieder und spricht diesen an: »Also, Torsten, ich muss mal drüber rede. Mein Bruder, der gefällt mer gar net. Seelisch g'sehe. Du weisch ja, dass die zweite Ehe jetzt auch zerbroche isch. Furchtbar. E Schicksal.

Gut, die habe ja net zueinannergepasst. Ich mein, des gilt auch für uns zwei, aber mir sin ja auch net verheiratet. Gut, also jedenfalls war er so gedrückt in letschter Zeit, wenn er ang'rufe hat, so merkwürdig und so wortarm. Antriebslos. Als ob er kein Sinn mehr im Lebe sieht. Er war ja immer mein großer Bruder und ich fühl mich jetzt für ihn verantwortlich, denn Blut isch ja Blut und er war früher schon e bissle hilflos, obwohl er älter war, aber er kann halt gar net über seine Emotione rede und seit unser Mutter net mehr lebt, hab ich halt schon des Gefühl, dass ich mich um ihn kümmern muss, auch wenn er sei seelische Not net so zeige kann. Wer kocht ihm jetzt und wer macht sei Wäsch? Ja, ich weiß, des isch altmodisch, Männer könne das eigentlich heut selbst, aber du machsch des ja auch nie. Aber net dass er sich noch was ... ich mein, bei uns in der Familie, da läuft so en Strang durch, so was Depressives von der Oma her, also eigentlich mehr von ihrer Schwester oder war's die Tante Hetty, aber so was bleibt in de Gene drin. Ich denk, ich lad ihn mal ein und mir rede mal offe mitenanner so als Erwachsene un ohne Tabus un dass Einsamkeit net gleich Einsamkeit isch. Er isch vielleicht im Moment allein, aber er isch net einsam, denn er hat ja mich, sei leibliche Schwester. Was meinsch du?«

»Wie?« Torsten führt einen Rest Suppe haarscharf am Mund vorbei, Richtung Nase.

»Wege meim Bruder!«

Torsten flucht, weil das Programm zu fett ist. Er braucht unbedingt einen neuen Rechner. »Schrott. Raus damit!«

»Was?«

Johanna bezieht das symbolisch auf sich. Sie fühlt, wie es ihr ums Herz krampft. Die Beziehung ist nicht gut. Sie weiß es, Torsten weiß es vielleicht auch, aber irgendwie haben sie beide den Absprung nicht geschafft. Aber gleich Schrott?

»Mein Bruder ...«

Torsten klickt auf »Löschen«. Erinnert sich, dass da jemand in seinem Rücken sitzt und irgendwas spricht.

»Moment mal. Hier. Escape und dann kopiere. So könnt's gehe. Ach, übrigens vorhin hat jemand ang'rufe. Ich glaub, es war dein Bruder. Hat müd geklunge. Scheinbar lange Nächt. Er käm am Samstag kurz vorbei, um uns sei neue Freundin vorzustelle. Muss e scharfe Nummer sein, so, wie der gähnt. Direkt beneidenswert.«

Johanna-Marie fehlen die Worte.

Torsten hackt auf eine Taste: »So. Und abschicken! So, des wär erledigt. Task done. Was hasch du jetzt genau gesagt? Isch was mit deim Bruder?«

»Schon gut!«, sagt Johanna-Marie.

Woher kommt nur dieses vage Gefühl, dass ihr Torsten manchmal einfach nicht richtig zuhört?

Falsche Wurstsuppe badische Art

Zutaten:

1 *Doppelweck*
½ *Zwiebel*
3 *Körner Koriander*
1 *Prise Majoran*
1 l *Brühe*
Kräuter
Etwas Knoblauch
1 *Prise Salz*

Zubereitung:

Die kleingeschnittene Zwiebel dämpfen.

Die Kräuter und den Knoblauch in einem Liter Brühe kochen und die Zwiebel hinzugeben. Köcheln lassen.

Die Suppe würzen, über die trockenen Weckscheiben gießen und sofort heiß servieren.

Königinsuppe
oder: Boris Becker und die Ahnenforschung

Ingrid hat beschlossen, in der Wartezeit auf die Rückkehr des verlorenen Rolf neue interessante Hobbys und Interessen aufzubauen und ihre persönliche Entwicklung voranzutreiben. Wenn er dereinst ins Nest heimkehrt, wird er dort eine ausgeglichene und in sich ruhende Person vorfinden.

»Ich werd ihn nur wieder kriege, wenn ich so tu, als will ich ihn keinesfalls wieder kriege!«, zitiert sie den gewöhnungsbedürftigen Ratschlag ihrer Trennungsberaterin, die ihrerseits schon sehr lange alleine lebt und mutige therapeutische Wege im Alleingang geht.

Heute hat sich Ingrid mit Sylvia in einem schicken Bistro in Baden-Baden verabredet. Im Hinblick auf die Freibadsaison bestellen beide Damen nur Suppe von der originellen Karte.

»Ich wähle die Königinsuppe! Scheint mir passend«, meint Ingrid vielsagend. »Mehr dazu später ...!«

Die Suppenspezialität des Hauses besteht aus Kalbfleisch, verfeinert mit Rahm und einem Schuss Wein.

Ingrid sehnt sich zwar eigentlich nach etwas Handfesterem, zeigt es aber nicht. Im Gegenteil. Einer der neuen Wege, die sie zu gehen beabsichtigt, führt sie immer häufiger ins Reformhaus. Ernsthaft trägt sie sich mit dem Gedanken, Vegetarierin zu werden. Weg mit Kammkoteletts. Und Schinken ist was für Leute, die nicht wissen, wie gut ein Bärlauchbrotaufstrich schmecken kann.

Aber da ist noch mehr ...

»Also«, sagt sie zu Sylvia. »Das verstehe die anderen aus unserer Gruppe nicht. Die sind halt doch eher schlicht ... Aber Ahnenforschung, des wär was, was mich interessieren würd. Bei all dene Hugenotte und Waldenser, die im Badische gesiedelt habe. Ich seh ja selbscht so e bissle exotisch aus ...«

»Wer?«

»Ich!«

»Ach so«, sagt Sylvia und verfolgt ein letztes Fleischstückchen in der Terrine. »Un weiter!«

»Naja, ich hab so hohe Backeknoche, hier oben, siehsch du. Guck doch genau hin! Rolf hat immer ›Mei kleine Tscherkessin‹ zu mir gsagt.«

»Mei kleine was?«

»Tscherkessin. Des sin besonners schöne Fraue aus Russland. Die find mer viel in de russische Oberschicht. Diese Fraue ware der Stoff, aus dem Königinne gemacht werde. Deshalb auch diese Suppe.«

»Du bisch aus Russland?«

»Sylvia! Des weiß ich jetzt noch net. Aber ich hab jedenfalls was Fremdes an mir. Was Unbadisches. Und all die schwarze Haar. Gut, die blaue Auge hab ich vom deutsche Zweig von de Familie. Von de Scherrers aus Ladeburg drübe. Aber des isch ja e ganz alte Stadt, eine der älteschte in ganz Deutschland, und da ware kohorteweis Römer un annere Südländer unnerwegs. Italiener. Südfranzose und ...«, leiser: »Jude!«

Wieder lauter: »Ich denk, ich stamm von so was ab. Väterlicherseits.«

»Du heißt doch Schauermergel väterlicherseits. Des hört sich net römisch an. Und auch net direkt jüdisch.«

»Sagt nix. Die Name sind halt von ignorante Standesbeamte immer wieder willkürlich verännert worde. Es könnt ganz gut Jean Mergelle geheißen haben. Zum Beispiel.«

»Un jetzt ...«

»Jetzt hab ich en Termin mit nem Ahnenforscher.«

»Des koscht doch Geld. Willsch du net lieber in dei Zukunft anstatt in die Vergangeheit investiere? Oder in e schöne Handtasch? Nur so zum Beispiel.«

»Mei Zukunft isch e bissle vage derzeit. Mein Mann betreffend. Bei der Vergangenheit bin ich wenigschtens sicher, dass nix mehr Überraschendes passiert. Die bleibt, wie se isch.«

Ingrid irrt auch hier.

Es ist inzwischen Frühling geworden im Badischen. Ende März. Gäbe es tatsächlich hierzulande flächendeckend Zitronen, wie viele Badener dreist behaupten, würden sie längst blühen.

Ingrid und Sylvia sitzen im Eiscafé, betrachten die Vorübergehenden und stellen wieder einmal fest, dass sie dringend abnehmen müssen.

»Sylvia, die Erfindung von dem Stretch war eigentlich verhängnisvoll für Dicke. Die Frau da drübe wär früher eher ins Bundeskanzleramt als in e Brax-Jeans gekomme.«

»Stimmt. Und, was hat sich damals eigentlich ergebe bei deiner Ahneforschung, Ingrid?«

Ingrid weicht aus. »Des isch e sehr sehr interessantes Hobby. Mer hat halt nur net die Zeit, sich richtig drum zu kümmere.«

Sylvia ist erfahren darin, zu erkennen, wenn Frauen zu sehr lügen.

»Was isch rausgekomme?«

Ingrid studiert ihre Schuhspitzen intensiv.

»Naja, all mei Vorfahre sin ganz normale Leut! Einmal Pfarrer, zweimal Lehrer, e Krankeschwester ...«

»Un der Exot? Wo isch der?«

Ingrid seufzt. »Versprech, dass du's net de annere sagsch!«

»Kann ich leider net hunnertprozentig verspreche!«

Ingrid seufzt wieder.

»Trotzdem. Der Exot war en gewisse Igor aus Leimen bei Heidelberg. Muss en hässlicher rothaariger Krabb gewese sein. Der war in em ganz unnere Rang in der Armee, hat sei

Kamerade beklaut wie en Rab und war frech gege seine Vorgesetzte, isch dann unehrenhaft entlasse worde, hat e massives Alkoholproblem ghabt, war oft gewalttätig und hat die Tochter von seim Nachbar geschwängert, obwohl er verheirat war und sei Frau grad des dritte Kind gekriegt hat. Um den Bub hat er sich aber nie gekümmert. Un dann isch er bei Nacht und Nebel nach Amerika ausgewandert, vorher hat er aber noch des Haus von seinem Nachbar auf der annere Seit angezündet, weil der ihn wegen Rufmord und Wilderei angezeigt hat.«

»Wow. Hört sich nach em gute Typ an!«, sagt Sylvia beeindruckt. »Den hätt ich jedenfalls lieber in meim Stammbaum als den Pfarrer und den Hungerleider von Lehrer. Und all das in dem kurze Lebe in Deutschland. Und hallo! Leimen? Vielleicht bisch mit Boris Becker verwandt. Igor – Boris, und rothaarig, und auch all die annere Sache ... naja, denk nach!«

Eigentlich hatte sie es ja ironisch gemeint, doch Ingrid sieht sich sofort dankbar als Ästchen am dem Stammbaum des prominenten Leimeners.

»Du, des wär direkt möglich. Des würd auch erkläre, warum ich so gern Tennis spiel. Vielmehr spiele würd! Wenn ich Zeit hätt.«

Nickt und strahlt.

»Na siehste«, lobt Sylvia und denkt: »Die glaubt auch alles. E Verwandte von Boris Becker! Mein Gott, wär mir des peinlich!«

Königinsuppe

Zutaten:

250 g Kalbfleisch
250 g Knochen
30 g Mehl
2 EL Rahm
1 Eigelb
Petersilie
Salz, Muskat, Pfeffer
Würze
Zerlassene Butter
1 EL Weißwein
Wasser

Zubereitung:
Die Knochen werden mit der Petersilie zum Kochen gebracht, das Fleisch und Salz kommen hinzu. Das gare Fleisch wird in kleine Würfel geschnitten und beiseitegestellt.

Das Mehl wird in zerlassenes Fett eingerührt, mit kaltem Wasser abgelöscht und mit der durchgeseihten Brühe aufgefüllt. Sodann kocht die Suppe noch einmal eine halbe Stunde.

Dann gibt man das kleingewürfelte Fleisch hinzu und schmeckt fein mit Rahm, Eigelb, Wein und Würze ab.

Maissuppe

oder: Kreative Monster 1

Susanne streicht affig die Haare aus dem Gesicht. Seufzt.

»Wisst ihr, der ganze Erfolg, den ich hab, also der Erfolg, des isch eine Sach, aber mit Mensche zu tun habe, vor allem mit kleine Mensche, des isch doch was ganz anneres.«

Das Damenkränzchen hat sich bei Susanne getroffen und brav die obligatorische Suppe gelöffelt.

Da Susanne erfolgsbedingt wenig Zeit hat, gibt es nur eine sogenannte Badische Maissuppe, bei der der namensgebende Bestandteil aus praktischen kleinen Dosen kommt. Gerda sortiert die Linsen heraus und Ingrid mustert den Speck, der neben Porree im Teller herumschwimmt, höchst misstrauisch. Den Porree mag sowieso keiner. Alles in allem ist diese Suppe nicht ganz befriedigend für die Mädels, die deshalb erfreut das Erscheinen eines Apfelkuchens begrüßen, den Elke widerrechtlich mitgebracht hat. Ein Mürbeteig und Creme, in der die karamellisierten Apfelstücke versenkt sind. Ein Gedicht mit Mandeln und Calvados. Susanne nimmt sich ein Stück und teilt es dann sorgfältig in zwei Hälften. Behält die kleinere.

Nicht dass sie noch so dick wird wie Elke, bei der es ja fast egal ist, wie sie aussieht, weil sie nur zu Hause herumwuselt. Und dieser Kuchen besteht aus nix als Kalorien. Butter, Zucker, Zimt, Eigelb und Sahne. Die Gerda hat sich ein Stück Mürbegebäck mit Pfefferminzmantel Lübecker Art mitgebracht. »Das serviert man bei uns zum Tee! Möchtet ihr kosten?«

»Nee. Danke, kei Sahne. Nemm du, Susanne!«

»Nein, Elke, ich hab leider wieder zugenomme. Muss etwas zurückfahre!«

»Du doch net. Bei deinem Figürle«, protestiert die Damenrunde pflichtgemäß und mit badischer Höflichkeit. Nur Gerda sagt nichts. Der gute Pastor Stüveking hat gesagt, man solle möglichst nicht lügen.

Doch die Mädels kennen keinen Stüveking und lügen wie gedruckt weiter: »Susanne, des sieht mer net. Naja, du bisch natürlich auch groß!« »Also, du kannsch dich net beschwere!« »Des könne nur e paar Gramm sein.«

»Dei Sorge wollt ich habe! Du un dick?« Ingrid verdreht die Augen.

»Trotzdem, ich steh in der Öffentlichkeit!«, kokettiert Susanne, die tief im Innern allerdings auch findet, dass sie von allen die beste Figur hat. Bella Figura!

Elke seufzt.

»Ich persönlich bin ja froh, wenn ich nix mehr mit kleine Mensche zu tun hab. Ich hab aus zwei kleine Mensche zwei große gemacht, des langt. Aber du bisch ja au kei Mutter.«

Susanne kontert: »Die Buddhischte sage, jede Frau ist eine Mutter. E Erdenmutter. Die eine biologisch, die annere mental!«

Sie sieht stolz um sich: »Un deshalb hab ich mich bereiterklärt, an einer Schule in Karlsruhe Kreatives Schreibe zu unterrichte. Ehreamtlich. Ich freu mich da drauf. Früher ware Kinder ja net so ganz mei Welt. Ihr wisst ja. Künschtler könne sich net am Windlewechlse verbrauche. Aber jetzt hab ich erkannt, dass ich Kinder so viel zu gebe hab. Geistig, wohlgemerkt.«

»Ach ja?«, zweifelt Elke, die ihren hauseigenen Kindern meist nur Geld zu geben hat, da die an geistigen Gaben herzlich wenig Interesse haben.

»Toll«, meint Lore, die ja sowieso fast alles im Leben schön findet.

Susanne sieht sich schon, wie sie dem SWR-Redakteur bei einer Tasse Kaffee ihr pädagogisches Konzept darstellt. Er wird sie bewundern. Er bewundert sie heute schon. Letzthin hat sie ihn angesprochen, ob er auch zu den medienphilosophisch-literarischen Vorträgen nach Karlsruhe ins ZKM fährt, und er hat beeindruckt geguckt.

»Mal sehen!«, hat er gesagt. Mal sehen. Nur ein kleiner Satz, doch sein Blick hat deutlichere Worte gesprochen. Susanne erschauert in erotisch-intellektueller Vorfreude …

Zurück zu den Mädels.

»Gut, un ich hab net irgendeine Schul ausgewählt, sondern e sogenannte Brennpunktschul. Ich mein, mer sind ja net in Berlin, sondern im sozialverträgliche Bade, aber auch bei uns gibt's Notfäll. Ich wollte ebe keine Ärztekinder und Rechtsanwaltsspössling unnerrichte. Mir geht's um die Migrante. Mit fremde Wurzle. Kinder mit Migrationshintergrund und deutsche Kinder aus sogenannte bildungsferne Schichte. Da kannsch du noch was bewirke, die sauge des auf wie ein Schwamm …

Der erste vollgesaugte Schwamm ist allerdings zunächst der, mit dem ein kleiner vierschrötiger Junge Susanne bewirft, woraufhin ihre neue hellbeigefarbene Marc-Aurel-Jeans erledigt ist.

»Na, macht man das?«, fragt Susanne in die Runde von neun Gesichtern. »Wie heißt du denn?«

»Abdullah!«, sagt der Bub. »Und was willst du hier?«

»Nun, das weißt du doch sicher, hm?« Susanne schmunzelt.

»Nee. Wir haben jetzt Kernzeitbetreuung. Da kommen immer neue Frauen.«

»Nun, liebe Kinder, jetzt bin ich da, und ich komme bestimmt für längere Zeit zu euch. Ich möchte mit euch zusammen lernen, wie man tolle Geschichten schreibt.«

»Und warum willst du das noch lernen?«, fragt Abdullah nicht ganz unberechtigt, und ein asiatisches Mädchen deutet mit einem dünnen Finger auf Susanne: »Wie heißt du denn?«

Susanne setzt sich auf das Lehrerpult, um unnötige Hierarchien abzuschaffen.

Warm lächelt sie: »Ich bin die Susanne und ich schreibe Bücher über meinen Hund. Ihr mögt doch bestimmt alle Hunde!«

Die Kinder sagen erst mal nichts.

»Und diese Bücher kann man in richtigen Buchhandlungen kaufen. Mit euch möchte ich auch ein kleines Büchlein schreiben und euch zeigen, wie man mit Worten malt, wie man ein Bild vor den Augen erstehen lässt …« Susanne ist direkt beeindruckt von sich selbst. Wie sie das hinbekommt. Die dunklen Augen hängen alle an ihren Lippen.

»Kriegst du ein Kind?«, unterbricht die winzige Asiatin.

»Warum?« Susanne lacht humorvoll und streicht dem Mädchen übers glänzende schwarze Haar. Wie hübsch die Kleine ist. Chinesin oder so. Und überhaupt, was für interessante Kinder. Alle Nationalitäten. So viele verschiedene Temperamente. Das wird ihr viele Anregungen für ihre Arbeit geben. Weit weg die Susanne von früher, die keine Kinder mochte.

Die Kleine deutet auf Susannes Mitte: »Weil du so dick bist.«

Badische Maissuppe aus der Ortenau

Zutaten:

500 g Porree
3 Dosen Mais
100 g durchwachsener Speck
125 g Dosenlinsen
3 EL klare Instant-Brühe
4 mittelgroße Tomaten
200 g Schlagsahne
Salz
Pfeffer
2–3 EL Weißwein
oder Weißweinessig

Zubereitung:

Porree putzen, waschen und in Ringe schneiden, im Sieb abtropfen.

Den Speck schneiden und knusprig im Topf auslassen. Den Porree und die Linsen darin andünsten.

Das Ganze mit zweieinhalb Liter Wasser ablöschen, aufkochen lassen und dann die Brühe hinzugeben.

Nun kommt der Mais in die Suppe und die Tomaten werden gewürfelt und ebenfalls hineingegeben.

Nun nicht mehr kochen. Mit Sahne, Gewürzen und Wein abschmecken.

Badische Klostersuppe
oder: Frau Huhn isch net mehr

Die Mädels sind geschockt. Seit vielen Jahren halten sie ihren wöchentlichen Stammtisch im »Mistkratzerle« ab, und nun ist die Seniorchefin, die alte Frau Huhn, tot.

»Die war doch immer so fröhlich!«, wundern sich ihre Gäste.

»Als ob fröhliche Mensche net sterbe müsste!« Susanne schüttelt den Kopf.

Mit diesem Todesfall hat trotzdem niemand gerechnet, denn Frau Huhn hat zeitlebens zeitlos und unsterblich ausgesehen. Winzig klein, auf Stöckelschuhen, immer elegant und ein bisschen zu stark geschminkt. Sie stammte ursprünglich aus Schwetzingen, war »mit Spargelwasser getauft und in Riesling gebadet«, wie sie immer sagte, und jetzt ist sie einfach so im Schlaf gestorben.

Ohne sie wird das Lokal nicht mehr das gleiche sein. Alle Stammgäste haben Frau Huhn gekannt und geschätzt. Besonders die Mädels rund um die Elke, die um die Ecke vom »Mistkratzerle« wohnt und schon viele Jahre dort einkehrt. So wollen sie alle auch mal alt werden. Humorvoll, ein bisschen frivol war die dralle kleine Wirtin gewesen, hatte gerne mal ein Witzchen gemacht, auch wenn's unter der Gürtellinie gewesen war. Und ein Schnäpsle von ihrer Hausbrennerei bei Oberkirch getrunken, wobei's durchaus auch mal mehrere werden konnten. Noch vor zwei Jahren hatte sie an Silvester auf dem Tisch getanzt. Den jungen Mann, der ihr hochhelfen wollte, hatte sie in breitem Mannemerisch verscheucht: »Lass nur, Bu. Des kann ich noch alleeee!«

Manchmal hatte sie Geschichten aus ihrer Jugend erzählt, die allerdings nicht jugendfrei gewesen waren. So von dem katholischen Pfarrer, dem sie heiße Liebesbriefe im Beichtstuhl zugesteckt hatte. »So en schöner Mann. Verschwendet an den Zölibat. Es war e Schand um den!« Und vom Metzgerssohn, mit dem sie ... naja, jedenfalls hatte sie immer genug »Lewwerwurscht gratis« daheim gehabt.

Sie hatte Kinder, darunter auch eine Tochter, mei »Eleanor«, die sei »ganz nach mir« gerate. »E echtes Mannemer Bloomaul, und die lässt nix anbrenne! E ganz Luschtige!«

»Wer isch des?«, murmelt die Elke ihrer Schwiegermutter Lilo zu. »Die da ganz vorn sitzt?«

»Des muss die luschtige Tochter sein. Sonscht würd se net nebe dem Bruder von der Frau Huhn sitze. Un vom Alter tät's stimme. Naja, mer sehe sie ja nachher beim Leicheschmaus.«

Etwas später versammelt sich die Trauergemeinde in der Gaststätte, die ohne Frau Huhn seltsam leblos wirkt.

»Unser aller Beileid. Ihr Mutter war so e Nette!«, eröffnet Elke.

»Nette was?«, fragt Gerda leise.

»Nette halt. Im Badischen reicht das. Da kommt kein weiteres Substantiv mehr!«, erwidert Susanne übel gelaunt. Auch ihr wird Frau Huhn fehlen. Die hinterlässt sogar einen Hund. Den Dackel Herrn Müller, der nur fünf Zentimeter über dem Boden durchs Lokal geschlurft ist. Aber so, wie Frau Huhn die Eleanor geschildert hat, wird die ihn übernehmen.

»Ja«, erwidert die Tochter sachlich und schenkt Elke ein frostiges Lächeln.

Es ist überhaupt ein überraschend kühler Apriltag. Alle haben gefroren. Das Lokal ist nicht geheizt, alle lassen die Jacken erst mal an. Es gibt nichts Opulentes. Nur Suppe. Ganz im Sinne der Clique.

»Des isch e badische Klostersupp!«, sagt der Koch achselzuckend. »Das war die beerdigungsmäßigste Suppe, die ich im Kochbuch finde konnt. Besteht nur aus Reis, em Zitronescheible un Eigelb mit Weißwein. Wem's net schmeckt: Ich hätt dann noch selbstgemachte Rosineschnecke.« Elke streckt die Hand aus. Hmm. Sie sind noch warm. Bestrichen mit Aprikosenkonfitüre. Hmm, aber erst die Suppe.

»Ihr Mutter war wirklich e Original. Immer gut gelaunt! E bissle frivol natürlich!«, lobt Lore und meint es gut.

»Hm?« Die Tochter guckt, als kenne sie das Wort frivol nicht.

Sylvia feixt.

»Den Witz vom Wirbel-Willi, den konnt sie erzähle wie kei Zweite.«

»Wirbel Wer?« Die Tochter runzelt die Stirn.

»Den kenne Sie bestimmt! Also, der Willi sagt zu seiner Frau auf dem Totebett: Für jedes Mal, wo ich fremdgegange bin, dreh ich mich im Grab rum. Und als sie nach Jahren auch in de Himmel kommt, fragt sie gleich nach ihm, und Petrus sagt: Ach, Sie meine unsern Wirbel-Willi!«

Alle lachen, was sich ja nicht gehört auf einer Beerdigung. Gerda denkt an den guten Pastor Stüveking und sein langes, norddeutsches Gesicht, das für Beerdigungen wie gemacht scheint. Diesen Badenern ist nichts heilig, nicht mal eine Leiche.

»Und den von dem Mann, der sagt, er zieht auf die Malediven, weil's da 25 Euro für jeden Beischlaf gibt, und die Frau sagt, sie kommt mit, und er fragt, warum, und sie sagt: Ich will sehe, wie du von 25 Euro im Monat lebsch. So war ihrn Horst gar net, der war doch mehr wie en scharfer Rettich …«

Wieder lachen alle.

»Un wisst ihr noch, wie sie damals ihrn BH im Hof verbrannt hat? Die Alice hat gesagt, mir solle uns befreie!«

»Welche Alice?«, fragt die Tochter scharf.

»Schwarzer. Die aus de Talkshows!«

Alle lachen.

»Und wie sie den Prieschter gefragt hat, ob's die Soutane auch in seiner Farb gibt …«

»Hahahaha!«

»Naja, sie war ja auch so lustig, wenn sie auch als Rentnerin noch mal ausgholfe hat, vorn in de Kiss-me-Bar. Wisst ihr noch, wie sie in dem Werbezettel geschriebe habe: ›Heute Oben-ohne-Bedienung‹, und sie stand da ohne ihr Haarteil. Oben ohne ... Ja, die war schon e Marke.«

»Gut, sie kam ja ausm Service. Und da hat sie auch nix schlecht werde lasse. Da war sie schon Witwe, wie sie mit dem Rudolf aus der Kaiserstraß losgezoge isch. Komm, Rudolf, mer gehe nach Bade-Bade in die Spielbank und haue die Rent uff de Kopp. Wenn's net klappt, müsse mer halt für den Monat zur Tafel ... Hahahaha!«

»Un ich wird net vergesse, wie sie zu dem Gärtner gesagt hat, es war ja wirklich e Büble: Wenn ich noch e bissle jünger wär, dann kämsch du mer net mehr heil aus meim Gartehäusle. Dich tät ich direkt aufm Pflanztisch vernasche ...«

»Hmmmmm ...« Räuspern.

Alle gucken die Tochter an. Das war jetzt alles arg taktlos. Aber die wird ja den kurpfälzischen Humor von ihrer Mutter geerbt haben.

»Sie sind auch aus der Branche? Führe auch eine gewisse ... Lokalität? Un Ihr Mutter hat immer gesagt: Mei Eleanor lässt nix anbrenne. Die isch auch schon des dritte Mal verheirat. Irgendwann wird sie's ja könne.«

»Hahaha!« Alle lachen, so wie Frauen lachen, wenn keine Männer mit am Tisch sitzen.

Eleanor kneift die Lippen zusammen.

Elke beugt sich vor.

»Und mit wem sin Sie denn derzeit liiert, Eleanor?«

Die Schmale streift die Jacke ab. Drunter kommt was Schwarzes zum Vorschein. Mit einem weißem Kragen und mit einem ziemlich großen Kreuz.

»Mit Jesus«, sagt sie. »Und mein Name ist Schwester Beneficia!«

Schockiertes Schweigen in der Runde. Elke fragt schließlich stockend: »Und die Eleanor? Die Luschtige?«

»Meine sogenannte *lustige* Schwester ist krank. Grippe. Konnte leider nicht kommen.«

Das peinlichste aller peinlichen Schweigen breitet sich weiter tischabwärts aus.

Bis Gerda mal wieder rettet: »Schwester, ich bin aus Lübeck. Lübeck! Und ich kann sagen, Ihre Frau Mutter war – alles in allem – eine gottesfürchtige Dame. Kennen Sie zufällig unseren guten Pastor Stüveking? Er hat gesagt: Gott will, dass wir freudig lachen.«

»In Lübeck lacht man auf Beerdigungen?«, erkundigt sich Schwester Beneficia eisig.

Gerda wird rot wie eine Ostseekrabbe.

Wie stehen sie und die ehrwürdige Hansestadt Lübeck jetzt da? Doch sie ist aus einem alten Rostocker Geschlecht. Dem der Debelius nämlich. Da zeigt man Haltung.

Stolz und trotzig entgegnet sie: »Ja. Und wir ... tanzen und musizieren und ...«

Beneficia mustert sie ungläubig.

Gerda spricht tapfer weiter: »Und wir singen und schunkeln. Hallo, Herr Wirt, hätten Sie etwas ... Stimmungsmusik? Schöne Maid oder so etwas in der Art? Wir möchten tanzen!«

Donnerwetter, denkt Sylvia anerkennend. Manchmal macht se Sache, die ich ihr net zutraue würd.

Badische Klostersuppe

Zutaten:

250 g Reis
¾ l badischer Weißwein
½ Würfel Brühe
1 Zitronenschale
50 g Zucker
6 Eigelb
2 EL Zimt

Zubereitung:

Den Reis mit Wasser anrühren und bei eifrigem Umrühren mit dem Brühwürfel aufkochen. Dann gibt man den größten Teil des Weißweins sowie die geriebene Zitronenschale und den Zucker hinzu.

Vor dem Anrichten werden sechs Eigelb mit dem Rest des Weins verrührt, in eine Suppenterrine gefüllt.

Sodann gießt man die Reissuppe langsam darüber. Zum Schluss streut man nach Geschmack gestoßenen Zimt über die Suppe.

Heiß servieren. Die Suppe schmeckt süßlich.

Badische Brotsuppe mit Käseresten
oder: Gleichgeschlechtlicher Kaffee

»Elke, ich geh da keinesfalls hin. Und mein Sohn auch net.«

»Manfred, des isch net dein, sondern unser Sohn, und der kann selbscht entscheide. All mei Freundinne komme. Zumindest die Lore und die Gerda. Un sogar deine verschärft spießige Mutter gegeüber hat zugesagt. Es sin unser neue Nachbarn und es isch nur e nette Kaffee-Einladung. Und nachdem wir heut nur die Badische Brotsupp hatte, an der lediglich Sellerie, Gelbe Rübe un der Rest vom geriebene Käs dran war, könnt ich e Stückle Kuche vertrage!«

»E nette Kaffee-Einladung? Dass ich net lach. Des isch e klassisches Coming-out!«

»Unsinn. Des habe die ja schon längst g'habt. Es isch e Einladung bei em nette junge Pärle. Wo isch des Problem?«

»Des nette junge Pärle heißt Simon und Matthias. Elke, des sind zwei Kerle.«

»Na un? Des isch halt e ... Spielart von em Pärle. Zwei nette Herre. Du gehsch mit!«

»Ich geh net mit. Und mein Sohn auch net. Zu gefährlich. Bei solche weiß mer nie.«

»Nie im Lebe. Die sin in Ordnung. Und ich glaub net, dass du ihr Typ bisch.«

»Ich geh net mit!«

»Komme Sie doch weiter, Elke, aha, und das ist die hübsche Joanna und das ist der Sohnemann, der Axel – und hallo Manfred, ich bin der Simon. Mögt ihr einen Sherry? Matthias, machst du mal en ganz staubtrockene Sherry?«

Manfred schaudert. »Danke. Ich trinke keinen Sherry. Des isch kei Getränk für echte Mä... Vielleicht mei Frau Mutter. Wir habe sowieso leider net viel Zeit. Mein Sohn muss zu nem Fußballspiel. Sie wisse ja, diese Sache mit elf Männern und einem Ball. Also, elf richtige ... also sportliche Männer ... Trotzdem war es sehr nett, vielen Dank und auf Wiedersehen.«

Simon strahlt.

»Das versteh ich. Ich hab auch Fußball gespielt, war sogar mal beim KSC im Perspektivteam ... Axel, magst du nachher mal meine Fotos sehe? Einmal hat uns sogar der Olli Kahn besucht, der ja auch in Karlsruhe ...«

»Nein! Mag er nicht«, sagt Manfred.

»Gern«, sagt Axel. »Und des Spiel ist erst morgen, Papa. Gege den FV Blankeloch.«

»Oh je. Sind des immer noch so Arschlöcher?«, ruft Matthias.

Manfred zuckt bei dem Wort merklich zusammen.

»Korrekt«, erwidert Axel strahlend. »Die mache mer aber morge platt. Die tüte mer ein!«

Manfred guckt aus dem Fenster. Irgendwie ist der Kragen von dem Hemd zu eng. Er nestelt dran rum.

Lore eilt zusammen mit einer stocksteifen Gerda durch das Haus. Flüstert der Elke zu: »Des Häusle isch aber schön geworde. Es stimmt also wirklich, was mer sagt: So ... Leute habe besonders viel Sinn für Einrichtung. Ich bin ja sonscht keine, die Vorurteile hat. Also, ich war die Einzige, die des schwarze Mädle damals zum Kinnergeburtstag eing'lade hat. Gut, sie isch net gekomme, des war vielleicht auch besser so, aber einglade hab ich sie jedefalls. Ich könnt dem Obama geradeaus ins Gesicht sehe.«

Simon und Matthias heben das Glas: »Mein Mann und ich möchten uns herzlich für die freundliche Aufnahme in der Nachbarschaft und bei den engen Freunden unserer Nachbarn bedanken.«

»Mein Mann?«

Manfred schüttelt den Kopf, lacht in sich hinein. »Oh Gott. Wird ja immer toller.«

»Ja, der Matthias und ich, wir haben vor sechs Wochen geheiratet.«

Alle murmeln was Verlegenes.

»Hoffentlich musste se net heirate!«, flüstert Joanna ihrer Mutter zu und kichert.

Die macht: »Psst!«

Simon verkündet stolz: »Matthias hat eine echte Badische Linzertorte gebacke. In unserem neue Herd. Mit Umluft und Pyro... ach egal, er reinigt sich jedenfalls von selbst. Wem's schmeckt und wenn noch was übrig bleibt ... Ich pack euch gern nachher noch e Stückle ein.«

Gerda sieht zum Himmel. Was für eine Welt, in der Männer Kuchen backen und Stücke einpacken! Sie dachte immer, hier unten im Süden pflege man auch noch tradtionelle Werte! So wie in den besseren Kreisen im heimischen Lübeck. Obwohl ... Thomas Mann und seine Tagebücher waren auch etwas ... degoutant gewesen. Also strafft sie sich und lächelt nun doch norddeutsch verbindlich.

Der Kuchen kommt, wird angeschnitten und verteilt. Er sieht gut aus, doch Manfred schüttelt den Kopf, als er an der Reihe ist.

Lilo nimmt aber ein Stück und nickt anerkennend.

»Papa, warum backsch du nie Linzertorte?«, fragt Axel beeindruckt und nimmt ein zweites Stück.

Manfred zuckt wieder zusammen. »Sei still ...« Und leise: »Axel, echte Männer mache des net. Jedenfalls keine, die *ich* kenne will.«

»Sin des kei echte Männer? Ich find die beide ganz cool.«

»Axel, wie ich soll ich dir des erkläre ... Des sind Männer, die net lebe wie annere Männer.«

»Wieso? Sie habe en Computer, sie habe e Auto, sogar e Motorrad hab ich hinte im Schopf stehe sehe. Und en große

Plasmafernseher. Der Matthias schafft beim Benz und der Simon isch Rettungsassistent. Was könne echte Männer noch anneres mache?«

Manfred kann endlich nachfühlen, wie es Frauen in den Wechseljahren geht. Er schwitzt grundlos.

»Aber sie sind net verheiratet, Sohn!«

»Doch! Sind se!«

»Aber net mit Fraue, sondern miteinander. Mein Gott, Axel, stell dich doch net so blöd an. Des sin zwei Schwule!«

»Des weiß ich längscht. Ja und?«

»Schwule!!!«

»Papa, mach dich mal locker. Des sind doch nur der Matthias und der Simon. Oder hasch du etwa Vorurteile?«

Ja, denkt Manfred. Hab ich eigentlich schon. Und zwar massenweise. Aber unser Axel scheint sich hier wohlzufühle. Und des isch für mich als Vater des Wichtigschte.

Er seufzt: »Hab ich net. Und jetz lass mich mal von dem Kuche da probiere!«

Brotsuppe mit Käseresten

Zutaten:

250 g *Brotreste*
1 l *Fleischbrühe*
1 *Knolle Sellerie*
4 *Gelbe Rüben*
100 g *Reibkäse oder Käsereste*
1 *Eigelb pro Suppentasse*

Zubereitung:
Alte Brotreste eine halbe Stunde einweichen. Sellerie und Gelbe Rüben klein schneiden und in Fleischbrühe kochen. Brot hinzufügen. Durchsieben, würzen, nochmals aufkochen und mit Käse bestreuen.

Die Suppenmasse über jeweils ein Eigelb in die Suppentassen gießen. Heiß servieren.

Badische Bärlauchsuppe
oder: Ich ess eigentlich alles

Johanna-Marie will sich bekanntlich langfristig von »www. torsten.de« trennen. Denn, so klagt sie gerne: »Was isch des für e Beziehung, in der man den Partner öfter in Facebook als im wirkliche Lebe sieht?«

Sicherheitshalber hält sie jetzt schon mal Ausschau nach netten Frauenbekanntschaften für die Zeit danach. Sylvia, Lore und die anderen sind ja gut und schön, aber die kennt sie halt schon so lange. Die Ingrid wartet immer noch auf die Heimkehr des verlorenen Rolf und die Susanne ist mit ihrem Köter und ihrer Karriere verheiratet. Die Gerda ist eine Norddeutsche. Die taugt zur Bekannten, aber nicht zur engen Vertrauten. Sie versteht ja nicht mal Dialekt. Kürzlich hat Johanna-Marie die anderen gefragt: »Isch euch schon mal aufgefalle, dass die immer die Auge so zukneift, als rede mer dauerhaft zu leis?«

Also spricht Johanna-Marie eine neue Kollegin an. Sybille aus der sogenannten Treasury-Abteilung möchte gerne als »Sybil« angesprochen werden, ist sehr schlank, hat lange lockige dunkelblonde Haare, hinter Brillengläsern schauen verträumte Augen in die Welt und um den Mund spielt stets ein amüsierter Zug, als wisse sie Bescheid. Sie dürfte so um die Vierzig sein, vielleicht ist sie auch schon fünfzig, man kann es nicht schätzen. Jedenfalls hat sie offenbar keinen Mann und auch keinen Freund, dafür lächelt sie zu viel und zu oft.

»Die lad ich mal zum Essen ein.«

»Solche elfenhafte Wese sin manchmal arg schwierig!«, weiß Sylvia, die sich bestens mit schwierigen Frauen auskennt.

»Glaub ich net. Das isch so e ganz Stille. Die hat kei große Ansprüch.«

»Du, Sybille …«

»Sybil! Bitte! So viel Zeit muss sein.«

»Ach so, Sybill. Klar. Ich tät dich gern mal zum Esse einlade! Um uns e bissle näher kennezulerne. Hättsch du mal Zeit die Woche?«

»Ich habe immer Zeit.«

»Passt's dir also morge Abend? So um siebe?«

»Morgen geht es leider nicht.«

»Sonntag Abend?«

»Da schaue ich den Tatort.«

»Vielleicht am Sonntag Mittag?«

»Des könnte eventuell gehen. Wenn nichts dazwischenkommt.«

»Wieso?«

»Manchmal kommt etwas dazwischen.«

»Okay. Magsch dann zu mir komme? Ich wohn derzeit noch in Rastatt in der Grenadierstraße. Ich such aber langfristig e neue Wohnung. Kennsch du Rastatt?«

»Nein! Was ist das?«

»Du bist ja aus dem Saarland, wie sollst du das wissen. Dann zeichne ich dir's auf. Hier. Um eins?«

»Das kann ich vielleicht möglich machen. Vorbehaltlich.«

»Was magsch denn esse?«

»Ich esse eigentlich alles.«

»Was Badisches? Oder nur e Süpple? Badisches Bärlauchsüpple. Der blüht grad. Schön mit Weißwein und Sahne … Das wär was Typisches.«

»Oh, nein. Lieber nicht! Bärlauch riecht doch etwas streng, nicht wahr?«

Johanna-Marie entgegnet freudig: »Ja, da hasch Recht. Dann mach ich e schönes Gulasch mit Pilze und Paprika….«

»Paprika vertrag ich nicht, da muss ich sauer aufstoßen. Und bei Pilzen habe ich Angst.«

»Ich hol sie aber ganz frisch.«

»Eben!«

»Dann mach ich Gulasch ohne Paprika und Pilze!«

»Dann ist es ja kein Gulasch mehr.«

»Dann lasse mer des Gulasch sein. Schnitzel kann ich auch gut.«

»Schnitzel bedeutet ja wohl Schwein, nicht wahr? Dies mag ich nicht.«

»Verständlich. Soll mer ja auch net. Dann Rumpsteak. Schön rosa innedrin. Oder e Falsches Filet. Faux Filet sage die im Elsass drübe. Hmmm ...«

»Um Gottes willen. Trichinen!«

»Wie wär's mit nem Hähnle?«

»Geflügel esse ich nicht. Salmonellengefahr!«

»Gut, mer müsse ja auch wirklich kei Tier töte, wenn mir zwei uns mal treffe. Ich kann e Pizza mache.«

»Pizza hasse ich. Ich bin eine bedächtige Esserin, und der italienische Teigfladen ist schon kalt, wenn ich gerade mittendrin bin. Das kommt von der hohen Oberfläche eines belegten italienischen Teigfladens.«

»Da hasch Recht. So hab ich das noch nie gesehe. Bleibe mer doch mal beim Italienische. Ich könnt Spaghetti mache. Mit Muschle.«

»Teigwaren machen dick. Esse ich nicht mehr. Und Muscheln, da schüttelt es mich geradezu. Gelbsucht!«

»Pfannkuche?«

»Ich vertrage keine Eier. Und keine Milch. Und kein Mehl. Glutenschock.«

»Genau wie mei Schwägerin!«

»Ja?«

»Jetzt hab ich's. Mir esse Fisch.«

»Fisch? So etwas habe ich seit Jahren nicht mehr zu mir genommen. Da sind bekanntlich massenweise Würmer drin, die man mit bloßem Auge nicht sieht.«

»Echt, Sybille?«

»Sybil! So viel Zeit muss sein.«

»Sybil. Salat?«

»Blähungen!«

»E annere Supp? Ohne Zwiebeln?«

»Hitzewallungen.«

»Kartoffelauflauf mit Käs überbacke?«

»Laktoseallergie!«

»Was mache mer dann?«

»Dann lassen wir es halt. Wenn das mit dir so kompliziert ist. Ich esse ja eigentlich alles ...«

Johanna-Marie seufzt und verschiebt die Trennung von Torsten um ein paar Wochen.

Andere Frauen sind einfach zu schwierig.

Badische Bärlauchsuppe

Zutaten:

2 kleine Schalotten
1 kleine Möhre
1 Stück Sellerie
1 Stange Lauch (nur das Weiße)
2 kleine Kartoffeln
1 Knoblauchzehe
150 g Bärlauch
400 ml Fleischbrühe
200 ml Gemüsebrühe
200 ml trockener badischer Wein
250 ml Sahne
1 EL Butter

Zubereitung:

Schalotten und Knoblauch fein gewürfelt in Butter andünsten und das gewürfelte Suppengemüse und die Kartoffeln ebenfalls hinzugeben. Mit den beiden Brühen und dem Wein ablöschen und zehn Minuten köcheln lassen.

Den Bärlauch bis auf vier Blätter zerkleinern und die Sahne schlagen. Die Hälfte der Sahne mit dem Bärlauch zusammen in die Suppe geben und mit dem Pürierstab pürieren.

Abschmecken, etwas Muskat hineinreiben, auf Teller verteilen und jeweils mit einem Sahneklecks und einem Bärlauchblatt garnieren.

Badische Zwiebelsuppe
oder: Susanne macht sich's gemütlich

»So en ganzer Abend ohne Verpflichtunge isch einfach was Herrliches!«, denkt Susanne eitel. War früher bei ihr manchmal zu wenig los, ist alles in letzter Zeit zu viel geworden. Die neuen literarischen Spaziergänge mit Hund Paul, in denen er nicht an der Murg, sondern an der Alb spazieren geht, sind kürzlich erfolgreich erschienen. Der Reiseführer »Baden für Hunde« muss zwar noch geschrieben werden, verspricht aber interessant zu werden. Was bitte schön darf ein Hund im Schwetzinger Schlosspark, und warum freut sich das törichte Vieh, wenn es nach Bad Bellingen darf?

Und dann die vielen Lesungen. Allein die Tierbedarfskette Futterschüssel hat Susanne für zehn Läden gebucht. Da steht sie dann samstagmorgens zwischen Hamsterkäfigen und Maulkörben und liest aus Pauls Buch vor. Anschließend ist Signierstunde.

Also, die Susanne hat über ihr eigenes Leben ein bisschen den Überblick verloren. Ihr Terminkalender sieht aus wie ein modernes Gemälde. Überall Bunstifteintragungen, Pfeile und Querverweise. Hund Pauls Termine sind gün, ihre eigenen rot, die Lesungen blau und alles Sonstige ist lila. Die meisten Eintragungen sind grün, was ihr manchmal zu denken gibt.

Susanne freut sich also auf ihr heutiges Abendprogramm: »Abschminke. Schlabberlookhose anziehe, des eklige Öl ausm Reformhaus in die Haar schmiere. Das muss einwirke bis morge früh und dann muss man des mindestens fünfmal auswasche, damit man net aussieht, als wär man in e Ölpresse gefalle. Gurkenmaske aufs Gesicht, den Rest von der Gurk morge rasple un verzehre. Damit nix verkommt.«

Dann hat sie vor, sich eine alte DVD anzusehen, vielleicht *Vom Winde verweht*: »Heule, sich zumindest e bissle betrinke. Aber des Beste isch ... e überbackene Zwiebelsupp!«

Susanne liebt diese sämige Zwiebelsuppe mit ganz viel dickem Käse, der auf den Brotscheiben verläuft, braun wird und herrliche Fäden zieht, doch nur ganz selten macht sie sich die Köstlichkeit für sich alleine. Zwiebeln vor einem Auftritt gehen gar nicht. Aber heute ist der Tag, an dem nichts und niemand auf sie wartet!

Der Käse in der Tonform im Backofen schlägt Blasen auf den Weißbrotscheiben. Noch ein Schuss badischen Riesling hinzu. Köstlich. Susanne nimmt ein Brotstück auf den Teller, beugt sich darüber. Ein Käsefaden verfängt sich in ihrem öligen Haar, ein weiterer klebt an ihrem Kinn. Grad egal. Sie genießt es, ein echtes Schmuddelkind zu sein. Psychologen sagen, dass es reinigend sei, ab und zu in die frühkindliche anale Phase zurückzukehren.

Mit den Fingern streicht sie den Käserest aus dem Gefäß. Ihre Hände kleben. Sie schmiert sie an der Jogginghose ab. Herrlich, zu leben wie ein Ferkel. »Mal net funktioniere müsse! Des isch en psychischer Gesundungsprozess. Des sollte alle große Künschtler von Zeit zu Zeit mache.«

Da läutet das Telefon.

Erst will sie nicht rangehen, dann erliegt sie der Versuchung. Sie hat letzthin in der Futterschüssel diesen Dackelmischling kennengelernt. Das heißt, sein Herrchen am anderen Ende der Leine ... mal sehen ...

»Hallo?« Noch ein kräftiger Schluck badischer Riesling aus dem schmalen Glas. Glucks.

»Spreche ich mit Frau Susanne Löffler?«

»Ja, des bin ich. Höchschtpersönlich.« Susanne kichert.

»Wir wollten nur fragen, wann wir Sie erwarten dürfen, liebe Frau Löffler?«

»Hahaha«, gluckst Susanne.

»Bitte?«

»Also, ernsthaft, wer sin Sie und was wolle Sie?«

Im Hintergrund hört Susanne Gläserklirren und Gelächter. Ein gewisser Anruf? Immerhin! In ihrem Alter noch.

»Mein Name ist Krummbiegel. Ich bin der Leiter der Stadtbibliothek in Bruchsal, und wir wollten fragen, wann Sie kommen. Hab ich Sie jetzt auf dem Festnetz? Sind Sie noch zu Hause?«

Susanne wirft einen Blick auf die Uhr. Fünf nach acht!

»Ja ...« Sie prustet.

»Wir haben ein volles Haus, und ich darf zu meiner Freude sagen, dass die Frau Bürgermeister auch persönlich anwesend ist. Wir planen nämlich, Sie für die Kinderliteraturtage nächstes Jahr als Hauptattraktion einzuladen. Die Kinder lieben bekanntlich Hundegeschichten, aber später dazu persönlich mehr. Jedenfalls werden Sie mit dem Honorar zufrieden sein. Eigentlich«, jetzt scherzt die Stimme namens Krummbiegel mit gespielter Strenge, »fing es ja um acht Uhr an bei uns, aber ihr Künstler ... Wann dürfen wir also mit Ihnen rechnen? Gaggenau – Bruchsal, naja, auf der Autobahn zwanzig Minuten ...«

Wieder Gläserklirren im Hintergrund. Klatschen.

Susanne nimmt Herrn Krummbiegel am Telefon mit vor den Spiegel im Bad. Was sie sieht, gehört in einen Horrorfilm.

Das Haar vom Öl in dicke Strähnen verklebt. Zwischendrin hängen Käsefäden, so wie auch am Kinn. Dunkle Kajalreste unter den Augen, Fettcreme auf dem glänzenden Gesicht. Die Nase ist rot. Der Alkoholspiegel entsprechend hoch.

Eine Karikatur. Susanne gluckst.

»Lieber Herr Krummbeutel. An der Autorin müssen umfangreiche Wartungsarbeiten durchgeführt werden, mit deren Fertigstellung leider heute nicht mehr gerechnet werden kann. Es kann also zu Verzögerungen und Ausfällen kommen. Wir bitten, dies zu entschuldigen.«

Zwiebelsuppe

Zutaten:

500 g	*Zwiebeln*
2 EL	*Butter*
1 l	*Fleischbrühe*
1 EL	*badischer Weißwein*
	Salz
	Pfeffer
	Muskatnuss nach Belieben
150 g	*Emmentaler*
4	*Weißbrotscheiben*

Zubereitung:
Zwiebeln in Streifen schneiden und in geschmolzener Butter glasig dünsten. Die vorher erhitzte Fleischbrühe zu den Zwiebeln hinzugeben. Mit badischem Wein und den Gewürzen fein abschmecken.

Die Suppe in kleine Förmchen füllen und mit den Brotscheiben belegen, auf die man den geriebenen Käse gestreut hat.

Im Ofen bei starker Oberhitze überbacken.

Badische Baumwollsuppe
oder: Lore hat Glück gehabt

Es ist der 1. Mai. Auch wieder einer von diesen Feiertagen, an denen Singles merken, dass sie Singles sind. Trauben von jungen Leuten ziehen Handkarren hinter sich her auf dem Weg zum Turmberg in Karlsruhe, durch die Markgräfler Weinreben, auf den Freiburger Schlossberg oder irgendwo entlang des badischen Rheins. Ansonsten sieht man überall Trupps von Rentnern in Goretexjacken oder radfahrende Familien mit kleinen Kindern, die in Anhängern herumkugeln.

Lore ist lustlos und notgedrungen bei einer Kundgebung zum 1. Mai im Karlsruher Stadtgarten gewesen, doch irgendwie hat da das klassenkämpferische Feuer gefehlt.

Sie ruft die Susanne an, doch die arbeitet am Tag der Arbeit.

»Ich sitz an meim Reiseführer durch Baden für Hunde!«, stöhnt sie. Gerade beschreibe sie, was ein Hund im Kraichgau alles unternehmen kann (viel) und was in Mannheim (nix). »Ich hab kei Zeit. Ruf die Sylvia an!«

Sylvia nimmt nicht ab, Gerda ist auf Heimaturlaub in Lübeck und auch sonst hat keiner Zeit.

Also auf zur Elke, bei der man immer spontan klingeln kann.

Die freut sich sogar, denn Manfred ist mit seinen Kegelbrüdern unterwegs und sie selbst probiert gerade Rezepte aus »Omas 1-Euro-Kochbuch« aus. Am Tisch kauert muffig die Joanna, die wartet, dass der wieder in Gnaden aufgenommene Exfreund Konvex sie zu einem 1.-Mai-Treff mit den anderen abholt. Man will gemeinsam vor dem NETTO chillen.

Elke serviert der Lore ein unbekanntes Gericht namens Badische Baumwollsuppe: »Butter, Mehl, Eier, Schnittlauch. Hat jeder daheim. Die neue Bescheidenheit.«

Lore und Joanna probieren. Sind mäßig begeistert.

»Wenn ihr wollt, hätt ich noch en Alemannischer Bettelmann. Auch aus dem 1-Euro-Büchle.«

»Hm!«

Elke stellt was hin und alle äugen.

»Was isch jetzt des?«

»Schwarzbrot mit Äpfeln zu einem Brei vermischt und mit Butter und Wein und Zimt überbacken. Schmeckt net schlecht. Die alte Leut wusste halt noch zu spare! Des wär mal e Gericht für die Mädels, wenn mer des nächschte Mal zusammekomme.«

»Kotz. Würg!«, sagt Joanna.

»Ich weiß auch net«, meint Lore. »Ich glaub net, dass des ankommt. Denk nur mal an die Sylvia. Die hat noch nie gespart, seit ich sie kenn. Wenn am Ende vom Monat noch Geld auf ihrm Konto isch, fühlt die sich als Versagerin.«

»Meinsch? Und wir geht's dir so, Lore?«

Lore strahlt.

»Mir? Ganz prima. Ich bin total glücklich grad.«

»Und warum?«

»Also: Ich hab neulich en Autounfall gehabt ...«

In dem Moment läutet Joannas Handy. Erleichtert springt sie auf und verlässt ihr Elternhaus wie auf der Flucht.

Elke seufzt. »Lore?«

»Ja, jetzt pass mal auf. Ich war am letzte Samstag bei ner Vernissage. Ich war aber total erkältet und hab deshalb nix von dem Sekt getrunke. War also nüchtern, was e supergutes Gewissen ergibt. Der erschte Glücksfall! Allerdings hatte ich mir vorher am Lindeplatz beim Casati noch e Eis geholt, und des hatt ich grad fertig gegesse, als es passiert isch. Auch widder en Glücksfall, denn des Nusseis von Casati isch einzigartig und um des wär's ewig schad gwese, denn nach dem Zusammeprall wär des net mehr genießbar gewese. Dann fahr ich also die Kaiserallee runter, ans Mühlburger Tor, und ich fahr und fahr in die Kreuzung rein und denk noch, warum wohl des schwarze Auto von rechts net anhält, und schon kracht's.«

»Verstehe. Un warum bisch jetzt so glücklich?«

»Weil nix wirklich Schlimmes passiert isch und weil der einzige Zeuge gege mich, en Inder namens Khan, verschwunde isch, nachdem die Gegnerin sei Telefonnummer un sei Adress wisse wollt. Des nenn ich Glück. Dann kame zwei Polizischte zufällig vorbei, steige lässig aus ihrm Auto und frage nur, ob mir das unner uns regle und die Gegnerin hat schnell ja gesagt, weil ihre Reife ware total runnergefahre. Dann sin die einfach widder eingestiege und fortgefahre. Hatte die schon des Protokoll gespart. E Glück. Ich selbst war nämlich net angeschnallt gewese und hab die rote Ampel überfahre und ich hatt noch den Hund Paul leihweise im Auto, der saß auf dem Beifahrersitz wie en Mensch und war auch net vorschriftsmäßig angeschnallt, und außerdem hatt ich mein Führerschein net dabei und starke Erkältungstablette genomme, bei dene en Drogetescht wie irr angeschlage hätt.

So – kein Punkt, kein Strafzettel. Wunnerbar. Und an meim Auto sieht mer vor lauter Roscht und Staub sowieso kein Kratzer und kei Delle mehr. Auch Glück, dass ich so e altes Auto fahr.

Un mei Versicherung sagt, sie zahle den Schade an dem annere Auto und weil ich so lang kein Unfall mehr gehabt hab, werd ich net hochgestuft, und die Gegnerin isch e arg nette Frau aus Hockenheim. Mir wolle mal en Kaffee zusamme trinke gehe. Sie lädt mich ein, weil sie ja e gewisse Mitschuld hat, die man jetzt net mehr genau ermittle kann. Die isch auch alleinstehend und sehr sympathisch. Des sin doch alles reine *Glücksfäll*. Geb's zu.«

»Da muss ich dir Recht gebe!«, sagt die Elke.

Draußen sagt Joanna zu Konvex: »Du, ich muss gucke, dass ich schnell erwachse werd und hier ausziehe kann. Diese Freundinne von meiner Mutter werde immer irrer. Jetzt kommt schon eine und sagt, sie isch total glücklich, weil se en Autounfall gehabt hat.«

Badische Baumwollsuppe

Zutaten:

30 g Butter
60 g Mehl
2 Eier
1 EL Salz
3 EL Wasser
2½ l Fleischbrühe
Schnittlauch

Zubereitung:
Unter die schaumige Butter rührt man nach und nach das Mehl, die Eier, das Wasser, würzt mit Salz und lässt den Teig in langen Fäden in die kochende Knochenbrühe fallen. Nach 20 Minuten wird die fertige Suppe mit Schnittlauch garniert.

Badische Apfelsuppe mit Schmalzbroten
oder: Kreative Monster 2

»Heute haben wir etwas ganz Besonderes vor. Ihr dürft euch freuen!«, verkündet Susanne ihren Kindern aus der Schreib-AG.

Helena (Vater Deutscher, Mutter aus Kuba) zeigt ein Strahlen. Vorne fehlt ihr ein Schneidezähnchen.

»McDonald's?«

»Nein, natürlich nicht«, erwidert Susanne streng und in bemühtem Hochdeutsch. »Dies ist der Kurs Kreatives Schreiben. Da geht man nicht zu McDonald's! Überhaupt ist McDonald's nicht gut. Eure Eltern sollen euch lieber einen gesunden Snack machen, etwa einen Badischen Käsesalat mit Trauben. Hmm. Ist das lecker? Oder eine gesunde Suppe kochen. Ich als Kind war beispielsweise verrückt nach Badischer Apfelsuppe. Das ist vegetarisch und günstig und diejenigen unter euch, die zufällig keine Muslime sind, könnten die Suppe zu Schmalzbrot servieren. Das passt prima!«

»Iiiih«, sagt Abdullah, »Schweinefleisch darf ich eh nicht essen.«

»He?«, fragt Manuel (Vater Deutscher, Mutter aus Eritrea).

»Mit dem Kurs Strohsternebasteln sind wir auch zu McDonald's gegangen!«, bemerkt Selina (Bosnierin).

»Und wir mit den Tanzmäusen auch. Sogar zweimal!«, bekräftigt Tina (Inderin).

Was machen diese Frauen für einfallsloses Zeug mit den Kindern, denkt Susanne. Einfach irgendwo in einem Fast-Food-Lokal parken und warten, bis die Zeit vergeht. Schrecklich. Und so einfallslos. Kein Wunder, dass bei uns die Aufstiegschancen für Kinder mit Migrationshintergrund so schlecht sind.

»Nein, Kinder, ich habe etwas Superschönes für euch vereinbart. Wir gehen in ein Geschäft namens *Bücherparadies*. Da haben zwei ganz nette Männer eine gute Idee gehabt und viele, viele gebrauchte Bücher gesammelt, und die stehen jetzt in Regalen, ganz großen Regalen, und man kann sie ganz günstig kaufen. Aber das Tollste ist ...«

Das Tollste ist ein Superlativ und setzt voraus, dass es auch etwas Tolles gibt. Bis jetzt ist allerdings weit und breit für Susannes Schreibkinder nichts Tolles zu entdecken, deshalb scharren sie alle mit den Füßen oder checken ihre bunten Kinderhandys.

»Da gehen wir jetzt gemeinsam hin und wisst ihr was ...?«

Susanne holt tief Luft und lässt die Bombe ihrer Großherzigkeit platzen: »Jeder von euch darf sich ein Buch raussuchen!«

Schweigen. Scharren. Handys checken, auf die Uhr gucken.

»Toll, was?«, jubelt Susanne unverdrossen.

Irgendwann meldet sich Jens (halb Chinese, halb Vietnamese. Eltern: Asienrestaurant): »Was für ein Buch?«

»Na, irgendein Buch.« Susanne sieht aber sofort richtig teure Bildbände vor sich, die von zarten Kinderhänden an die Kasse getragen werden. »Natürlich ein Kinderbuch. Ein Taschenbuch.« Vorsichtshalber fügt sie hinzu: »Für einen Euro.«

Wäre dies ein Comic, würden jetzt Fragezeichen über den Köpfen der Kinder erscheinen, aber alles ist besser als im Klassenzimmer sitzen, und wenn die dicke Frau gerne in einen Buchladen gehen will ... soll sie. Von einer übervorsichtigen Susanne werden die Kinder in Zweiergruppen aufgeteilt und ermahnt, Hand in Hand zu gehen. Mürrisch läuft der kleine Trupp so durch die Straßen und betritt schließlich die ausgedehnten Lagerräumlichkeiten des Bücherparadieses.

Staunen, Lesen, Lernen und Bildung in langen Regalen. Alte Bücher, neuere Bücher, Taschenbücher und: »Hier sind die Kinderbücher!«

Eine geräumige bunte Ecke, Sitzkissen, Stühlchen.

»So, und nun habt ihr eine halbe Stunde Zeit, euch euren neuen Freund, also ein Buch, herauszusuchen. Bücher sind nämlich die besten Freunde.«

»Ich hab lieber Freunde, mit denen ich Fußball spielen kann«, mault Abdullah, und die kleine Sinem kichert.

»Ich geb ihnen einfach jetzt Zeit. Die Magie der Bücher wird sie bestimmt einfangen«, spricht Susanne zu sich selbst.

Die Kinder reißen nunmehr Bücher aus den Regalen, stellen sie aber natürlich nicht zurück. Blättern Bildbände auf und lassen sie irgendwo liegen. Abdullah schleicht sich zur Erwachsenenabteilung. Zusammen mit Jens vertieft er sich in das reich bebilderte Standardwerk: »202 neue Stellungen. So geht Sex heute!«

Sinem muss dann aufs Klo, Helen und Tina streiten sich immerhin um ein Pferdebuch, es reißt in der Mitte durch, und schließlich schleudert Tina es in die Ecke. »War sowieso doof. Ich will das gar nicht!«

»Ich lass sie mal etwas alleine herumstöbern!«, flüstert Susanne dem mittlerweile eher säuerlich lächelnden Buchhändler zu.

Das ist ein Fehler. Mara (deutsch) und Oliver (russisch) gehen zusammen aufs Klo und streiten sich unter Zuhilfenahme der Klobürste, wer zuerst Pipi machen darf.

Abdullah versucht, das Sex-Buch zu stehlen, und Josef (Elsässer) setzt sich hinter die Kochbücher und beginnt ein Spiel auf seinem Handy, bei dem ein grünes Männchen rote Kanonenkugeln auf blaue Männchen schießt. Jedesmal, wenn ein blaues Männchen zerplatzt, ertönt eine Fanfare und Josef erhält Punkte.

»Es sind halt Kinder!«, lächelt Susanne gespielt verständnisvoll in das ausdruckslose Gesicht des Buchhändlers hinein. Kleine Monster, denkt sie.

»So, meine Kleinen, nun bringt mir alle euren neuen Buchfreund und ich bezahle vorne an der Kasse!«

Die Kinder versammeln sich tröpfchenweise an der Kasse und bieten dort keinen verkaufsfördernden Anblick. Zwei heulen, einer hat rote Ohren wegen der vielen neuen Stellungen, einer ist wütend, weil ihm drei blaue Männchen entwischt sind und der Highscore verloren scheint, und der Rest knufft und schubst sich.

»Wo sind eure Bücher?«

»Ich hab nix gefunden«, piepst Tina. Und Helen murrt: »Das ist alles voll langweilig.«

»Ihr bekommt ein Buch geschenkt und findet keins?«

Susanne kann es nicht fassen. Hätte ihr als Kind jemand ein Buch geschenkt, wäre sie vor Freude außer sich gewesen.

»Nee.«

Susanne sieht auf die Uhr. Noch immer sind vierzig Minuten zu füllen.

»Also, wisst ihr was?«

»He?«, macht Jens misstrauisch.

»Wir gehen jetzt alle zu McDonald's!«

Badische Apfelsuppe

Zutaten:

	Etliche badische Streuobstwiesenäpfel
50 g	*Butter*
20 g	*Zucker*
20 g	*Zimt*
	alte Brotscheiben
	ggf. etwas Weißwein
	eine Gewürznelke

Zubereitung:

Die Äpfel waschen, schälen, vom Gehäuse befreien, in Stücke schneiden und langsam in der Butter weich dämpfen.

Die Masse durch ein Sieb treiben.

Nach Bedarf etwas Weißwein und/oder eine Gewürznelke hinzufügen.

Mit Wasser aufkochen, aber die Suppe sollte sehr sämig bleiben.

Zum Schluss Zucker und Zimt hinzugeben.

Über gebackenen und mit Schmalz bestrichenen Brotscheiben anrichten.

Badische Spargelsuppe alte Art
oder: Alter vor Schönheit

Zwischendurch hat Ingrid ja immer mal wieder Hoffnung geschöpft, Rolf würde eines Tages zerknirscht vor der Türe stehen, eine langstielige Rose in der Hand. Weder Rolf noch Rose sind jemals erschienen, und so hat sie nun angefangen, sich von der »räudigen Töle« von untreuem Ehemann innerlich abzulösen.

Laut ihrer Trennungstherapeutin ist es ein gutes Zeichen, dass sie anfängt, neue Schimpfworte für ihren Gatten zu suchen: »Gut so. Möglichst bildhaft! Das hilft Ihnen, den Mann zu entzaubern.«

Ingrid sucht daraufhin krampfhaft nach frischen Beleidigungen, doch es wollen ihr nicht mehr viele einfallen. »Zigeiner« sagt man heute nicht mehr, und »struppiger Streuner« ist schwächer als »räudige Töle«.

»Mistkerl« ist neutral und geht immer.

Ganz aufgegeben hat sie zwar die Hoffnung auf Einkehr, Umkehr und Rückkehr des »streunenden Schakals« noch nicht, doch zumindest verlässt sie nun sonntags gelegentlich alleine das Haus.

Besonders gerne fährt Ingrid dann nach Schwetzingen, denn der feine kleine Ort erinnert sie mit seiner zarten Schönheit an sich selbst. Dort sitzt sie dann, etwas zu jugendlich gekleidet, im Kaffee herum und tut so, als läse sie. Manchmal, zur Spargelzeit, gönnt sie sich auch etwas. Beispielsweise eine sogenannte Spargelsuppe alte Art, in der die Spargel mit Spargelbrühe, süßem Rahm und Eigelb aufgekocht werden …

Und genau da ist es passiert. Ein leibhaftiger Mann hat sie angesprochen, sich zu ihr gesetzt, mit ihr – nur ganz leicht anzüglich – über die Qualität des Spargels »Meisterschuss!«

diskutiert. Man hat Nummern getauscht, sich getroffen, mehrmals sogar, und Ingrid erwacht zu einem Leben nach Rolf, dem »schwanzgesteuerten Betrüger«, was ein frisches mutiges Schimpfwort ist, wie ihre Therapeutin erfreut feststellt.

Jetzt sucht sie den Rat ihrer Freundinnen.

»Wenn Rolf net arg aufpasst, dann bin ich unwiderruflich weg. Neu vergebe! Dann kann er mich mal, dieser …«

Ein deftiges Mannheimer Schimpfwort fällt ihr, der gebürtigen Kurpfälzerin, ein, doch sie hält inne.

Ihr neuer Galan verkehrt in besseren Kreisen. Also geht's hochdeutsch weiter: »Ich bin immer noch schön und begehrenswert. So was wie ich bleibt nun mal nicht lange allein.«

Der Lichtblick in Ingrids Leben ist ein Geschäftsmann aus Bruchsal, im Weinhandel tätig. Ein etwas älterer Mann. Ein deutlich älterer Mann. Genau genommen könnte er Ingrids junggebliebener Vater sein, doch wo ist das Problem?

Die Freundinnen besprechen in der Samstagsrunde in Karlsruhe am Gutenbergplatz das Ereignis. Nur Sylvia fehlt noch, die anderen sind schon beim zweiten Kaffee.

Und alle sind begeistert von dem ehrwürdigen Herrn.

»Das Alter, welches im Pass steht, ist nicht entscheidend«, eröffnet Gerda. »Es ist die innere Reife, welche zählt. Sagt unser guter Pastor Jan Stüveking.«

»Ganz genau!«, sagt Ingrid dankbar und schämt sich, dass sie diesen offenbar lebensklugen Mann immer als »langweiligen bigotten Fischkopp« bezeichnet, wenn Gerda nicht dabei ist.

»Ich denk, des isch ganz wunderbar für dich, Ingrid!«, freut sich Lore, die sich sowieso immer freut. »Ein älterer Mensch bietet so viel Geborgenheit!«

»Ganz genau!«, stimmt Ingrid hocherfreut zu.

»So ein reifer Mann hat Lebensart und Niveau«, weiß Gerda noch. »Gewiss schaut er auch über euren badischen Tellerrand hinaus …«

»Ganz genau!«, sagt Ingrid nestbeschmutzerisch.

»Hat er Kinner?« Elke gibt die Antwort gleich selbst: »Und wenn, dann sind se schon ausm Gröbschte raus und du kannsch die Früchte ernte. Net wie ich, die noch die Feldarbeit mache muss.«

»Ganz genau!«

Die Vorteile des Weinhändlers regnen nun geradezu auf Ingrid herab.

»Er respektiert dich!«

»Ganz genau!«

»Er baut dir e schönes Nest! Oder hat schon eins. Kei Nest – e Villa. Da kann sogar dei Tochter später mal mit einziehe!«

»Ganz genau!«

»Und der isch froh, dass er so was wie dich gefunde hat!«

»Ganz genau!«

»Der Mann fährt mit dir nach Bade-Bade, geht ins Casino, zahlt alles und ist stolz, mit dir gesehe zu werde.«

»Ganz genau!«

»Und so ein Mensch dürft bereits wissen, worauf es im Leben ankommt«, meint Susanne. »Da kannsch du dich falle lasse und ausruhe. Vielleicht sogar aufhöre zu arbeite!«

»Ganz ganz genau!«, jubelt Ingrid, die nur zu gerne aufhören würde zu arbeiten, um an der Seite eines reifen reichen Herrn zu repräsentieren.

»Hat bestimmt e sehr gepflegtes Heim. Da musch net putze. Der hat e Haushälterin, so wie ich den einschätz.« Elke denkt an ihre eigentlich weißen, im richtigen Leben aber ewig grauen Fliesen in der Küche.

»Ganz genau!«

»Er liebt Museen, Kultur und Konzerte? Gerne stelle ich euch eine Norddeutschlandreise zusammen. Ich denke, ihr fangt am besten in Worpswede an. Die dortigen Landschaftsmaler wie Paula Modersohn-Becker …«

»Ganz genau!« Ingrid ist zufrieden. Ihr Leben liegt glanzvoll vor ihr. Mit dem wunderbaren Weinhändler wird sie aufhören zu arbeiten, zwischen Baden-Baden, dem Elsass und Worpswede pendeln, seine erwachsenen Kinder werden sie mögen und ihre Tochter wird aus England an den heimischen Herd zurückkehren. Eine große wohlhabende Familie. Ihre Freundinnen nicken pausenlos. Der Mann ist akzeptiert. Genau! Genau! Genau!

Da erscheint Sylvia. Sylvia, erfahren und von gnadenlos klarer Weltsicht.

»Was hasch kennegelernt? En älterer Mann? Aha! Und wie viel älter? Was? *So* viel? Bisch du verrückt? Lass ja die Finger von der Antiquität. Ums Rumgucke isch der impotent, krank und riecht komisch!«

Ein Moment Stille. Ein Traum zerplatzt, und zurück bleibt ein faltiger Weinhändlerhals.

»Ganz genau!«, seufzen alle im Chor und wissen, dass Sylvia leider mal wieder Recht hat.

Badische Spargelsuppe alte Art

Zutaten:

20 g Butter
3 EL Mehl
125 g Schwetzinger oder Bruchsaler Spargel
¾ l Wasser
Salz
1 Becher Rahm
2 Eigelb

Zubereitung:

Mehl kurz in der heißen Butter dämpfen, dann langsam mit lauwarmem Wasser ablöschen. Salz und dann Spargel in Stücken hinzugeben und weichkochen.

Dann die Suppe mit Eigelb und Rahm legieren. Nicht mehr aufkochen.

Badische Permadensuppe
oder: Wahre Größe

Elke hat schon sehr viele Diäten hinter sich. Etwa hat sie eine Woche lang nur Reis gegessen. Hat nichts gebracht. Also ein neuer Versuch: Alles, nur kein Reis. Und keinerlei Nudeln. Ohne Erfolg. Irgendwo hat sie dann von der Spaghettidiät gelesen und daraufhin mehr Spaghetti in einer Woche verzehrt als ein italienisches Dorf im Monat. Sie hat sich die Salatportionen mit Joannas saublödem Hasen geteilt. Hat Kohlsuppe gegessen, bis sie aufgebläht war wie ein Zeppelin. Hat nur Rumpsteaks verzehrt, was teuer war, oder nur Kartoffeln, was preiswert war. Die Zwiebeldiät hat sie einsam gemacht, die Zwiebackdiät zum kranken Kind zurückmutieren lassen. Ananas. Joghurt. Hüttenkäse. Tee. Kaffee. Wasser.

Finnisches Knäckebrot. Brrrr.

Hat alles nichts gebracht. Abgenommen hat sie so gut wie gar nicht. Nach wie vor muss sie die peinliche Kleidergröße 46 tragen.

»Was e gemeine Täuschung isch. Die orientiere sich an zwergenhaft kleine Italienerinne mit Figure wie Püpple. So e Puppe wird dann irgendwo in Brüssel zur europäische Normgröß 38 erklärt, und alles andere muss sich danach richte. Ich wär normalerweis e solide 42. Wie's mei Oma zeitlebens war, als die Designer noch deutsche Fraue mit schaffige Figure als Vorbild hatte. Nachkriegsfraue, die Trümmer weggeräumt habe. Des kann man net mit Ärmle wie Streichhölzle.«

Elke mag schon gar nicht mehr in die Stadt gehen. Es ist schrecklich, wenn man etwas gerne macht (essen) und jeder sieht, wie gerne man es macht (Speckröllchen).

Erschwerend kommt hinzu, dass Elke keinen Sport treibt, weil sie nichts so hasst wie Sport. Schwimmen: zu kalt. Jogging: zu langweilig. Tennis: zu teuer. Federball: zu kindisch, und es will sowieso keiner mit ihr spielen. Minigolf: zu blöd, weil sie nie gewinnt und den Ball ständig irgendwo in der Pampa auflesen muss. »Zwei Extrapunkte für die Mama, hahaha! Die verliert wieder!«, jubelt ihr Nachwuchs dann schadenfroh.

Der Hund ist ihr einziges Sportgerät, doch der wird auch älter und dicker und versteckt sich immer öfter im Keller hinter dem Weinregal, wenn sie ihn zum Spazierengehen ruft. Elke droht: »Komm sofort her oder ich lass dich einschläfern! Ich muss abnehme!«

»Welche Größe?«, fragen die Verkäuferinnen beim Karstadt in Karlsruhe oder beim Mode-Weber in Baden-Baden. Dann kommt ein abschätziger Blick. »Na, versuchen wir es mal mit einer XL!«

»Un nebedran probiert so e junges Ding e Jeans in S an und ihr Freundin sagt: Du, die isch zu groß, ich guck mal nach ner in XS. In dem Moment könnt ich zur Mörderin werde: XS! Die Buchstabe sin aus meinem Alphabet gestriche!«

Doch dann kommt Rettung. Eines Mittags, Elke kasteit sich gerade mit einer Permadensuppe aus dem Rezeptbuch ihrer Oma, schaltet sie den Verkaufssender QVC ein. Nicht, weil sie was braucht oder was bestellen will, sondern weil sie sich immer so gut und edel fühlt, wenn sie eben *nichts* bestellt. Mit ihr macht man das nicht. Sachen vorführen und deren Vorteile den Zuschauern so lange einhämmern, bis leichtgläubige Provinzhausfrauen zum Hörer greifen.

Und überhaupt. Die meisten Anruferinnen kommen aus dem Osten, aus Plattenbauten in aussterbenden Städten, wo es nix mehr zu kaufen gibt. Weniger als vor der Wende. Nur im Internet oder im Teleshopping erfüllen sich die blühenden Landschaften für diese Leute.

Sie aber ist Badenerin, und Badenerinnen gehen zum Einkaufen in ihre gut sortierten Innenstädte nach Mannheim, Baden-Baden, Karlsruhe oder Freiburg.

Doch dann fällt ausgerechnet bei QVC das Zauberwort. Elke lässt den Suppenlöffel sinken und sieht einer drallen Person zu, die sich in einem Wickelkleid in wilden Farben vor der Kamera windet.

»Meine Damen«, jubelt die Moderatorin, »schauen Sie mal, was unsere Ornella hier trägt. Aus Viskose. Ein Naturstoff. Leicht zu pflegen, anpassungsfähig. Und eine wunderbare Kofferware. Ob zum Kaffee mit der Freundin, zum Klönschnack mit der Schwester, zum Klassentreffen. Dieses Kleid macht alles gerne mit!«

»Warum auch net«, murmelt Elke mürrisch. »Es kann ja net fortlaufe.«

Die Moderatorin winkt die kurvige Ornella aus den Kulissen.

»Hallo, Orni. Toll schaust du aus. Und was das Beste ist: Dieses wunderbare Modell gibt es auch in den Genussgrößen.«

Und die werden dann eingeblendet. Von 46 aufwärts bis ins Unendliche.

»Genussgröße!«, murmelt Elke. »Genussgröße. Des isch's.«

Und sieht sich, wie sie in die Stadt geht und sagt: »Haben Sie diesen Pullover auch in den Genussgrößen?«

Abends kocht Elke endlich mal wieder mit bestem Gewissen ihr Lieblingsgericht: Badischen Schweinekrustenbraten in Biersoße.

Permadensuppe

Zutaten:

2 *Brötchen, in kleine Würfel geschnitten*
60 g *Butter*
2 *aufgeschlagene Eier*
1 l *Fleischbrühe*
Petersilie

Zubereitung:

Die Brötchen in Butter goldbraun rösten. Die Eier darübergießen, etwas anbacken und in die warme Suppenterrine schütten. Heiße Fleischbrühe darübergießen. Auf die Suppe frisch gehackte Petersilie streuen.

Badische Bollensuppe
oder: Ingrid kann gut mit junge Leut …

»Gut, die Suppe, aber net direkt zum Abnehme, oder?«

Elke seufzt. »Ingrid, mein Mann isch net so begeistert von unsere ewige Suppe. Und diese Badische Bollensuppe besteht wenigschtens aus Hackfleisch, Oliven, getrocknete Tomate. Un Eier sowie Semmelbrösel. Des macht satt und sieht nach ner Fleischmahlzeit aus.«

»Naja, so gesehen!«

»Ich hätt für nachher noch e Linzertort!«

»Vielleicht, wenn du schon so drängst. Komme die Kinner auch noch? Würd mich freue. Also, ich kann nämlich mit junge Leut. Ich versteh die irgendwie. Es isch, als ob die spüre, dass ich auch noch jung bin. Im Herze und auch äußerlich. Also, ich hab schon oft g'hört, wie die Leut sage: Was, Sie wolle sooo alt sein? Des gibt's net! Des macht natürlich auch die Einstellung zum Lebe. Und wie mer solche Schicksalsschläg wegsteckt wie den Ehemann in frühe Jahre zu verliere. Ich kann jederzeit mit junge Leut rede. Über ihr Schulsorge zum Beispiel oder über ihrn Alltag in der Schul. Des kann net jeder, aber der Rolf war ja eigentlich Lehrer, und ich hab da schon viel mitgekriegt.

Elke, jetzt magsch einwende, dass mei Tochter schon lang ausm Haus isch, im Ausland lebt und mir net mehr so viel mitenanner schwätze, weil sie halt arg schwierig ist … aber Mutter bleibt Mutter. Des bleibt für immer in deiner Persönlichkeit eingegrabe. Und du tätsch dich schon wunnern, wie ich da einsteig. Kennsch du zum Beispiel die Tote Hose? Nur vom Name, jajaja, aber ich, ich hör des Lied von dene, des mit dene Tage ständig. Net *dene* Tage, Elke! Tage wie jene oder wie des genau heißt. Des isch en Ohrwurm. Natürlich net für vor der Zeit gealterte Leut.

Was gucksch jetzt so kritisch? Elke, sei mer bitte net bös, aber nur weil du und der Manfred net mutig genug seid, der Realität in eurer Ehe gradnaus ins Aug zu blicke, musch du net denke, dass du besser dran bisch als ich. Jetzt ruf mer mal die Kleine, die Joanna, und dann wirsch sehe. Sie hat grad e Freundin zu Besuch? Um so besser, da wirsch du bemerke, wie ich mit dene Junge klarkomm.«

»Hallo, Joanna!«

»Hallo, Ingrid. Flexi, des isch eine Freundin von meiner Mutter.«

»Ja, mir sind Freundinne, trotz em gewisse Altersunterschied. Wie geht's so in der Schul, Joanna?«

»Seit mir GTS sind, isch es net schlecht. Voll die geile LZ, Mittags chille anstatt heimgehe, kommt fett.«

»GTS ... aha!«, macht Ingrid.

»Ganztagsschul. LZ isch die Lernzeit ...«, erklärt Elke.

»Danke. Elke. Des weiß ich doch alles. Noch vom Rolf. Joanna, du weißt ja. Der Rolf isch mein Mann. En Pauker, aber en netter. Hahaha. Und was isch dei Lieblingsfach?«

»WZG und MNT, aber WVR bringt am meischte. Für später«, gibt Flexi zu Protokoll.

»Hey, LOL, du Honk!«, widerspricht Joanna in aller Deutlichkeit.

»Was?« Ingrid lächelt verkrampft.

»Selbscht Honk!«, sagt Flexi.

»WZG, aha, und MNT, nanu und dann auch noch WVR ...« Ingrid versucht verzweifelt, einen Sinn in dem Gesagten zu entziffern.

»Welt Zeit Gesellschaft und Mensch Natur Technik und Wirtschaft Verwaltung Recht«, flüstert Elke.

Ingrid nickt bei jedem Wort, als sei es ein altvertrauter Bekannter. Meint: »Siehst du, das sind alles gute Fächer. Und LOL ist sicher auch interessant. Oder nicht, du Honk?«

»LOL heißt ›laughing out loud‹. Und Honk isch en Depp.«

Woher soll man des wisse, denkt Ingrid verbittert. Komische Jugend. Ob die alle so sin? Macht aber tapfer weiter: »Naja, das hört man ja auch e bissle heraus, gell. Lautmalerisch gesehe!«

»Gestern haben mir in der ÜMA die GFS für ITG vorbereitet, aber der OHP hat net funktioniert, und wenn des bei EWG und NWA genau so ist, dann dissen wir die Referendarin.«

»Na, also, das muss ich schon sagen. Habt ihr auch mal Freistund? Des war immer meine erklärte Lieblingsstund!«

Joanna stöhnt.

»ÜMA isch doch die Freistund, Ingrid, und wenn der OHP, des isch der Overheadprojektor, net geht, wie solle mer dann bei WAG unsere Ergebnisse zeige, he?«

»Ja, die Welt besteht nicht nur aus de Schul, gell? Da kommt mer irgendwann ins richige Lebe ...«

»Des wisse mir. YOLO. You only live once. Ich hab in SE so ältere Leut betreut und denk, beim BORS werd ich auch in die Richtung gehe.«

»Soziales Engagement!«, flüstert die Elke sicherheitshalber. »Und Berufsorientierungs...«

Ingrid unterbricht und biedert sich weiter an: »Des isch doch ganz klar, Elke. Ich versteh die junge Leut. Ich mag des, wenn man sich so klar ausdrückt. Lass emal, Elke, musch in unserm Kreis net immer so auf die Klei schimpfe. Die wird schon recht.«

Joanna sagt draußen leise zu ihrer Freundin: Oh Gott, die isch ja bestimmt voll der MOF.«

Ingrid hört's und dreht sich stolz zu Elke um.

»Siehsch. Ich bin angekomme bei dene junge Leut. Sie habe schon e eigenes Kürzel für mich erdacht.«

»Ja. MOF!«

»Und ... ich kenn des. Des isch ...«

»En Mensch ohne Freunde!«

Badische Bollensuppe

Zutaten:

400 g Hackfleisch
1 Brötchen
1 Schuss Milch
8 Oliven
6 getrocknete Tomaten
30 g Parmesankäse
1 Ei
1 l Fleischbrühe
Basilikum und Bärlauch
Semmelbrösel
Salz
Pfeffer
Muskat

Zubereitung:
Das Brötchen klein schneiden und in Milch einweichen. Alle anderen Zutaten und Gewürze sowie die Kräuter klein schneiden und sodann mit dem Ei und dem Hackfleisch vermengen. Aus der Masse kleine Klößchen formen und in der Fleischbrühe 15 Minuten ziehen lassen.

Badische Kartoffelsuppe mit Holunderküchle
oder: Das bei weitem dreisteste Geschenk aller Zeiten

Johanna-Maries Bruder, bis vor einiger Zeit leitender Oberarzt an einer REHA-Klinik in Mühlacker und nun in Heidelberg tätig, ist der mieseste Schenker aller Zeiten.

Mit feierlicher Miene übergibt er Leuten, die ausschließlich Rollkragenpullis tragen, Krawattennadeln, und Vegetarier beglückt er mit original verpacktem Schwarzwälder Schinken aus einer Privaträucherei in Waldulm, deren Besitzer zufällig der Mann einer Patientin ist.

Seit er geschieden ist, ist es noch schlimmer geworden. Jetzt gibt's meistens nur noch Schnaps für die Männer und Wein für die Frauen. An beidem klebt unten das Preisetikett mit dem durchgestrichenen alten und dem günstigen neuen Preis.

»Er meint's gut«, entschuldigt Johanna-Marie ihren Bruder.

Jetzt im badisch-heiteren Mai überreicht er seiner Schwester zum Geburtstag ein Paket, das nicht nach Wein, sondern nach einem Buch aussieht und schon dadurch erfreut.

Immerhin, denkt Johanna-Marie, die ihn zum Essen eingeladen hat und ihm eine köstliche badische Kartoffelsuppe mit Holunderküchle serviert. Dazu gibt es eine selbstgemachte Holunder-Feigen-Kiwi-Marmelade mit echtem Schladerer Schnaps aus Staufen im Breisgau.

»Wenn ich schon mal dabei war, Holunder zu verarbeite, konnt ich auch gleich die Küchle mache. Ess nur viele, guck mal, des sind die Blüte, und die frittiert mer …«

Sie greift nach dem Buchgeschenk.

Im Grunde hat sich ihr Bruder ja niemals sonderlich für sie interessiert, doch Johanna-Marie wittert eine Umkehr in seinem Wesen, eine Art Postscheidungsläuterung, und vermutet, er hat sich gemerkt, dass sie sehr gerne Bastelbücher mag.

Das ist lieb von ihm. Sie fühlt nach dem Päckchen. Groß und dick. Ein richtiges Hobbybuch. Vom Format her könnte es passen. Stricken, nähen, häkeln, filzen. Hoffentlich hat er nicht zu viel Geld ausgegeben. Zwei Scheidungen sind auch für Oberärzte Luxus.

So lässt sie das Päckchen erst mal zu und bewundert das Schleifenkunstwerk. »Des hasch aber diesmal nett verpackt!«, lobt sie.

»Ja, schau's dir später mal an. Ich hab gedacht, das ist für dich ganz interessant!«, behauptet Frederick hastig und muss dann auffallend bald gehen.

Johanna-Marie, von Torsten mit Aufmerksamkeiten sowieso nicht verwöhnt, ist gespannt.

Am Abend macht sie erst Torstens Geschenke auf: ein Mousepad mit dem wenig aufbauenden Konterfei eines ausgemergelten Steve Jobs, eine Geschenkkarte über 30 Euro vom Media Markt und ein Handstaubsauger für »unser Auto«.

»Schmuck und Parfüm kann jeder schenken!«, sagt sie tapfer. »Des sin alles sehr praktische Sache!«

Dann das Präsent vom eigenen Fleisch und Blut.

Aus dem Papier schält sie einen riesigen, dicken Bildband.

»Die Stadt Mühlacker gestern und heute. Band 1. Herausgegeben vom Kreisarchiv Mühlacker.«

Eine handgeschriebene Karte liegt bei.

»Vielleicht eine kleine Anregung, auch mal aus Baden hinaus in die weite Welt zu gehen und sich reizvolle Orte in der näheren Umgebung anzuschauen.«

Johanna-Marie stockt der Atem. Ihr Bruder, Badener wie sie, hat stets boshaft übers württembergische und »potthässliche« Mühlacker geschimpft und auf Urlaubsreisen gegenüber neuen Bekanntschaften stets als Heimatort verleugnet: »Wir wohnen im Großraum Stuttgart!«

Und daher weiß Johanna-Marie sofort: Dies hier ist glasklar ein Abschiedsgeschenk von den Klinikmitarbeitern. Oder von der Stadtverwaltung.

Johanna-Maries erster Impuls ist: wegwerfen. Doch dann ...

»Torsten, meinsch, des kann mer bei Ebay versteigern? Des Buch isch riesig und immerhin dick und schwer.«

»Ebe. Da komme net mal die Portogebühre raus. Mühlacker gestern und heut! Unglaublich. Werf's schnell weg.«

»Des kann ich net. Des isch immerhin e Geschenk von meim Bruder.«

»Das hat er doch selbst geschenkt bekommen. Fehlt noch, dass es drinsteht. Für Frederick Schneider vom Oberbürgermeister der Stadt ... Wie heißt der Ort? Mühlacker!«

»Trotzdem. Wegwerfe! Des macht mer net.«

Von da an belästigt Johanna-Marie jeden mit der bald von allen gefürchteten Mühlacker-Frage.

»Lore, kennsch du jemand, irgendjemand, der irgendwas mit Mühlacker zu tun hat?«

»Mühlacker? Nee. Wart mal, ich hab eine Kollegin aus Pforzheim, aber Mühlacker? Muss ich leider passe!«

»Sylvia, ich hätt ein Geschenk für jemand aus Mühlacker oder aus de umliegende Ortschafte. Hättsch du da vielleicht e Idee, wer sich ...?«

»Mühlacker? Ich hab mal e Frau gekannt, die hat bei der Zeitung in Stuttgart gearbeitet. Als freie Mitarbeiterin, und ihr Gebiet war, glaub ich, Mühlacker. Oder war es Kleingartach? Doch, ich glaub, es war Mühlacker ...«

»Na also! Mer find immer jemand. Hasch die Adress noch?«

»Nee, die hat sich von ihrem Mann getrennt und isch mit ihrem türkische Yogalehrer nach Saarbrücke gezoge.«

Flüchtig bewundert Johanna-Marie den Mut der unbekannten Schwäbin, doch dann sucht sie weiter nach demjenigen, der sich über eine umfassende Darstellung der Weltstadt Mühlacker freuen könnte.

In ihrer Straße wohnt eine Frau, die mit leicht schwäbischem Unterton spricht. »Frau Hebbel, kenne Sie eigentlich Mühlacker? Die Stadt selbst oder jemand, der da wohnt?«

»Noi. I bin aus Tuttlinge!«

»Oder eine andere Schwäbin aus dem Raum Mühlacker? Im weitesten Sinne …«

»Ha noi. Doch! In der Wohlfahrtsstraße unte, da wohnet no oine. Die kommt aus dr Gägend von Stueget, glaub ich! Die Frau Lämmerle.«

»Danke!«

Johanna-Marie unternimmt einen kleinen Spaziergang in die Wohlfahrtsstraße und stellt Frau Lämmerle den Bildband vor die Tür. »Viel Freude damit!«, schreibt sie.

Am Abend ist er wieder da, der Bildband. Frau Lämmerle erwischt Torsten und verbittet sich weitere Mühlacker-Geschenke. Sie hasst den Ort. Dort wohnte einst ihre Tante, die ihr lebenslang versprochen hatte, sie werde ihre Alleinerbin sein. Dann, in letzter Minute, hat sie alles Irdische dem Waldkindergarten für Mischlingshunde bei Maulbronn vermacht. Frau Lämmerle will nicht mehr an Mühlacker erinnert werden, sonst regt sie sich auf.

»Des war no ä Häx!«

»Gerda, ich möchte dir ein Geschenk machen. Dir als Norddeutsche möchte ich auch die anliegenden Staaten unserer badischen Heimat …«

»Ich nehme ihn nicht.«

»Wen denn, liebe Gerda?«

»Den Mühlacker-Bildband.«

»Elke, dein Manfred spielt doch Fußball. Habe die auch schon mal gege Mühlacker gespielt?«

Als routinierte Familienfrau stellt Elke keine dummen Rückfragen. Sie ruft deshalb unverzüglich hoch: »Manfred, habt ihr schon mal gege Mühlacker gespielt?«

»Vor zwei Jahre, damals, als ich mir de Meniskus gerisse hab, weil mich der Sauschwob gefoult hat! Wenn ich den Name von dem Kaff schon hör, wo des Arschloch her war, krieg ich en hohe Blutdruck. Warum?«

»Nur so!«

Wie Blei liegt der riesige Band im Wohnzimmer. Inzwischen hat Torsten seinen Laptop draufgestellt, weil der dann eine angenehme Höhe hat.

Und irgendwann wirft er versehentlich sein Bierglas um und der Bildband saugt sich langsam mit der gelben Flüssigkeit voll.

»So was Respektloses! Als hätt die Katz draufgepinkelt«, zetert die ohnehin stets am Rand der Trennung befindliche Johanna-Marie. »Des war des Geschenk von meinem einzige Bruder.«

»Schmeiß des blöde Ding endlich fort.«

Genau in diesem höchst unpassenden Moment ruft Frederick an.

»Hat dir eigentlich mein Geschenk gefalle?«

Zerknirscht lügt Johanna-Marie erstaunlich gut.

»Des war sehr schön. Und wirklich mal interessant, über den Ort, also die Stadt Mühlacker, was zu erfahre. Also, die habe so eine interessante Geschichte und all die alte Baute ...«

Alte Baute? Frederick stutzt. Er hätte nicht gedacht, dass dieses unförmige Ding solche Begeisterung bei seiner Schwester auslösen würde! Er fühlt sich plötzlich als edler Schenker.

»Schön, dass dir so was Freude macht.«

»Ja, ich konnt mich beim Durchblättere und Lese kaum loslöse, war richtig traurig, wie's rum war.«

Das scheint Frederick aufrichtig zu freuen.

Und doch war die letzte Übertreibung verhängnisvoll. Denn drei Tage später kommt ein Paket, schwer und dick, obendrauf klebt eine Rechnung.

Der zweite Teil: »Die Stadt Mühlacker gestern und heute. Band 2. Herausgegeben vom Kreisarchiv Mühlacker – Vorzugspreis: Fünfundsiebzig Euro!«

Abends die zum Horror passende E-Mail: »Liebe Schwester! Den ersten Band konnte ich mir noch vom Mund absparen – du weißt ja, ich habe hohe Kosten derzeit mit meinen Unterhaltszahlungen. Da er dir so gut gefallen hat, lasse ich dir den zweiten Band zum Sonderpreis schicken. Viel Freude auch damit!«

Badische Kartoffelsuppe andere Art mit Holunderküchle

Zutaten:

375 g Kartoffeln
Wasser
Salz
1 Stückchen Butter
½ Tasse Rahm
etwas Petersilie

Zubereitung:

Die geschälten Kartoffeln werden in Würfel geschnitten, mit Butter und Salz weichgekocht und durch ein Sieb getrieben. Der Rahm wird in der Suppenschüssel glatt gerührt und die heiße Suppe langsam hinzugegeben.

Man bestreut sie dann mit der kleingehackten Petersilie.

Zutaten für die Holunderküchle:

8–10 schöne, dichte Holunderblütendolden
180 g Mehl
3 Eier
1/8 l Milch
2 EL Öl
1 Prise Salz
Fett zum Ausbacken
Puderzucker

Zubereitung der Holunderküchle:

Holunderblüten waschen und auf Küchenkrepp abtropfen lassen. Aus den übrigen Zutaten einen dickflüssigen Teig herstellen, die Holunderblüten eintauchen und goldgelb ausbacken. Mit Puderzucker bestreuen und zur Kartoffelsuppe reichen.

Badische Leberklößchensuppe
oder: Lilo hat eine tolle Wohnung zu vermieten.

Lilo, Elkes Schwiegermutter, ist zufrieden. Es herrscht Wohnungsnot. Vor allem unter Studenten, Ausländern und Alleinerziehenden. Kurz gesagt, unter Randgruppen, die selbst schuld sind, dass sie keine Wohnung bekommen.

Und diese Wohnungsnot herrscht nicht mehr nur in Berlin und Frankfurt, wo Vermieter immer schon gut lachen hatten. Nein, jetzt auch endlich in Baden, wo bisher ein vermieterunfreundlicher sozialer Friede herrschte.

Nun wird sie die Kellerwohnung in Stutensee-Spöck, die ihr Mann früher als Lager genutzt hat, bestimmt endlich loswerden. Man wird sie ihr aus der Hand reißen. Lilo bekommt gute Laune und wenn sie gute Laune hat, kriegt sie Hunger.

Durch ihre Schwiegertochter auf den Suppen-Geschmack gekommen, kocht sie sich eine deftige Leberklößchensuppe und hat sich zu diesem Zweck Rindsleber fein mahlen lassen ...

»Also, die Bewerber kann ich mir jetzt grad so raussuche! Ich hab nix direkt gege Ausländer, aber ich hab mich innerlich schon für e deutsches Mädle entschieden. Möglichst e nette Badenerin. Vielleicht ausm Schwarzwald, vorzugsweise aus der gottesfürchtige Gegend um Sankt Blasien. Kraichgau wär auch angenehm. Sulzfeld. Eppinge. Die sind schaffig und sauber.«

Und: »Hoffentlich renne die mir net des Telefon ein. Dass mich am End keiner mehr erreiche kann.«

Lilo begibt sich zum Anzeigenbüro der Badischen Neuesten Nachrichten und setzt frohgemut folgende Anzeige in die Zeitung:

1-Zimmerwohnung zu vermieten. 350 Euro plus NK. Nur an weibl. Wochenendheimfahrerin, Nichtraucherin, keine Tiere. Kaution 3 MM. Einkommensnachweis der Eltern erwünscht. Chiffre …

Anschließend begibt sie sich ins Badisch Brauhaus in der Karlsruher Stephanienstraße und gönnt sich im Hinblick auf die zu erwartende Rendite endlich mal wieder eine gefüllte Kalbsbrust, natürlich Badische Art. Immer nur Suppe ist nun wirklich nichts für gestandene Damen mit regelmäßigen Immobilienrenditen.

Fünf Tage später schüttelt die Frau an der Anzeigenannahme den Kopf: »Net viel!«

Lilo reißt die einzige Zuschrift auf. Traut ihren Augen nicht. Ein farbiger Mann lacht ihr auf einem Foto entgegen, neben sich ein kleiner Mischlingshund.

Sie zeigt den Brief der Frau hinter dem Tresen: »Gucke Sie mal den an. Kaum zu glaube. Der hat Mut, hm?« Sie liest den Brief gar nicht erst durch, wirft ihn vor Ort gleich in den Papierkorb am Ausgang der Anzeigenhalle.

Zähneknirschend und an der Welt zweifelnd akzeptiert Lilo von nun an auch einen männlichen deutschen Wochenendheimfahrer.

1-Zimmerwohnung zu vermieten. 300 Euro plus NK. Wochenendheimfahrer. Nichtraucher. Keine Tiere. Kaution 2 MM. Einkommensnachweis erwünscht. Chiffre …

Einige Tage später.

»Tut mir leid«, sagt die Frau hinter der Theke bei den BNN. »Nix Neues da.«

»Seltsam. Scheine mir e bissle verwöhnt, die junge Leut hierzulande. In der frühere DDR drübe wär der Mietvertrag schon unterschriebe. Naja, dann probier ich's halt nochmal.«

Ruhige 1-Zimmerwohnung zu vermieten. Souterrain. 300 Euro inlusive NK. Nichtraucher. Keine Tiere. Kaution 1 MM. Gerne Berufstätiger. Chiffre ...

»Es muss ja kein Student sein«, erklärt sie ihrer Schwiegertochter. »Bildung wird überschätzt. Hauptsache ordentlich und sauber!«

Leider schienen die ordentlichen und sauberen Berufstätigen partout nicht für 300 Euro in eine lichtlose Kellerwohnung nach Stutensee-Spöck ziehen zu wollen.

Und wenn doch, so schreiben sie jedenfalls keine Briefe und hinterlegen sie bei den BNN.

Schöne möblierte barrierefreie Wohnung im reizvollen Stutensee-Spöck zu vermieten. Schule/Kindergarten unweit. 275 Euro inklusive. Keine Hunde. Kaution Bankbürgschaft. Tel.

Ein Telefon, das nicht läutet, wenn es soll, ist ein Teufelsgerät. Und die sogenannte Anklopffunktion ist noch teuflischer. Jedesmal, wenn es tutet, wirft Lilo Bekannte und Verwandte gnadenlos aus der Leitung. »Ich wart auf einen wichtigen Anruf. Ich ruf zurück!« Hektisch drückt sie auf den Knöpfen herum. Vergebens. Der Anruf ist weg und kommt nie wieder. Irgendwo in den Leitungen der Telekom wartet ihr zukünftiger Traummieter.

Abends zetert sie: »Früher wär ich schon morgens angestande für so eine schöne Wohnung! Aber da sind mir schuld, mir, die Nachkriegsgeneration! Mir habe die verpäppelt. Und hier im Badische geht's de Leut sowieso immer noch zu gut.«

Hübsche möblierte frisch renovierte Wohnung günstig zu vermieten. 225 Euro inklusive. Haustiere willkommen. Keine Kaution. Tel. ... Handy ... E-Mail ...

Lilo bewegt sich nur noch mit dem Handy in der Hand durchs Viertel. Elke wird angewiesen, die E-Mails halbstündlich zu überprüfen. Die Wohnung in Stutensee liegt wie Blei auf Lilos Konto und auf ihrer Seele.

»Sage Sie mal«, raunt sie der Frau an der Anzeigenannahmestelle zu. »Vor drei Woche, da war ich bei Ihne und hab so en Brief da vorne in den Papierkorb, ja, dahinte, reingworfe. E reines Versehe. Wie oft leere Sie die Körb – könnt des sein, dass der noch drin isch?«

Die Frau schüttelt den Kopf. »Des net, aber den Mann kenn ich. Der war vor ner Woch hier und hat e Anzeig aufgegebe. En Schwarzer, sehr anständig. Arzt oder Rechtsanwalt in Buchsal drübe. Wisse Sie, der will sich jetzt doch lieber was kaufe. Ich denk, er hat inzwischen scho was anneres gefunde, weil er war ja nimmer da. Er meint, auf die Chiffrebriefe kriegt mer ja kei Antwort. En netter Mann. Gebildet. Bissle traurig war er, weil des Hundle verstorbe isch, vor einiger Zeit. Naja, er hat ja nur was für unner der Woch gesucht. Am Wocheend fährt er ja sowieso heim, zu seiner Familie nach Frankfurt obe im Hessische ... Isch Ihne net gut?«

Leberklößchensuppe

Zutaten:

50 g Rinds-, Kalb- oder Schweinsleber, fein gemahlen
20 g fetten Speck, durch den Fleischwolf gedreht
2 EL Zwiebelwürfel
1 Ei
Salz
Muskat
Pfeffer
Majoran
4 EL Semmelbrösel
Fleisch- oder Gemüsebrühe

Zubereitung:
Zwiebeln und Speck leicht anbraten, zu der Leber und den Gewürzen geben. Ei, Gewürze und Semmelmehl dazumischen. Aus der Masse kleine Klöße formen und in kochendes Salzwasser legen. Aufkochen. Wenn sie oben schwimmen, sind sie fertig.

In einer kräftigen Fleisch- oder Gemüsebrühe servieren.

Badische Zucchini-Schaumsuppe
oder: Bleib mer fort!

Elke hat beschlossen, sich hinfort gesünder zu ernähren. Wenn sie schon, trotz Suppen, die Pfunde als solche nicht verlieren kann, dann sollen es wenigstens gesunde Pfunde sein, die sie auf den Rippen hat.

Und obwohl Gartenarbeit ihr eigentlich ein Graus ist und eine der wenigen häuslichen Tätigkeiten, die sie auf ihren Mann Manfred abwälzen kann, beschließt sie, es auszunutzen, dass im sonnenverwöhnten Baden fast alles wächst, was in mediterranen Kochbüchern als Mittelmeerkost beschrieben wird. Sie eilt erstmals im Leben in einen Raiffeisenmarkt und staunt über die rustikale Warenwelt aus Körben, Kübeln, Einmachgläsern, Pferdesalben und Gehölzen.

»Ein Gemüs für Anfänger?«, sagt der Verkäufer und mustert Elke skeptisch. »Nehme Sie Zucchini, aber ja net zu viele.«

Ha, denkt Elke. Und ob ich viele nehm! Zucchini sind gesund und koste im Winter richtig Geld. Da wird mal richtig geschlemmt mit dem kerngesunde Mittelmeergemüs.

Elke ignoriert den Rat des Verkäufers und kauft zehn kleine, harmlos aussehende Pflanzen. Zu Hause vergräbt sie sie schnurgerade nebeneinander. Angießen, Erde lockern. Herrlich. Dieser Gemüseanbau hat was Archaisches.

Und das Wunder geschieht. Der Kreislauf der Natur, die Photosynthese und verschiedene andere Vorgänge, die man aus dem Biologieunterricht kennt, erfüllen sich. Die Zucchini gehen an, wachsen und gedeihen.

Und bald, im Juni etwa, erscheint das erste zarte gurkenähnliche grüne Etwas, das sich unter den breiten, fetten Blättern hervortastet. Es wird so frenetisch begrüßt wie Herzogin Kates Baby in England.

»Lass sie noch etwas größer werden!«, berät Lilo ihre Schwiegertochter in seltener Eintracht. Die wälzt schon mal Zucchinirezepte. Endlich wird die ersehnte grüne Frucht geerntet und gewaschen, geschält und in Scheiben geschnitten.

Elke beschließt, die Zucchini in einer provençalischen Ratatouille einzusetzen.

»Nein«, verkündet sie der pfälzischen Marktfrau am Samstag lässig. »Ich bräuchte nur Tomate und Aubergine zukaufe. Zucchini zieh ich selbscht!« Sie meint Bewunderung in den Augen der Landwirtin zu erkennen.

Herrlich. Gesund und schmackhaft, das Ratatouille. Finden alle rund um den Tisch herum.

Draußen im Garten wartet aber schon der zweite Schatz. Auch hier bietet sich wieder Ratatouille an. Doch die undankbare Brut zu Haus fängt an zu nörgeln: »Schon wieder des verkochte Gemüs. Des gab's doch gestern schon!«

Nach der dritten köstlichen Ratatouille mit auffallend hohem Zucchinianteil holt sich Joanna beim Türken einen Döner und Manfred macht sich das einzige Gericht, das er perfekt beherrscht: ein Rührei.

»Magsch du ein paar Zucchinischeibe druntermische? Mit Parmesan isch des einfach köstlich!«, lockt Elke und kommt mit zwei passenden grünen Früchten aus dem Garten. »Und bring deiner Mutter ein oder zwei rüber!«

Lilo lehnt ab. Sie habe selbst Zucchini. Elke zieht eine Tür weiter zu der schicken, immer trendig angezogenen Nachbarin. Die wird froh sein, mal was Gesundes ... Fehlanzeige. Auch hier werden Zucchini eigenhändig gezogen. Immerhin ist die aber so freundlich und steuerte eine Alternative zum Ratatouille bei. »Machen Sie einen Zucchini-Käse-Auflauf! Und auch sonst gibt es viele Möglichkeiten! Gehen Sie ins Internet!«

Das stimmt. Die Zucchini, das muss jetzt deutlich gesagt werden, ist im Grunde eine weitgehend geschmacklose

Frucht und lebt durch die sie begleitenden Gewürze und Zutaten.

Man kann fast alles mit ihr machen: Zucchinitörtchen. Und eine tolle Zucchinisuppe mit Thymian und Tomaten, Kerbel und Sahne ... Zucchinikuchen. Marinierte Zucchini. Glasierte Zucchini und panierte Zucchini. Zucchini mit Spaghetti, Zucchinifrittata. Überbackene Zucchini und natürlich gefüllte Zucchini. Und wenn man erst mal so weit ist: Füllen kann man mit allem. Hackfleisch. Käse. Schafskäse, Frischkäse, Tomaten und Reis und nur Reis oder nur Tomaten.

Dazu eignen sich vor allem die großen Früchte. Und solche beginnen sich nun wie in einem Horrorfilm in Elkes Garten auszubreiten. Sie wachsen unter den großen Blättern hervor, ganz überraschend tauchen sie aus dem Nichts auf, verdoppeln sich über Nacht, erobern Quadratmeter um Quadratmeter des Gartens. Rekordverdächtige Exemplare, die man kaum noch tragen kann, entstehen scheinbar binnen Stunden.

Elke wuchtet gerade einen mit Erde bedeckten Dreipfünder in die Küche.

»Iiih! Schmeiß des fort!«, sagt Joanna herzlos.

»Ich glaub, du spinnsch. Du kennsch halt kein echter Hunger mehr.«

»Du auch net.«

»Ich hab aber von meine Eltern gehört, wie des war, in der Zeit nach dem Krieg, als die Leut ebe net grad so das Essen fortwerfe konnte. Da hätt mer keine Biomülltonn gebraucht, da gab's kein Biomüll. Da wurd alles gegesse. Und diese Frucht hat die Natur uns geschenkt.«

»Manche Geschenke will mer aber gar net habe. Du hättsch halt net so viele Pflanze kaufe solle. Hat die Oma auch gesagt.«

»Die Oma soll sich um ihr eigene Sache kümmern. Kundige Gärtner kaufe und setze immer etwas mehr, denn es gibt auch Pflanze, die net angehe. Bei mir geht halt alles an. Ich hab en grüne Daumen, junge Dame.«

»Zucchini isch e Idiotepflanz«, versetzt das Kind ungerührt. »Sagt unser Biolehrer.«

Leider hat der unbekannte Biolehrer offenbar Recht. Während die ebenfalls angepflanzten Tomaten bräunliche Schrumpeldinger bleiben, die das Bücken nicht lohnen, gedeihen die Zucchini wie die Gottlosen.

Sie brauchen offenbar nicht mal Wasser oder Sonne. Badisch schwül, verhangen, trocken, nass und kühl – die Dinger sind wetterfest.

Jeden Tag mindestens einmal muss Elke zunehmend muffiger in den Garten gehen und eine Frucht auflesen.

Sie streunt inzwischen durch die weitere Nachbarschaft und bietet ihre Ernte an. Manche ältere Hausfrau, zucchinianbaugeprüft, nimmt ihr aus Mitleid eine ab: »Aber bitte nur eine, Elke, net mehr ... nee, meine Schwester hat selbst welche!«

Immer noch gibt es aber eine Halde und die Halde wird immer größer.

Elke geht dazu über, nachts heimlich Zucchini vor die Häuser zu legen. Kommt sich vor wie eine Rabenmutter, die ihr Kind in die Babyklappe wirft. Freut sich trotzdem, wenn ihre Gaben morgens weg sind. Aber werden sie auch gegessen? Misstrauisch schaut sie dennoch verstohlen in die Biomülltonen ihrer Opfer.

Wird dabei vom Briefträger beobachtet.

»Wisse Sie, ich find des net in Ordnung, dass jetzt schon Nachbarn Nachbarn bespitzele. Gut, vielleicht wirft mal jemand e Stückle Plastik oder aus Versehe e Dösle in de Biomüll. Daran wird die Natur net zugrundegehe. Fragen Sie mal in China, was die fortschmeiße und wohin. Dass aber Sie so sind, des hätt ich net gedacht. Mir Badener sind kei kleinkarierte Erbsenzähler wie drübe im Schwäbische.«

Elke flüchtet. Den Ruf als Müllkontrolleurin wird sie so schnell nicht mehr loswerden, das weiß sie. Der Postbote ist so informativ wie die Zeitung. Zudem verbreitet er nicht nur Gerüchte, er nimmt auch neue auf, um sie weiterzuverarbeiten.

Der Sommer neigt sich dem Ende zu.

Alle Zucchinirezepte sind durch, auch die im Internet. Alle Nachbarn im Umkreis von drei Kilometern versorgt.

Unten im Keller stehen drei Reihen mit eingelegten und mit Kräuteröl bedeckten Zucchini.

Es wird Herbst. Kühler.

Elke hat antiquarisch ein französisches Kochbuch erstanden und es mit Hilfe eines Wörterbuchs übersetzt. Darin ist noch ein recht originelles Rezept für Zucchinimousse mit Knoblauch und Zitronensaft.

Draußen im Garten erwartet sie eine Überraschung. Elke traut ihren Augen nicht. Es gibt keine Zucchini mehr! Es ist einfach keine mehr da. Die Blätter sind gelb, schlaff, kraftlos und unschön.

Ihre Familie reagiert positiv und mit Erleichterung.

»Gott sei Dank«, höhnt Joanna, »gibt's jetzt dieses grüne Zeug net mehr. Vielleicht kann man jetzt hier auch mal wieder en Hamburger kriege!«

Elke denkt an die Armada von Einmachgläsern mit Zucchini im Keller, lächelt und fühlt den seltenen Triumph, ihrer Tochter einen Schritt voraus zu sein.

Rezept: Zucchini-Schaumsuppe

Zutaten:

1 *frische Gartenzucchini von etwa 500 Gramm*
1 *große Zwiebel*
2 *Knoblauchzehen*
40 g *Butter*
2 *vollreife Tomaten*
2 *Zweige Thymian*
3/4 l *kräftig gewürzte Hühnerbrühe*
1/8 l *süße Sahne*
Salz
Weißer Pfeffer aus der Mühle
Geriebene Muskatnuss
1/2 *Handvoll Kerbel*

Zubereitung:

Das Fruchtfleisch aus den geschälten, halbierten und entkernten Zucchini grob zerschneiden, mit den gewürfelten Zwiebeln und den zerkleinerten Knoblauchstücken in Butter andünsten, bevor die geviertelten Tomaten und der Thymian hinzukommen und die Masse mit Brühe angegossen und aufgekocht wird. Nach 20 Minuten Köcheln alles durch ein Sieb streichen, so dass die Tomatenschalen und die Thymianzweige zurückbleiben. Die Suppe nochmals aufkochen, schaumig schlagen, die Sahne langsam hinzugeben, mit den Gewürzen abschmecken und mit frischem Kerbel bestreut in die Suppentassen geben.

Gefüllte Nudelsuppe
oder: Das arme Tierle

Lore ist bekanntlich warmherzig, sensibel und liebt alles, was lebt. Deshalb spendet sie auch unbeirrbar für den Tierschutz, kauft »Ich bremse auch für Tiere«-Plaketten und weint, wenn sie im Fernsehen ein mehrbeiniges Mitgeschöpf sieht, dem es nicht wirklich gut geht.

»Mer derf net immer weggucke. Dann kann sich nie was ändere!«

Sie unterschreibt für misshandelte Affen in China und abgemagerte Straßenhunde in Rumänien sowie für eingesperrte Nerze in Russland. Und gegen den Import von Vogelspinnen, gegen den sie aus verschiedenen – teilweise auch egoistischen – Gründen ist. Erstens kann es nicht bequem sein, so viele Beine in engen Transportschachteln unterzubringen, und zweitens will sie hier im Badischen keiner solchen Spinne begegnen, die ihren Besitzern entkommen ist.

Und doch bleiben all diese Tiere, für deren Schicksal Lore so eifrig unterschreibt, irgendwie abstrakte Wesen. So wird sie den betagten chinesischen Tanzbären, der kürzlich freigelassen wurde und jetzt in Nairobi lebt, niemals zu Gesicht bekommen.

Anders als das arme Kätzle auf dem Friedhof in Karlsruhe-Rüppurr.

Lore geht übrigens gerne auf den Friedhof, denn das ist einer der wenigen Orte, an denen sie sich noch jung und lebendig fühlt.

Und dort ist sie ihr zum ersten Mal aufgefallen.

Diese kleine struppige Katze, die sich scheu zwischen den Grabsteinen herumdrückt. Ein armseliges, vermutlich krankes, ausgehungertes, struppiges und einsames Geschöpfchen in Mausbraun, das bei den Toten ein wenig Schutz vor der grausamen Verfolgung findet, die Katzen selbst hierzulande zuteil wird. Dem Tierchen muss geholfen werden.

Lore tritt auf »Emil Obermiller, Amtsrat aus Oberkirch«, überquert »Lucie Mainzer, geboren zu Kehl 1931, in ehrendem Gedenken« und wirft sich über »Peter Vunkel, Gastwirt in Achern«, um die Katze dahinter zu packen.

Obwohl sicher schon geschwächt, entzieht sich die Katze immer wieder Lores Zugriff.

Endlich macht das Tier einen Fehler, will rechts hinter »Berta Baumgärtner, Hausfrau, leider viel zu früh heimgerufen« verschwinden, Lore täuscht an und kriegt sie am Schwanz zu fassen. Die Katze kreischt, faucht, will kratzen. Lore packt sie am Bauch und zieht sie zu sich heran. Nimmt sie auf den Arm. Hüllt sie in ihren Sommermantel ein wie in eine Zwangsjacke, wirft sie ins Auto. Die Katze pinkelt auf den Rücksitz, tobt.

»Hschchchch« macht Lore nach hinten. »Du armer Schatz. Komm, Tante Lore bringt dich nach Haus zu sich, dann koche mir beide uns was Gutes, und dann gehn mir zusamme zum Tierarzt und suche ein schönes neues Zuhause für dich, du armer Streuner.«

Lore ist sehr stolz auf sich. Sie ist gekratzt worden, ja, und das kann sich entzünden – aber sie hat immerhin ein Tierleben gerettet.

Ihre herbeieilende Nachbarin hat Verständnis: »Da muss man einfach helfe, dann kann man nicht zuwarte. So e armes Tierle.«

Aus dem Keller holt sie den Katzenkorb, in dem einst ihr boshafter Kater Julius seinen irdischen Lebensweg beendet hatte, und gemeinsam transportieren die Nachbarin und Lore das wütende Kätzchen aus dem Wagen nach oben in die Wohnung.

Zu Hause angekommen, springt das Vieh jaulend, miauend und fauchend auf den Schrank, wobei sie eine Kerze sowie ein Bild von Lores Mutter nach unten fegt, das in tausend Stücke zerspringt und aus dessen Splittern heraus Lores Mama ihre Tochter vorwurfsvoll ansieht.

Lore tadelt das Kätzchen: »Macht man des? Tante Lore meint es doch nur gut mit dir! Bald hasch du e warmes und heimeliges Zuhause.«

Die Katze faucht undankbar und zieht sich in die oberste und hinterste Ecke des Schrankes zurück.

Lore fühlt sich trotzdem edel und hilfreich. Ausgeglichen. Sie ist ein guter Mensch. Sie schaut nicht weg wie der Rest der seelisch erkalteten Bevölkerung.

Lore erinnert sich, dass sie noch eine Probepackung Katzenleckerli besitzt, die sie irgendwo geschenkt bekommen hat. Kritisch beäugt sie das gelb-orangefarbene, geschmackvoll gestaltete Tütchen. Ist es auch gut genug? »Real Nature – Barbarie-Ente und Strauß mit Granatäpfeln, Preiselbeeren und kaltgepresstem Leinöl«, murmelt sie.

Nur das Beste für das Wesen oben auf dem Schrank, das im Moment allerdings nur aus rollenden Augen, Zähnen, Krallen und böse gesträubtem Fell besteht.

Der Streuner goutiert das edle Öl nicht, er würdigt die braunen Körnchen weder eines Blickes noch eines Schnupperns.

Vielleicht ist er so was Feines nicht gewöhnt, vielleicht hat er auch Zahnprobleme, der arme Schatz. Jedenfalls muss er was essen. Katzen mögen Hühnchen. Lore sucht und findet im Kühlschrank die Hähnchenkeule, die für Samstag gedacht war. Eigentlich wollte sie sie mit einer Sahne-Riesling-Sauce für sich selbst zubereiten, doch der Riesling wird jetzt gestrichen. Katzen trinken keinen Alkohol.

Stattdessen wird eine kräftige, mit Huhn zubereitete sogenannte Gefüllte Nudelsuppe gekocht.

Etwas Hühnerfleisch für das Kätzchen abzweigen, Brühe dazugeben (wegen des Geschmacks), auf einen wackligen Stuhl steigen und der Katze die Mahlzeit auf dem Schrank servieren.

Der vierbeinige Gast wirft den Teller mit Huhn und Brühe unverzüglich um, alles tropft vom Schrank auf den Teppich, auf Lores Mutter, was ihr optisch den Rest gibt. Dann springt das Tier herunter und krallt sich schmerzhaft in Lores Genick.

Bei all dem hustet die Katze irgendwie rachitisch.

Lore ist alarmiert. »Du bisch krank. Wir leihe uns jetzt den Katzekorb von der Nachbarin und gehe zum Tierarzt.«

»Sie sin doch e Gute«, stellt die Nachbarin fest. »Net jede würde so e aidermliches Wese mitnehme und dann noch die Tierarztkoschte übernehme.«

»Ich helf halt, wo ich kann!«, äußert Lore bescheiden. Geben ist seliger denn Nehmen. Das wusste schon Albert Schweitzer aus dem Elsass drüben. Sie fühlt sich dem Urwalddoktor plötzlich sehr verbunden.

»Ich fahr schon mal. Würde Sie die Frau Dr. Rappolder anrufe, dass ich mit nem Notfall käm. Ich zahl Ihne den Anruf.«

»Mer habe Flätreeet«, sagt die Nachbarin. »Kein Problem. Des mach ich gern. Wenn jemand so hilfsbereit ist wie Sie. Sie kenne und verstehe die Tiere, des merkt man gleich. Komisch, dass Sie in Ihrem Alter immer noch net verheirat sind.«

Lore findet das auch komisch. Wo sie doch so ein guter Mensch ist.

»Aber die Männer«, fügt die Nachbarin wenig schmeichelhaft hinzu, »gucke halt nur aufs Äußere!«

Katze wieder in den Korb stopfen, noch den Schwanz einklemmen, wieder aufschließen, Schwanz einkringeln und wegstecken. Die Krallen abwehren.

Das Gefauche überhören.

Zum Tierarzt fahren, im Parkverbot parken und einen fetten Strafzettel riskieren. Doch dieses kleine atmende Leben ist alles wert.

Endlich sitzt Lore schwer keuchend und mit leichten Herzbeschwerden sowie brennenden Kratzwunden im

Sprechzimmer. Ihren eigenen Arzttermin heute nachmittag beim Orthopäden hat sie unter den Tisch fallen lassen. Wer weiß, wann sie wieder einen kriegt. Egal. Hier geht's um höhere Werte.

Die Tierärztin, eine ziemlich dralle, etwas grobschlächtige Person, kommt aus dem Behandlungszimmer, hinter ihr ein gestylter Pudel nebst seiner Besitzerin, die eine fast identische Frisur wie ihr Hund hat.

»Dreimal täglich die Tabletten vor den Mahlzeiten!«

Die toupierte Pudeldame nickt gehorsam und begibt sich zur Kasse.

Es rattert lang und teuer aus dem Drucker.

Die Pudelbesitzerin schluckt, zückt eine Kreditkarte und sagt tapfer zu ihrem Hund: »Siehst du, Anemone, jetzt geht's wieder besser.«

Die Tierärztin wendet sich Lore zu.

»So, jetzt Sie?«

»Ich bin die Lore Endle. Ich hab angerufe. Also, ich bin im Katzeschutzverein und im Tierschutzverein und bei Greenpeace und beim BUND. Und so konnt ich natürlich net vorbeigehe an dem Elend dahinte.«

Die Tierärztin wirft einen Blick in den Korb, und verdreht die Augen: »Nein, nicht wieder Sir Charles! Hat er wieder eine Dumme gefunden!«

»Wie bitte?«

Die Tierärztin wendet sich seufzend an ihre abkassierende Mitarbeiterin.

»Händigen Sie ihr den Artikel aus. Und dann soll sie den Sir wieder zurückbringen.«

Die Gehilfin seufzt und hält Lore einen Artikel aus dem Wochenblättchen unter die Nase.

»Ein herzliches Miau an alle Besucher des Friedhofs. Ich bin der kleine struppige Kater, der aussieht, als hätte er nichts zu essen. Fangt mich bitte nicht ein und nehmt mich nicht mit. Ich heiße Sir Charles und wohne bei Fred und Lilli, werde dort geliebt, betreut und gefüttert. Bin gechipt und geimpft. Ich sehe nur so struppig aus, weil ich einer seltenen Rasse namens ›LaPerm‹ angehöre.

Am Wochenende werde ich immer wieder von mitleidigen Menschen eingefangen und zum Tierarzt gebracht, was meine Familie ganz närrisch vor Sorge macht. Ich habe bei ihr ein wunderbares Zuhause. Deshalb meine Bitte. Wenn ihr's gut mit mir meint: Lasst mich in Ruhe! Euer Sir Charles von den braunen Fellnasen, Winner of the LaPerm International Contest Edinburgh 2012.

»Hinterhältiges Drecksvieh!«, sagt Lore.

Rezept: Gefüllte Nudelsuppe

Zutaten:

	Geflügelreste
1	*Bund Petersilie*
2	*Zwiebeln*
1	*Zitronenscheibe*
2	*gekochte Eigelb*
4	*ganze Eier*
	Eiweiß
1 EL	*süße Sahne*
	Salz
	Pfeffer
	Muskatnuss
	Fleischbrühe

Zubereitung:

Reste von Geflügel, Petersilie, Zwiebeln und Zitronenschale fein schneiden und vermischen.

Mit dem Mörser zu einer Masse vermischen.

Hinzu kommen zwei gekochte Eigelb, zwei ganze Eier und ein Esslöffel süße Sahne sowie Salz, Pfeffer und Muskatnuss. Nochmals gut vermischen.

Nun aus zwei Eiern, Mehl und Salz einen Nudelteig herstellen, ganz dünn ausrollen und mit Eiweiß bestreichen, die Geflügelmasse daraufstreichen, das Ganze zusammenrollen, in eine Serviette einbinden und eine Stunde im Wasserbad kochen. Serviette öffnen. Von dem entstandenen Kloß dünne Scheibchen abschneiden und in einer Fleischbrühe als Einlage servieren.

Sauerkrautsuppe
oder: Nur ohne meine Schwester

Es ist nicht alles so gelaufen, wie es sollte in ihrem Leben.

Sie, die Ingrid, war mal die Schönste weit und breit. Tanten haben ihr damals in Mannheim, wo sie herstammt, in die Wangen gezwickt und fachmännisch zu ihrer Mutter gesagt: »Die heb mal gut fest. Des isch e Schönheit. Die musst du mal net fer umme hergebe. Die macht e blendende Partie.«

Und dann hat die kleine Ingrid gestrahlt und mitleidige Blicke auf ihre mausgraue, ein Jahr ältere Schwester Marianne geworfen, die immer nur gelesen hat und gelernt. Was hätte sie auch sonst machen sollen? Hat ja kaum Verabredungen gehabt. Naja, dann ist Marianne notgedrungen wissenschaftliche Mitarbeiterin geworden, hat ihren Doktor gemacht, einen anderen Langweiler von Doktor kennengelernt und zwei ebenfalls sehr durchschnittlich aussehende Kinder gekriegt. Dass sie im Tennis die Nummer eins in der ersten Mannschaft in Eberbach am Neckar drüben ist und Stadträtin, das ist nur der Trostpreis für all die Mittelmäßigkeit.

Lesen, das ist nichts für die Ingrid. Sie lebt lieber. Vor allem in der Erinnerung an Rolf. Schließlich hat man eine Tochter zusammen, auch wenn die sich nach England abgesetzt hat, warum auch immer. Ingrid kann sie nicht fragen, denn die Tochter meldet sich nur einmal im Jahr hastig und mit einem kurzen Weihnachtsgruß.

Aber Ingrid definiert sich sowieso nicht über den Nachwuchs, sondern mehr über sich selbst.

Sie war stets das »scheeene Kind«, und das ist sie geblieben. Auch wenn Rolf, was das betrifft, unter temporärer Amnesie zu leiden scheint.

Ingrid taucht nur zu gerne und immer öfter ein in die Erinnerungen an ihre Jugendzeit als gefeierte Schönheit.

Damals, in der Schule, als man eine Miss-Wahl in der Klasse durchgeführt hat, ging es zu wie bei Wahlen zur DDR-Volkskammer: Ingrids Wahlsieg war nur eine Formalität. Die Krone für die Schönste war zwar nur aus einem einfachen Löschpapier gefaltet gewesen, doch diese Krone trägt Ingrid im Grunde gedanklich bis heute.

Schönheit verblasst vielleicht ein wenig, das weiß Ingrid schon, aber sie vergeht nicht. Wenn die Freundinnen ein wenig nachlässig mit Komplimenten werden, muss man sie eben daran erinnern, *wie* schön man ist.

Ingrids heutiges Opfer: Johanna-Marie.

Gekocht hat Ingrid erwartungsgemäß Suppe, und zwar eine Suppe, die gesund und schön macht und für eine sehr gute Verdauung sorgen wird: eine wunderbare Badische Sauerkrautsuppe mit ganz ganz wenig Speck. Schließlich ist sie eigentlich Vegetarierin.

»Hat's geschmeckt?«

»Hm, geht. Manchmal würd ich mal gern was anneres esse als immer nur Supp! Un Sauerkrautsupp, und da war ja kaum Speck drin …«

»Ja, ja, ich auch! Aber guck mal, Johanna-Marie, jetzt vergess mal dein Ärger mit dem Torsten und schau dir des Fotoalbum an. Ja, ich weiß, es isch schwer, e Wohnung zu finde. Vor allem als Frau, frisch getrennt und nur mit nem Halbtagsjob, des sind alles Risikofaktore für den Vermieter, aber irgendwann klappt's schon. Kauf dir doch was Eigenes! Abzahle statt Miete. Die Sylvia kennt sich gut aus. Frag die.«

Kaufen! Kaufen? Eine Wohnung kaufen. Unglaublich. Der Gedanke gefällt Johanna-Marie. Er schmeckt nach Erwachsenwerden.

»Jetzt guck mal lieber hier, des Fotoalbum. Da, hier, da war ich ungefähr vierzehn, da sechzehn, beim Abschlussball, damals in Mannheim, im Rosengarten, hier ich auf der Treppe in dem langen schwarzen Kleid mit dene gelbe Ornamente, wie Flamme, und hier beim Abi. Schön, gell?«

»Ja. Wenn man den Typ mag.«

»Na hör mal. Als mein Tanzstundengalan kam, um mich abzuhole, da hat mei Schwester erst die Tür aufgemacht und er hat sich mit ihr kurz unterhalten. Dann kam ich die Trepp runter und er meint: Wenn die Sonne aufgeht, muss der Mond weichen!«

»He?«

»Kapiersch des net? Sonne, Mond. Sonne ich. Mond die.«

»Ach so.«

»Un hier beim Sechzigste von meine Eltern ...«

Johanna-Marie denkt an eine Eigentumswohnung und guckt halt hin, wie man hinguckt, wenn man hingucken soll. Stutzt.

»Du, Ingrid, wer isn die Hübsche da ...?«

»Ich!«

»Net du, die hinner dir. Die sieht ja echt gut aus. So interessant und e bissle fremdartig.«

Ingrid klappt hastig das Album zu. »Willsch noch was esse? Vergess mal die ewige Supp. Ich hab heimlich noch was Feines gemacht: Tomatengourmetcreme mit Rucola und Ziegenkäse! Ohne Fleisch. Des isch sowieso besser für die Figur!«

»Ach ja? Naja, gern. Hört sich gut an. Aber des isch schon ungerecht, dass manche Menschen von der Natur so großzügig bedacht worde sin.«

Ingrid schneidet verbissen eine Tomate klein und denkt, dass sie in Zukunft nur noch Fotos herumzeigt, auf denen ihre Schwester gar nicht oder nur sehr undeutlich zu sehen ist.

Alles andere ist schlecht für ihre Psyche.

Sauerkrautsuppe mit Speck

Zutaten:

400 g Kartoffeln
100 g Zwiebeln
2 EL Butter
1 ¼ l Geflügelfond
2 Lorbeerblätter
250 g Sauerkraut
125 g Crème fraîche
1 TL Salz
etwas gemahlener weißer Pfeffer
¼ TL edelsüßes Paprikapulver
½ TL Senf
100 ml Sekt
200 g magerer Schwarzwälder Speck
1 EL Butterschmalz
100 g saure Sahne

Zubereitung:

Kartoffeln und Zwiebeln schälen, in dünne Scheiben schneiden und in etwas Butter andünsten.

Lorbeerblätter und Geflügelfond dazugeben und alles zehn Minuten lang zugedeckt kochen lassen. Das Sauerkraut klein schneiden, in die Suppe geben und diese etwa zehn Minuten weiterköcheln lassen.

Lorbeerblätter herausnehmen und die Crème fraîche unterrühren. Nun die Suppe mit dem Pürierstab pürieren und mit Salz, Pfeffer, Paprika und Senf abschmecken. Den Sekt in die Suppe geben, umrühren und zugedeckt warm halten.

Den in Streifen geschnittenen Speck in Butterschmalz leicht anbräunen. Danach etwas auf Küchenpapier abtropfen lassen. Die Suppe in die Teller verteilen, jeweils mit einem Klecks saurer Sahne dekorieren und mit Speckstreifen bestreuen.

Pfifferling-Rahmsüpple
oder: Susanne macht in Kultur

Susanne hat akute Angst zu verblöden. Irgendwann wird man sie morgens wecken und sie wird bellen, anstatt badisch zu sprechen wie jeder andere normale Mensch.

Mit einem Hund kann man zwar vieles teilen, aber eben doch nicht alles.

»Net bös sein, Paul, aber über moderne Kunst kann mer mit dir einfach net rede!«

Paul sieht sie an, als wolle er sagen, dass er schließlich auf der Hundeschule und nicht auf der Realschule war.

Dennoch hat der Mischling in letzter Zeit gewisse Sonderaufgaben bekommen. Beispielsweise lässt ihn Susanne immer genau dann von der Leine, wenn der bewusste SWR-Redakteur um die Ecke des Parkplatzes biegt. Paul springt ihn dann begeistert an (weil er eigentlich jeden begeistert anspringt), und Susanne entschuldigt sich: »Des macht er sonst net. Er scheint Sie zu möge!«, bietet an, die Reinigung der Hose zu übernehmen, was abgelehnt wird, und stellt dann eine Einladung zum »Russischen Tee« in Aussicht. »Ich lese gerade mal wieder meinen Tolstoi! Man entdeckt ihn immer neu!«

»Irgendwann gern mal!« Der Redakteur nimmt die Einladung mit etwas lauer Begeisterung an, aber seine Zusage bleibt vage. Susanne registriert es mürrisch. So richtig geht's nicht voran mit dem Mann. Vielleicht ist er mehr an Musik interessiert als an Literatur.

Susanne beschließt, ein Konzertabonnement zu nehmen. Und zwar im Badischen Staatstheater in Karlsruhe, wohin sie des Abends von Gaggenau aus mit der Bahn oder dem Auto gelangen wird.

Die gutartige Lore wird an diesen Abenden den Hund betreuen, wie sie es ja öfters und gerne macht. Ein Fernseher, ein paar »Heftle« und ihre geliebte Almdudler-Limonade – mehr braucht die Lore nicht zum Glücklichsein.

Im Theater wird Susanne dann unbeschwert mit erwachsenen Menschen in einer Reihe sitzen – Wesen, die auf zwei Beinen aufrecht gehen, Brillen und Anzüge tragen und ihr Geschäft hinter verschlossenen Türen verrichten.

»Nehme Sie lieber ein gemischtes Abo. Da habe Sie mehr davon!«, rät der Mann am Kartenschalter.

Susanne bucht ein gemischtes kleines Abo, immerhin zehn Vorstellungen. Zwei Mal Ballett, drei Mal Konzert und fünf Schauspiele.

»Herrlich«, freut sie sich im Kreise ihrer Freundinnen. »Gut. Es ist schon e Streck zu fahre, und abends hat mer net immer Lust, aber jetzt ist erst September, noch kein Schnee, und bei uns hier im Badischen gibt's ja sowieso kaum jemals Schnee – also was hält mich? Endlich wieder mal in Kultur pur baden! Net vorm Fernseh einschlafe ...«

Alle finden das mit Susannes Kulturauftrag sehr lobenswert. Gerda bekräftigt: »Ich weiß, das hört ihr nich so geeerne, aber kulturell ist das hier Zonenrandgebiet! Ich bin in Hamburg Stammgast im Theater gewesen. Reihe 7, Platz 14. Aber das waren ja auch Namen. Große Namen. Wie ... wie ...«

»Heidi Kabel!«, sagt Lore unschuldig.

Susanne wirft missbilligend ein: »Dass ihr mir nur net neidisch werdet, wenn ich jetzt am Puls der zeitgenössischen darstellenden Kunst horche und net immer Zeit für euch hab. Mich rufe höhere Werte ... ›Heidi Kabel!‹«

Die nächste Gelegenheit, an dem besagten Puls zu lauschen, ergibt sich am kommenden Donnerstag. Nur hat Susanne ausgerechnet da keine Zeit. Der SWR-Redakteur hat die Hausbewohner zu einem Kennenlernumtrunk gebeten. Das kann sie sich nicht entgehen lassen. Da gibt's zu viele andere ausgehungerte und aufdringliche Frauen im Haus, die ihn kennenlernen wollen.

»Ingrid, hast du Lust, in e schönes Konzert in Karlsruh im Theater zu gehe? Händel. Nee, net die Feuerwehrmusik. Irgendwas anderes von ihm. Aber mit Händel kann mer nix verkehrt mache. Das hätt auch dein Rolf gesagt.«

Ingrid hat aber keine Zeit, weil sie zu einer Wahrsagerin gehen wird und Rolfs Aura auspendeln lassen will. Johanna-Marie arbeitet am Entwurf eines Grundsatzpapiers, Torsten betreffend, und auch Elke winkt ab. »Du, ganz ehrlich, klassische Konzerte ermüde mich irgendwie. Und ich bin schon ohne Klassik abends müd genug.«

Alle kulturbeflissenen Damen aus der Suppenrunde müssen also verneinen. Sogar Gerda.

»Du, Händel ist mir en büschen leicht! Man merkt ihm das Angelsächsische an. Ich bevorzuge Buxtehude.«

»He? Den Ort?«

»Nein, den Komponisten.«

Der Händel muss also verfallen. Susannes Platz zwischen zwei Rentnerinnen aus Wiesental bleibt leer.

Eine Woche später zieht wie ein Gewitter der nächste Abonnementtermin herauf, und Susanne fühlt sich plötzlich irgendwie grippig und misst nach mehreren Versuchen endlich die befreiende 37,3.

So gibt es einen Zerbrochenen Krug zu versteigern: »Ich hab hohes Fieber!«, aber den will niemand und Sylvia »erst recht net. Net geschenkt!«. Der oberflächliche Grund: »Erinnert mich an mei Schulzeit.«

In der darauffolgenden Woche bietet Susanne eine Zauberflöte an. »Mozart!«, lockt sie am Telefon in Richtung Johanna-Marie.

»Wie lang flöte die?«

»Bis 22 Uhr 45.«

»Zu spät. Ich muss früh aufstehe.«

»Könntest ja in der Paus gehe!«

»Eine halbe Flöt ist nix. Frag doch mal die Ingrid.«

Seltsamerweise nimmt die kurz darauf angerufene Ingrid das Telefon nicht ab, und auch über ihr Handy ist sie nicht erreichbar.

Dabei lauert sie doch normalerweise immer darauf, dass Rolf anruft und seine Heimkehr ankündigt.

In der Folge versucht Susanne, einen Handke samt vor dem Elfmeter sich fürchtenden Tormann sowie einen gut erhaltenen Ödön von Horváth loszuwerden. Einmal Nussknackerballett geht an Gerda, die aber in der ersten Halbzeit schon aufgibt. Die Qualität der Primaballerina sei nicht großstädtisch gewesen, verkündet sie am nächsten Tag.

An einem schwülen Samstag gelingt es Susanne, die nicht gerne bei gewittrigem Wetter fährt, eine Antigone zu vergeben, allerdings nur durch Zugabe eines Gyros beim Theatergriechen gegenüber.

»Also gut«, murrt Johanna-Marie. »Geb die Kart schon her. Wie heißt die Frau nochmal genau?«

»Antigone!«

Außer einem Kinderstück, Ali Baba und die siebzig Räuber, das an einem verkaufsoffenen Samstag um 16 Uhr mal eben mitgenommen werden konnte, weil man sowieso in der Stadt war, erlebt Susanne kein einziges ihrer gebuchten Stücke.

In der Pause sucht sie das Theater-Restaurant auf.

Die Frau hinter dem Ausschank, eine Italienerin, bietet »eine Pifferling-Rahme-Suppe« an. »Badisches Arrrrt!«, fügt sie schnell hinzu.

»Trotzdem«, sagt Susanne tapfer, als das Abonnement ausgelaufen ist. »Es war irgendwie gut, mal wieder zu wisse, was so kulturell alles läuft.«

Pfifferling-Rahmsuppe

Zutaten:

½ l *Wasser*
½ l *Würfelbrühe*
400 g *Pfifferlinge*
200 g *Sahne*
4 *Stängel Petersilie*
5 *Blätter Basilikum*
3 *mittelgroße Kartoffeln*
1 *Handvoll Mehl*
Salz

Zubereitung:

Die Brühe aufkochen. Die Pilze teilen. Die eine Hälfte mit der Petersilie in der Pfanne dünsten. Die andere Hälfte mit den fein gewürfelten Kartoffeln pürieren und in die Brühe geben. Aufkochen und Sahne darunterrühren. 20 Minuten köcheln lassen, bis Pilze und Kartoffeln weich und sämig sind.

Hernach die Petersilienpilze in die Suppe geben. Vorsichtig abschmecken. Nicht stark salzen!

Wildsuppe Baden-Baden

oder: Johanna-Marie kauft eine Eigentumswohnung

Johanna-Marie sieht die Beziehung mit Torsten bekanntlich nur noch als Übergangslösung. Er lebt praktisch in wilder Ehe mit seinem Computer und seiner Kommandozentrale im hinteren Zimmer.

In den vorderen Räumlichkeiten begegnet sie ihm nur, wenn er sich was zu essen holt oder wenn der Paketbote klingelt, um irgendeinen Router oder Adapter zu bringen.

Ihre Grundsatzpapiere zur Beziehung liest er nicht. Auf Trennungsdrohungen reagiert er mit Achselzucken und fragt, was es zum Essen gibt.

Johanna-Marie braucht endlich eine eigene Wohnung: »Dann wird er schon sehe, wer ihm kocht!« Und der Wunsch, sich ein eigenes kleines Reich zu kaufen, nimmt bei ihr greifbare Gestalt an. »Kei drei Tag, und der isch sowieso widder da!«

Jeden Samstag durchforstet sie unauffällig die Immobilienseite. Torsten merkt allerdings davon sowieso nichts, denn er liest nur den Börsenteil und greift um die Zeitungsseite herum nach seinem Lyonerbrötle, ohne Johanna-Marie überhaupt anzuschauen.

Da steht endlich mal ein Angebot, das sich gut anhört.

Rebland Baden-Baden. Zweizimmerwohnung mit Balkon. Zweifamilienhaus. Von privat. 67 000 Euro.

Sylvia ist eindeutig die Geschäftstüchtigste aus der ganzen Clique, und deshalb sucht Johanna-Marie ihren Rat.

»Hasch du denn so viel Geld, Johanna-Marie?«

»Ich hätt noch was von meiner Tante«, bekennt Johanna-Marie. »Ein bissle was müsst ich mer dazuleihe, aber

Neuweier, Bade-Bade, Rebland! Des isch e vornehme Gegend.«

»Hm, des stimmt. Sonnig und zentral in Mittelbaden. Gute Restaurants, Weinanbaugebiet. Net schlecht.«

»Aber 67 000?«

»Des isch viel Geld für e einzelne Frau. Mer müsst verhandle. Ich bin da Spezialistin. In einer Woch hasch du die Wohnung, und zwar für maximal 55 000 Euro. Mer muss dem Verkäufer nur die Auge dafür öffne, was für e miese Klitsche er dir verkaufe will …«

Samstagnachmittag. Sylvia und Johanna-Marie fahren auf dem Weg ins Rebland durch Baden-Baden. Gehen schick und teuer essen. Als Alibi bestellen sie zuerst eine Wildsuppe, danach aber sprechen sie einem Rehrücken Baden-Baden zu. »Des gehört hier dazu!«

Sie wandeln durch die Allee, bewundern die unerschwinglichen Villen der Bäderstadt und trinken Kaffee im König. Essen Apfelreistorte. »Des gehört hier dazu!«

Wie Wellen erstrecken sich die Rebhügel rechts und links der kurvenreichen Straße, die in die Ortschaft Neuweier führt.

»Schön hier!«, murmelt Johanna-Marie.

Ein älteres Ehepaar erwartet sie bereits. Ordentliche Leute. Brave Gesichter. Hans und Else Leinsam. Sie leben in der unteren Wohnung, und oben hat die Tochter gewohnt, aber: »Unsere Tochter hat geheiratet und lebt mit ihrem Manne in dem schönen Städtchen Wehr im Südbadischen.«

Manne? Was sin denn des für Leut?

Ein Foto wird gezeigt. Ein junges Paar, das aus einer Kirche kommt. Würdig. Sylvia guckt genau hin. Keine Spur eines Bäuchleins zu erkennen. »Die musste also net heirate, sondern die wollte es wirklich!«, denkt sie.

»Mir sind schon froh, dass unser Tochter so einen tätigen und gläubigen Mann gefunden hat. Wir sind evangelische Christen. Aus Goldscheuer.«

»Wo liegt denn des?«

»Bei Kehl. Eine Wiege des badischen Protestantismus. Anstand. Würde. Ehrlichkeit. Gottesfurcht. Bescheidenheit. Das sind unsere Prinzipien. Die Prinzipien des alten Baden, als die gute Großherzogin Luise noch wirkte.«

»Echt jetzt?«, fragt Johanna-Marie.

Sylvia stupst sie an. Beugt sich vor. Greift an und wählt dafür ein sachliches Hochdeutsch.

»Ja. Nun, Neuweier ist ja ganz hübsch, Rebland, Nähe zu Baden-Baden und Bühl, aber verkehrstechnisch schlecht angebunden.«

»Nun, es gibt einen Bus ...«

»En Bus ist keine Straßenbahn. So wie in Karlsruhe. Wir haben den KVV, verstehen Sie, aber Neuweier gehört nicht zu dem direkten Netz.«

»Wirklich. Oh je!«

Leinsams sind überrascht und wirken betrübt.

»Schauen wir uns jetzt mal die Wohnung an!«, sagt Sylvia streng.

Gemeinsam betritt man den ersten Stock. Sylvia scannt das Objekt ab.

Ein Traum! Blick in die Weinberge. Hell. Freundlich. Renoviert. Gemütlich. Wandschränke. Der Balkon mit Holzbalken urgemütlich, die Einbauküche geschmackvoll. Tageslichtbad.

»Sssuppppeer. Die nimmsch!«, knirscht Sylvia leise. »Aber lass mich mal machen.«

Und wieder in Hochdeutsch, weil das einfach strenger klingt: »Nun, die Wohnung ist ganz nett. Auf den ersten Blick. Sie ist natürlich klein. Kein moderner Zuschnitt. Wo soll meine Freundin hier ihren alten Schrank, geerbt von ihrer elsässischen Großmutter aus Roppenheim, hinstellen? Und der Balkon? Hm ... kein wirklich großer Blick. Weinberge sind gut und schön, aber meine Freundin trinkt keinen Alkohol, und da könnte dieser Blick eher verwirrend wirken. Und eine Aussicht in die Rheinebene? Fehlanzeige. Und diese schweren echten Holzbalken brauchen viel Pflege. Die sind unmodern. Und machen den Balkon dunkel. Die Wandschränke nehmen zusätzlich Platz weg, leider. Man hat das heute nicht mehr. Sie rauszureißen kostet natürlich. Das Laminat mag ja teuer sein, aber meine Freundin hätte nun mal lieber Fliesen. Die Küche sieht unpraktisch aus. Das Bad hat zwar Tageslicht, doch das Licht kommt offenbar mehr von Westen und man braucht es ja morgens eher von Osten, wenn Sie verstehen ... Also, wir müssten da nochmal nachverhandeln. Wie sieht's mit der Heizung aus? Pellets? Umweltfreundlich, hm? Nun, aber warm wollen wir es schon haben, nicht wahr? Also, diese Wohnung wird sehr schwer zu vermitteln sein, mit diesen Nachteilen ... also, da müssten wir nochmal drüber reden, Sie verstehen, drüber reden ...«

Die älteren Leute sehen einander an. Lächeln liebevoll-christlich.

»Wir gehen grad mal raus!«, sagt die Frau zögerlich. Die zwei verschwinden. Kommen wieder. Lächeln wieder. Immer noch liebevoll. »Wir haben es uns überlegt!«

Sylvia kneift Johanna-Marie heimlich hinten in den Hintern. Wispert: »Siehsch! Geht alles. Stell schon mal den Schampus kalt!«

»Sie sind Badener! Badenerinnen?«

»Jawohl!«

»Wir sind auch Badener!«

»Gewiss!«

»Wir sind gute Christen!«

»Hm. Und weiter?«

»Also, wir haben erkannt, dass wir eine Wohnung mit solchen furchtbaren Mängeln nicht verkaufen können. Es wäre gegen unsere Religion und gegen das Buch. Es wäre gegen alles, an das wir glauben. Bitte ... da geht es hinaus. Und danke, danke, danke, dass Sie uns die Augen geöffnet haben!«

Im Auto zetert Johanna-Marie: »Sylvia, du hasch mer diese wunderbare Wohnung vermasselt! So was krieg ich nie mehr für den Preis. Nie mehr! Des sin Chrischte. Die meine des ernst. Und die bringe des net übers Herz. Du hasch dene glatt den Satan vor Auge geführt. Un jetzt behalte sie die Wohnung bis in alle Ewigkeit ... Du hasch mer alles verdorbe.«

Tags drauf. Johanna-Marie erhält einen Anruf von Leinsams.

Frau Leinsam verkündet kühl: »Möchten Sie die Wohnung noch? 70 000, und sie gehört Ihnen.«

»Ich dachte, Sie sind Christen. Und Badener ...«

»Oh ja, das sind wir alles. Aber etwas anderes sind wir nicht!«

»Nicht? Was?«

»Blöd!«

Wildsuppe Baden-Baden

Zutaten:

Reste von Hase, Reh oder Hirschbraten
1 *Zwiebel*
40 g *Fett*
1 l *Fleischbrühe*
2 EL *Mehl*
2 *Gläser Rotwein*
4 *Weißbrotscheiben (oder Wecken)*
Salz
Pfeffer
Paprika
4 *Lorbeerblätter*

Zubereitung:

Das Wildfleisch vom Knochen lösen und in kleine Streifen schneiden. Anbraten.

Zur Seite stellen.

Die Knochen mit dem Fett und der Zwiebel anbraten, mit der Fleischbrühe ablöschen und mit Paprika und Salz würzen.

Den Sud lange, drei bis vier Stunden, köcheln lassen.

Nun eine Schwitze von Fett und Mehl herstellen und diese mit der gekochten Wildbrühe ablöschen. Nochmals 3 Stunden kochen lassen.

Die Suppe durch ein Sieb treiben und nochmals aufkochen lassen.

Zum Schluss die Fleischstücke und den Rotwein hinzugeben.

Mit geblähtem, das heißt mit Butter im Ofen aufgebackenem Weck oder mit Weißbrotscheiben heiß servieren. Nach Geschmack Lobeerblätter mitköcheln und vor dem Servieren herausnehmen.

Weinsuppe mit Kracherle
oder: Black Fox

Susanne hat's manchmal richtig satt. Des Getue um den verdammten Köter! Sie liebt ihren Hund, so wie man einen Hund eben liebt. Ein Tier, das bellt, säuft, pinkelt, kackt, stinkt und schläft.

Seit sie aber mit den Spaziergängen mit Paul auf die badischen Bestsellerlisten geraten ist, wurde ihr vierbeiniger Begleiter zum Kultobjekt zwischen Freiburg und Mannheim. Und sie zum bekannten Gesicht am anderen Ende von Pauls Leine. Sogar der SWR-Redakteur hat kürzlich gesagt: »Na, Sie sind ja eine kleine Berühmtheit!« Das imponiert ihm, das sieht man. Bei dem Mann hat sie eindeutig Chancen. Dem begegnet sie auf Augenhöhe. Geistig gesehen.

Kürzlich war Susanne in Rastatt im Kino. In der »James-Bond-Reihe« wird heut sein neuestes Abenteuer, das von 2012, gezeigt.

Tippt ihr eine Frau von hinten auf die Schulter. »Sie, Frau Löffler, derf ich Sie mal fragen, wo denn Ihr Kleiner isch?«

»Wie?«

Susanne, kinderlos, ist sich keiner Existenz eines Kleinen bewusst. Und auch ihr allerletzter Freund war mit 1,86 Metern eher kein Kleiner gewesen. Seufz.

Erst nach einer Weile wird ihr klar: Paul ist gemeint. Kein anderer als Paul. Immer nur Paul.

»Daheim, wo sonst!«, gibt sie zurück und widmet sich Daniel Craig, den sie keinesfalls von der Bettkante stoßen würde, sollte er sich je darauf setzen.

»Ja, aber des is net gut, wenn so e Hundle immer so allein deheim isch. Des sin Rudeltierle.«

»Zwei Stund hält's des Hundle schon mal ohne Rudel aus. Der Mensch hat halt auch noch e Eigenlebe!«

»Wenn Sie meine«, erwidert die Frau skeptisch.

So oder so ähnliche Situationen gibt es immer wieder …

Schauplatz: Die Allee in Baden-Baden. Diesmal ist Paul dabei, und nach dem Genuss einer Badischen Weinsuppe mit Kracherle in einem schicken Bistro fühlt sich Susanne gut gelaunt, keck und fast ein wenig wagemutig.

Eine ziemlich blondierte Frau im Pelzmantel, von dem der Tierschützer nur hoffen kann, er ist nicht echt, beugt sich schwer parfümiert über den struppigen, mürrisch dreinblickenden Paul.

»Ist das aber ein netter Hund. Was ist das für eine Rasse?«

Susanne ist es so leid, die Geschichte von Paul zu erzählen. Mischling. Aus dem Elsass. Bei Sinti oder Roma, wer weiß das schon, verwurmt und halb verhungert als Baby gefunden und gerettet. Alles an Rassen drin, was jemals gebellt hat.

Und dann kommt immer das Gleiche. »Ach, die Mischlinge sind ja viel treuer. Und so dankbar!«

Paul ist überhaupt nicht treu. Er würde mit jedem seiner Wege ziehen, der ein Wienerle in der Tasche hat. Und dankbar ist er erst recht nicht. Wenn ihn Susanne vom Sofa schubsen will oder ihm ihr Lieblings-T-Shirt entwinden will, beißt er sie und knurrt sie an.

»Das ist ein sogenannter Black Fox!«, behauptet jetzt Susanne, deren kriminelle Fantasie seit langem brachliegt, unter den Spätfolgen der Weinsuppe.

»Ein Black Fox!«, sagt die Frau begeistert zu ihrem Begleiter im teuren Anzug.

»Nix habe geheert!«

Ein Russe. Ein reicher Baden-Badener Russe.

»Das ist eine seltene Rasse. Gibt es nur auf lange Warteliste. In Schottland auf einer einsamen Hebrideninsel gezüchtet. Fast ausgestorben. Nur noch wenige Exemplare!«

Die blonde Pelzträgerin rastet aus. »So einen will ich! Igor. Bestell mir sofort so einen Hund!«

Noch scheint Igor unentschlossen.

Susanne gräbt sich in ihrem Übermut ihr Grab selbst. Sie warnt: »Die ist aber unglaublich teuer, diese Black-Fox-Rasse. Die Züchter vergeben die Tiere nur auf persönliche Empfehlung.«

Igor erwacht zum Leben. Teuer! Jetzt ist er auf vertrautem Terrain. Persönliche Empfehlung ist für ihn ein Synonym für Bestechung.

»Kein Prrrobläm!«, schnarrt er. »Wie ist die Adresse von Zuchter?«

Die Blonde schmiegt sich an Igors Arm. »Den will ich haben! Den muss ich haben. So was hat keine von den Mädchen im Club!«

Susanne kommt nicht einmal dazu, sich zu überlegen, um welche Art von Club es sich wohl handeln könnte, so krampfhaft sucht sie nach einem Fluchtweg. In die Oos springen? Auf einen der jahrhundertealten Bäume in der weltberühmten Allee klettern?

»Adresse. Die hab ich leider im Moment nicht bei mir. Schauen Sie doch einfach im Internet. Unter Black Fox!«

Hahaha. Das sollte reichen.

»Dann Ihrrreee Name und Adresse!«, verlangt Igor drohend. »Wenn meine Ramona diese Hund will, dann bekommt sie. Und wenn ich muss gehen über Leiche!«

Oh Gott. Über Leiche. Ihre *Leiche*! Eine winzig kleine Alltagslüge wird sie das Leben kosten.

»Mein Name?«

»Ja. Name. Deiner. Sofort!«

»Mein Name! Natürlich!«, lacht Susanne grell, und um Zeit zu gewinnen, erfindet sie: »Ganz einfach. Isabella de la Ponte-Ruffino. Ich wohne in Straßburg in der Rue Fantastique Nummer 13. Im Hinterhaus. Im Internet finden Sie mich aber jederzeit.«

»So besser.«

Igor tippt alles in ein brillantenbesetztes Handy. Dabei bewegen sich seine Lippen murmelnd. »Rue Fantasticcccc?«

»So rrrrichtig?« Er zeigt das Display.

»Genau!«

»Sie helfen uns, so einen Hund zu bekommen, ja? Mein Igor erfüllt mir jeden Wunsch, und er wird böse, wenn ich nicht bekomme, was ich möchte«, schnurrt Ramona.

»Ja, das glaube ich gerne. Schönen Tag dann noch. Wir hören voneinander.«

Das Ganze sieht nach glücklichem Ausgang aus.

Man will sich bereits trennen und alles wird gut, als das Schicksal in Gestalt von Hermine Woll herannaht. Die ist eine treue Leserin von Susannes Geschichten, eine treue Besucherin ihrer Veranstaltungen.

»Widder neue Fans gefunde, Fräulein Susanne?« Strahlend wendet sie sich an Igor: »Sie lieben auch die Geschichten von unserer Frau Löffler? Komme Sie doch auch. Morge Nachmittag im Gemeindezentrum in Gernsbach zur Veranstaltung: Paul erkundet die Murg. Es sind immer so nette Lesunge. Und mir serviere in de Paus unser allseits beliebte Bärlauchmaultasche in Brüh. Bärlauch? Nix kennen? Kraut im Wald? Maultaschen? Auch net? Große Ravioli? Naja, egal, jedenfalls ... dass e Mischlingshundle, bei Zigeuner gefunde, noch so prominent wird, des isch e reine Freud. Da sieht mer mal. Mer muss net aus adelige Kreise stamme. Oder irgendeiner verrückte Rass angehöre, gell, Fräulein Susanne.«

Als Susanne sich zum Gehen wendet, hat sie das Gefühl von kleinen russischen Messerstichen im Rücken.

Badische Weinsuppe mit Kracherle

Zutaten:

2	*Gläser Gemüsefond*
¾ l	*Wasser*
¼ l	*badischer Weißwein, etwa Riesling*
250 g	*Schlagsahne*
1 EL	*Speisestärke*
6	*Eigelbe*
	Salz
	Pfeffer aus der Mühle
4	*Scheiben Kastenweißbrot*
2	*Knoblauchzehen*
30 g	*weiche Butter*
1	*Bund Schnittlauch*

Zubereitung:

Gemüsefond, Wein, Wasser und die Hälfte der Sahne in einem großen Topf unter gelegentlichem Rühren aufkochen. Die zuvor mit etwas Wasser glatt gerührte Stärke in die Suppe geben, nochmals aufkochen und so lange einkochen lassen, bis die Suppe sämig ist.

Eigelbe, die restliche Sahne und etwas Suppe verrühren und die Suppe legieren. Nicht mehr kochen. Mit Salz und Pfeffer abschmecken, in Röllchen geschnittenen Schnittlauch in die Suppe geben.

Entrandete gewürfelte Brotscheiben mit Knoblauch in Butter goldgelb anbraten, mit Salz und Pfeffer würzen und die fertigen Kracherle portionsweise auf die Suppe verteilen.

Badische Kastaniensuppe
oder: Ein Monatskärtle

Im Kreise ihrer Freundinnen besetzt Lore das Fach der freundlichen Naiven. Der Gutmütigen. Anstatt sich dem grenzenlosen Konsum hinzugeben wie Sylvia, in Kultur zu baden wie Susanne, anstatt ererbte Teetassen zu polieren wie Gerda, sich mit Torsten online auseinanderzusetzen wie Johanna-Marie oder so wie die Ingrid an der Rückkehr des Ritters Rolf zu arbeiten, oder gar eine Familie zusammenzuhalten wie Elke, setzt sie sich für die Gemeinschaft aller Menschen ein. So erteilt sie ehrenamtlich Deutschkurse für ältere Türkinnen in den Unterrichtsräumen einer sozialen Einrichtung mitten in Karlsruhe. Manchmal kocht sie in der Kaffeeküche sogar badische Gerichte für diese Frauen, damit sie sich in der neuen Heimat auch kulinarisch einleben. Natürlich vegetarische Gerichte, denn es sind ja schließlich Türken. Zum Beispiel Badische Kastaniensuppe! Da ist garantiert kein Fleisch dran.

Die Frauen essen alle von der Suppe. Lächelnd, nickend und freundlich. Dass keiner je einen Nachschlag will, interpretiert Lore als orientalische Höflichkeit.

Für ihr mildtätiges Wirken bekommt Lore kein Geld, dafür aber umso mehr Strafzettel, denn in der Innenstadt von Karlsruhe ist Parken überall möglich, vorausgesetzt man ist bereit, mindestens 20 Euro Strafe pro Vergehen zu bezahlen.

Sylvia richtet einen ihrer manikürten Finger, den *sie* niemals umsonst rühren würde, auf Lore: »So vertrottelt blöd kannsch net mal du sein! Kei Geld verdiene, sondern noch drauflege. Dummkopf. Lass dir wenigstens eine Monatskarte für die Straßenbahn bezahle.«

»Aber ich fahr doch nur zweimal abends …«

Lore ist selbst erstaunt, dass ihre bescheiden vorgebrachte Bitte von ihren wohltätigen Arbeitgebern so rasch erfüllt wird.

Sie erhält eine Monatskarte für den segensreichen Karlsruher Verkehrsverbund und kann von nun an Straßenbahn nach Lust und Laune fahren.

»Also, wenn Sie mal in die Stadt müsse«, spricht sie zu ihrer Nachbarin, einer jungen Mutter, »frage Sie grad mich, ich geb Ihne dann mei Kärtle. Die isch nämlich übertragbar.«

»Wo Sie des jetzt sage …« Die junge Mutter scheucht eines ihrer Kinder in die Wohnung zurück. »Ich müsst morge zum Orthopäden. Könnt ich des Kärtle so um zehn hole?«

»Nehme Sie's doch gleich mit!«, bietet Lore in ihrer beispiellosen Gutmütigkeit an.

»Wenn ich des dürft.«

»Schon gut. Ich brauch's ja erscht morge Abend. Für mein Kurs.«

Die junge Mutter geht in ihre Wohnung und findet dort einen Anruf ihres Lieblingsbruders vor.

»Du, ich fahr heut abend nach Karlsruh in den Media-Markt im ECE-Center. Hoffentlich find ich en Parkplatz. In Karlsruh fascht unmöglich. Brauchsch du was?«

Die junge Mutter ruft ihren Lieblingsbruder zurück: »Du, ich hätt e übertragbare Monatskart. Die kannsch bei mir hole. Und umsonst fahre. Bringsch sie mir halt wieder bis morge früh.«

Der Bruder fährt glücklich, warm und komfortabel nach Karlsruhe mitten in die Stadt. Und ebenso glücklich wieder heim nach Rheinstetten Richtung Schwester. An der Straßenbahnhaltestelle trifft er jedoch ein Mädchen, welches er seit langem mehr oder weniger heimlich verehrt. Er schleicht herbei und greift an: »Na, Moni, wo fährst du hin?«

»Ins Kino nach Karlsruh. Du, ganz blöd, aber kannst du mir fünfzig Euro wechsle? Seit ich in dem Salon in Rheinstette schaff, hab ich kei Monatskärtle mehr.«

»Du, ich geb dir meins. Nimm des und werf mer's heut abend in de Briefkaste – oder noch besser: Klingel und gib mer's persönlich. Und gegen en Kuss als Dankeschön hätt ich dann auch nix direkt einzuwende.«

Das junge Mädchen kichert geschmeichelt, küsst, geht ins Kino und trifft dort eine Freundin. Aus Malsch. Die ist Studentin und muss sich was dazuverdienen.

»Du ich hab jetzt diesen Job als Frühstücksdame in dem Hotel in Leopoldshafe drübe. Und weißt du, was mer am meiste stinkt? Die wolle mir die Fahrt nicht erstatte. Wie findsch du jetzt des? Mir sin doch kei Schwabe hier, oder was?«

»Echt mies.«

»Acht Euro auf die Stund und dann noch zwei Euro für die Fahrt. Hey, bin ich eigentlich blöd?«

»Weisch du was: Mir fahre jetzt zusamme un ich steig in Rheinstette aus und du nimmsch die übertragbare Monatskart. Morge früh kannsch du dann mal entspannt umsonst hin- und herfahre. Kannsch sie mir ja bei Gelegenheit mal eiwerfe. Die hab ich von nem Typ, der auf mich steht. Naja, die Hoffnung stirbt zuletzt. Wenn er klingelt, mach ich net auf.«

Die Freundin fährt um sechs Uhr entspannt nach Leopoldshafen. Versieht ihren Dienst im Hotel. Findet den Amerikaner, der auf Zimmer acht geschlafen hat, ziemlich süß. Und er findet sie auch süß.

»I apply, isch bewerbe um eine Platz an die Schule-Hoch von Karlsruhe. Wie heißt? KIT? Also, wie sagt man, ich will machen meine Titel als Doktor. Und will mir schauen an die Stadt Karlsruhe und die Städte außen herum. Kennest du dich aus, wie komme ich herum?«

»Am best you take a card, you can go all day round.«

Irgendwie kommt man zu einer Übereinkunft. Der nette Amerikaner wird die Freundin abends zu einem Drink einladen, und dafür bekommt er von ihr eine Fahrkarte für das ganze segensreiche Straßenbahnnnetz des KVV von Heilbronn bis Achern. Da bahnt sich was an. Ein Amerikaner. Wenn sie Glück hat, kommt er aus Florida oder Kalifornien und nicht aus Minnesota oder Delaware.

Der Morgen graut und vergeht.

Lore klingelt nachmittags bei der jungen Mutter. Die macht vorsichtshalber nicht auf. Als sie nochmal klingelt, geht das kleine Mädle an die Tür. »Die Mama is noch beim Arzt.«

Lore geht kopfschüttelnd zur Straßenbahnhaltestelle, löst eine Tageskarte und hat keine Ahnung, was mal wieder passiert ist.

Neben ihr sitzt ein junger Mann, der in einem englischen Reiseführer liest. Als der Kontrolleur kommt, kann er – im Gegensatz zu Lore – eine Monatskarte vorweisen ...

Badische Kastaniensuppe

Zutaten:

1 große Möhre
1 Schalotte
1 EL Butter
1 Dose oder Packung Maronen, etwa 250 g
1 TL Thymian
1 l Brühe
200 ml Sahne
ggf. Schinkenstreifen

Zubereitung:
Die Möhre und die Schalotten in Scheiben schneiden bzw. würfeln. Schalotten in Butter dünsten, später die Möhrenscheiben und die kleingeschnittenen Maronen hinzugeben und mit dem Thymian würzen. Etwas von der zuvor aufgekochten Brühe zugeben, das Ganze fein pürieren, hernach die restliche Brühe angießen und nochmals zehn Minuten kochen. In die Teller geben und mit der geschlagenen Sahne und nach Wunsch mit Schinkenstreifen garnieren.

Verheierte
oder: Wenn Ehemänner bereuen

»Ich muss mir dir rede. Es geht mer net gut, und ich muss einfach mit jemand spreche«, sagt die Stimme am Telefon, und es sind die Worte, auf die Ingrid so lange gewartet hat.

Rolf! Er hat genug von dieser Schlampe, dieser Nacktschnecke, die sich in der Sauna mit ihren Saugnäpfen an ihn geklebt hat.

Es ist trivial, wegen einer Jüngeren verlassen zu werden, aber Ingrid weiß aus den zahllosen Ratgeberbüchern, die sie in der Mittagspause gratis in der Thalia-Buchhandlung liest, dass die Männer irgendwann aus einem pseudoerotischen Rausch aufwachen und in heimatliche Gefilde zurückkehren. Nicht immer, aber oft genug. Und erst recht, wenn in den heimatlichen Gefilden die ehemalige Murgschul-Miss Ingrid wartet und nicht irgendein Hausmütterchen mit einer Frisur wie eine Spülbürste.

Sie hat alles richtig gemacht.

Hat sich, dem Rat ihrer erfahrenen Therapeutin folgend, stets um Ruhe bemüht. Hat so getan, als mache es ihr nicht so viel aus, dass ihr Mann nach 15 Jahren Ehe von heute auf morgen mit einem Tennisköfferchen voll Unterwäsche ins Nirgendwo verschwunden ist. »Versuchen Sie, Ihre Gefühle etwas zu beherrschen. Bleiben Sie sachlich. Das bringt Sie auf Dauer weiter!«

Wie wahr.

»Ich hab's gewusst.« Ingrid startet einen Rundruf. Zuerst ist Sylvia dran, die immer mit ihrem schonungslosen Realismus ihre Träume durchkreuzt hat.

»Er kommt zurück! Ich mein, ich weiß natürlich net, ob ich ihn überhaupt wiederhabe will. Ich bin ja kei Hotel, wo mer eincheckt und auscheckt. Bei meine Chance. Ja, Rolf, andere Männer habe auch Auge!«

Und ergänzt mitten in Sylvias ironisches Schweigen hinein: »Also, ich werd mir anhöre, was er vorzubringe hat, und dann entscheid ich. Weißt du, die letzte Woche und Monate habe mir halt schon gezeigt, dass ich gut allein zurechtkomm. Mer braucht kein Mann.«

Das stimmt nicht. Ingrid findet es schrecklich alleine, und längst ist sie entschlossen, Rolf zu verzeihen. Natürlich muss er sich ändern, und zwar grundsätzlich. »Mehr im Haushalt helfe. Koche. De Müll runnerbringe! Mit seiner Tochter telefoniere. Un er soll e bissle mehr mit mir unnernehme. Ich mein, so e Beziehung wie die von der Johanna-Marie, die ja praktisch nur de Rücke vom Torsten sieht, die will ich net. Ich würd als gern mal mit ihm in de Zoo gehe oder mal einfach nur still am Rhein sitze, beispielsweis bei Neuburgweier, da geh ich so gern hin und schau dene Welle zu, wie sie in die Pfalz plätschern.«

»Das ist recht erfreulich!«, sagt Gerda neidisch. »Dass dein Mann nun zu dir zurückfindet. Möchtest du noch etwas Tee? Wie findest du meinen neuen Blazer? Ein bisschen jugendlich, dieses lichte Mittelblau? Also, du lebst wieder mit deinem Mann zusammen. Dann werden wir wohl bald nichts mehr miteinander unternehmen können.«

Ingrid heuchelt wider besseres Wissen: »Warum denn net, Gerda? Ich bitt dich. Ehefraue sind doch kei Autiste, die nur bei ihrm Mann zum soziale Lebe erwache. Um Gottes wille net. Mir alle machen nach wie vor Sache mitenanner. Natürlich net samstags und vielleicht auch net freitagabends und natürlich auch net am Sonntagnachmittag, aber sonst immer.«

»Ingrid, dein Rolf findet zurück!«, freut sich auch Susanne. »Nun, da kannsch dich freue. Du, ich wollte doch den Paul nächstes Wochenende bei dir parke, das geht doch sicher immer noch, oder? Die Lore hat nämlich kei Zeit.«

»Ja, eigentlich schon, aber jetzt isch natürlich die Situation ein bissle annerscht. Jetz müsst ich erscht mit dem Rolf rede. Ich mein, jetzt sin mer halt wieder zwei Leut, und da muss mer e bissle abstimme, des verstehsch, gell? Aber ich denk schon. Ich mein, er kann ja Tiere grundsätzlich net so gut leide, denn er sagt, die sin halt doch nie ganz sauber, allein wenn mer schon an die Pfote denkt, was die alle aufschnappe, drauße auf der Straß, aber weißt du … Er muss halt jetzt schon e bissle nachgebe.«

Alle anderen aus der Clique freuen sich natürlich ebenfalls. Vor allem die gutartige Lore.

»Es isch toll«, sagt sie und meint es vielleicht sogar ernst. »So allein, des isch nix. Ich hätt auch gern jemand, den ich verwöhne kann. Ich versuch's vielleicht nochmal mit ner Annonce.«

»Oooch«, behauptet Ingrid. »So was käm mir net in den Sinn.«

Was mal wieder gelogen ist, denn für den Fall, dass Rolf ihr für immer verloren gegangen wäre, hat sie den Text schon mal vorformuliert: *Gutaussehende ehemalige Schönheitskönigin sucht neue Partnerschaft mit großzügigem Herrn von Niveau.*

Ärztliches Gesundheitszeugnis und Bankauskunft angenehm.

»Also, ich kam ganz gut ohne Mann zurecht. Gell, Susanne?«

Susanne nickt. Denkt an das Gespräch mit dem SWR-Redakteur gestern im Hof bei den Mülltonnen: »Finden Sie auch, dass Martin Walser in seiner Prosa doch stark nachgelassen hat?«

»Irgendwie schon!«, hat er nur gemurmelt. Und ist fast geflüchtet. Nett, denkt Susanne warm. Er will net angebe. Traut mir nix zu. Nur e Hundebuchautorin. Doch in mir steckt mehr …

Rolf erscheint am Mittwochabend. Er ist dünn geworden. Hager fast. Und sein Haar hat er nach oben gegelt.

Ingrid hat eine berühmte badische Suppe mit geradezu symbolischem Namen vorbereitet: Verheierte. Macht viel Arbeit, aber sie tut's gern.

»Grüß dich«, sagt er hastig und streift die duftende Suppe nur mit einem Blick. »Nachher vielleicht. Du, Ingrid, ich muss mal mit dir reden. Du bisch immer so gelassen gewesen und so verständnisvoll. Und hasch immer die Ruhe bewahrt, so dass ich gar kei schlechtes Gewisse habe musst, wenn ich net zurückkomm. Vielleicht, wenn du mal geheult hättsch, so wie andere Fraue. Wer weiß ...«

Grimmig nimmt sich Ingrid vor, mit ihrer Therapeutin ein sehr sehr ernstes Wort zu reden.

»Also, des mit dem junge Saunading war en riesiger Fehler. Ich kann mich selber net verstehn. Wie konnt des nur passiere!«

»Wir sind alle nur Menschen«, lächelt Ingrid sanft. Wie verbirgt man einen solchen Triumph? Der Mann, einst keck aus dem Nest geflattert, liegt nun mit zerbrochenen Schwingen am Boden, und sie hebt ihn mit zärtlicher Strenge auf.

»Schönheit isch auch net alles«, sagt Rolf.

»Nein«, lügt Ingrid eitel. »Das Innere. Das zählt – und gerade in dem Punkt habe ich in letzter Zeit arg aufgeholt.«

»Wie?«

»Ich. Aufgeholt.«

»Ach, Ingrid. Des isch so gut, wie ich mit dir rede kann. Du bisch für mich halt wie e Schwester. Es war en Fehler mit dem junge Sauna-Ding. Gut, sie sah fantastisch aus. E reine Schönheit. Normale Leut wie du und ich könne sich net vorstelle, wie des isch, wenn jeder einen anstarrt, nur weil mer sooo attraktiv isch. Aber sie war halt oberflächlich. Nur Sex. Sex. Sex.«

Ingrid erstarrt und bemüht sich um ein Lächeln. Nein, es ist nicht sie. Es ist eine Kopie, die da lächelt.

»Und jetzt hab ich die Eda kennegelernt. Die isch norwegischer Herkunft. Des isch e Frau! Etwas älter, vielleicht nicht ganz sooo schön, also mehr so in unserer Preisklasse, aber so was von ... wie soll ich sage ... also die hat e Reife und e Ausstrahlung! Und die kann Sache ... Ich will da net ins Detail gehe, aber die Norweger ware halt in dene Sache immer schon tabulos ... Bitte, Ingrid, sag mir, wie werd ich diese kleine Schlampe los? Du bisch immer so ruhig, so besonnen und so vernünftig ... Du hasch sicher en Tipp für mich ...«

Ingrid nimmt sich vor, ihre Therapeutin zu ermorden.

Verheierte

Zutaten:

750 g Suppenfleisch
3 Möhren
1 Stange Porree
200 g Sellerie
2 Petersilienwurzeln
200 g Kartoffeln
Salz
300 g Mehl
7 Eier

Zubereitung:

Aus 1,5 Litern Wasser eine Brühe kochen und das Suppenfleisch hinzugeben. Das Gemüse bis auf die Kartoffeln putzen, waschen, schälen, in Würfel schneiden und zum Fleisch geben. Salzen und etwa 45 Minuten köcheln lassen.

Kartoffeln schälen, klein würfeln und nach etwa 30 Minuten Kochzeit zur Suppe geben.

Inzwischen aus dem Mehl und den Eiern einen Spätzleteig herstellen, mit einem Schaber in kochendes Salzwasser schaben, abschöpfen, wenn sie oben schwimmen, abschrecken, abtropfen und in die Brühe geben.

Butterbiskuitsuppe
oder: Mir lerne Bridge

Lore gibt nicht auf, gemeinsame Unternehmungen anzuregen.

»Mir müsse unser soziales Netzwerk pflege. Ich find's so schön, dass mir jetzt alle zusamme immer diese Suppen kochen. So wie die Butterbiskuitsuppe da. Sehr gut, wirklich interessant. Oder, Gerda?«

Gerda hüstelt. »Mag sein. Wir Hanseaten sprechen nicht so ausführlich übers Essen.«

»Warum denn net?« Sylvia isst und trinkt hobbymäßig gern. Vor allem schick. Und ansonsten liegt sie in Wellnesshotels platt wie eine Flunder am Pool und wartet mit geschlossenen Augen auf noch bessere Zeiten.

Lore sieht sich um: »Aber wie des Suppenkoche schweiße uns auch annere intensive Erlebnisse dauerhaft zusamme. Annerscht als Frauengrüpple, die nur über Männer rede.«

»Leicht gesagt. Du hasch halt des Thema Männer für immer hinner dir gelasse«, bemerkt Ingrid sauer.

Lore nimmt's mit Humor. »Net zwingend. Aber ich such net. Wenn mer sucht, macht mer des automatisch falsch. Wie der Mann, der sein Schlüssel verlore hat, aber er sucht net da, wo er ihn verlore hat, sondern in der Näh von ner Latern. Weil da Licht isch, versteht ihr?«

Alle sind beeindruckt.

»Dieses Gleichnis kenne ich nicht«, sagt Gerda streng. »Es steht nicht im Guten Buch.«

»Wo?«

»In der Bibel!«

Alle schweigen und warten auf den guten Pastor Jan Stüveking. Doch er kommt nicht.

Lore strahlt: »Also, ich hätt hier des Volkshochschulprogramm, und ich hab mer überlegt, dass mir gemeinsam e Kartespiel lerne. Übrigens, für die von euch, die noch suche: Eins, das gern von wohlhabende alleinstehende Herre gespielt wird …«

»Skat? Du willsch, dass mir alle Skat lerne? Die Gerda in ihrem maritime Blazer und die Sylvia mit ihre lange Fingernägel? In em Raucherlokal? Womöglich bahnhofsnah?« Susanne schüttelt den Kopf. »Des isch net mein Niveau. Ich muss auf mein Niveau achte. Ich verkehr in Medienkreise.«

Lore erklärt: »Net Skat. Bridge! Das königliche Kartespiel. Da kannsch nachher sogar mit der Queen spiele, solltescht du sie zufällig irgendwo treffe. Im Urlaub oder so.«

Elke sieht die drögen Familienurlaube im Kleinwalsertal vor sich und bezweifelt, dass die Queen freiwillig dorthin reist, um sich mit ein paar älteren Badenerinnen zum Bridge zu verabreden.

»Es gibt en Volkshochschulkurs. Dienstags um 18 Uhr. Frau Dr. Hunger bietet den Kursus Bridge 1 an. Für Anfänger ohne Vorkenntnisse. Wie wär's? Mir könnte neue Leut kennelerne und Spaß habe. Der Kurs koscht nur 35 Euro. Sonderangebot.«

Sylvia ist misstrauisch. Sie hasst Sonderangebote.

»Seit wann macht die Volkshochschul Sonderangebote?«

Zwei Dienstage später wissen sie es. Frau Dr. Hunger sieht exakt so aus, wie sie heißt. Groß, dürr, streng, humorlos. Flache Schuhe und ein taubenfarbenes Bleylekostüm aus den Siebzigern.

Von Beruf war sie einst Apothekerin. Jetzt ist Bridge ihre Lebensaufgabe. Sie wirft einen bebrillten Blick über die Schulbänke, die eher spärlich gefüllt sind.

»Wenn Sie gedacht haben, dieser Kurs sei ein Vergnügen, dann sind Sie hier falsch. Bridge ist harte Arbeit.«

»Ich geh!«, flüstert Sylvia. »Harte Arbeit kann ich im Büro habe. Und die wird wenigstens gut bezahlt.«

»Bleib!«

»Und Bridge ist ein Spiel, bei dem man sich nicht unterhält. Sie reizen mit wenigen Worten, und dann sind Sie stumm.«

»Wie im Puff!«, wispert Johanna-Marie.

»Ich geh«, sagt jetzt Susanne. »Ich red gern. Ich liebe den intellektuellen Diskurs.«

»Bleib!«

Die Hunger sticht mit einem spitzen Finger um sich und droht: »Dies ist ein Spiel, das schärfstes logisches Denken erfordert. Im Grunde ist es gar kein Spiel. Es ist ein Kampf eines Verstandes gegen den anderen!«

»Ich bin nur Hausfrau«, sagt Elke. »Ich geh!«

»Bleib!«

»Es spielen immer vier Personen, die nach den Himmelsrichtungen Nord, Süd, Ost und West benannt werden. Derjenige mit der höchsten Karte ist der Teiler und gibt aus. Die Karten auf der Hand werden nun nach Unterfarben und Oberfarben und nach der Rangfolge A, K, D, B, 10, 9 und so weiter geordnet. Ordnen Sie bitte die Karten nach schwarz und rot, um Verwechslungen vorzubeugen.«

»Wieso?«, flüstert Johanna-Marie.

»Psst.«

»Sie müssen mit Ihrem Partner möglichst viele Stiche gewinnen, deren Höhe unerheblich ist. Ein einfaches Beispiel: West: Pik-Bube, Nord: Pik-König, Ost: Pik As und Süd: Pik 3. Wer gewinnt den Stich?«

Schweigen im Klassenzimmer. Schließlich hatte sie gesagt, Bridge sei ein stummes Spiel.

»Ost natürlich. Aber haben wir nicht etwas vergessen? Vor der Reizung muss die Trumpffarbe festgesetzt werden, denn wenn Sie nicht bedienen können, so können Sie mit ihr schnappen. Kann man nicht bedienen und nicht schnappen, so können Sie einen billigen Längsstich erzielen.«

»Pfui!«, murmelt Sylvia.

»Wie?«

»Nix!«

»West: Karo 2, Trumpf: Pik, Nord: Treff Dame, Ost: Coeur 8, Süd: Coeur König, aber West hatte eine Karolänge und kann den Stich für sich buchen.«

»Klar doch!«, sagt ein junger Kerl ganz vorn. »Also, wer des net rafft! Mache mer weiter!«

Von nun an geht's bergab. Die Worte prasseln scheinbar zusammenhanglos auf die Freundinnen ein, die zusammengekauert dasitzen.

»Beim Reizen können Sie ein Farbspiel und ein Sans atout und Gebote und SA und 5 Treff und Kontra und Ansage und Rekontra und vereinbartes Bietsystem, natürlich und Stichzahlnennung ...

»Blablabla!«

»Bitte um Ruhe!«, sagt Gerda und tut so, als schreibe sie mit.

»Ein Beispiel«, verkündet Hunger unheilvoll.

»Ost hat zuletzt 3 Coeur geboten, die Süd kontriert. West bietet daraufhin 3 Pik, Kontra aufgehoben. Wenn Nord-Süd glauben, dass die Gegner auch 3 Pik nicht erfüllen können, müssen sie erneut kontrieren, und würde West nun auf das Kontra von Süd passen und Nord danach etwa 3 SA, das heißt Sans atout, bieten, wäre das Kontra hinfällig. Schließlich könnte auch Ost nach Passen von West und Nord durch Bieten einer neuen Farbe oder SA aus dem Kontra herausgehen ... Halt, Sie da, Sie alle, wohin gehen Sie, die Stunde ist noch nicht zu Ende ...«

Gerda legt ihre Tasche auf den frei gewordenen Platz neben sich.

»Diese Badener! Halbe Südländer! Haben keinerlei Durchhaltevermögen«, stellt sie zufrieden fest. »Die Revolution von 1848 haben sie vergeigt, die Volksabstimmung –

und jetzt kneifen sie vor ein bisschen Bridge. Ich geh jede Wette ein, die trinken jetzt irgendwo Kaffee. Und essen keine Suppe, sondern Kuchen. Schwarzwälder Kirschtorte. Oder Rahmkuchen. Mit Sahne. Oder … halt, wartet! Ich komme vielleicht doch en büschen mit …«

Butterbiskuitsuppe

Zutaten:

30 g Butter
30 g Mehl
1 Ei
Salz
Muskat
Fleischbrühe

Zubereitung:

Zur schaumig gerührten Butter gibt man das Eigelb, die Hälfte des Mehls, eine Prise Salz und Muskat nach Geschmack.

Das übrige Mehl hebt man mit dem zuvor geschlagenen Eischnee darunter und bäckt davon ein Omelette, welches man in kleine Würfel schneidet und zur fertigen Fleischbrühe hinzugibt.

Badische Biersuppe
oder: Hör mein Lied, Elisabeth

Kein gutes Jahr. Es ist schon wieder etwas Trauriges geschehen. Der zweite Todesfall, der die Clique tief erschüttert und mit der Realität der Sterblichkeit konfrontiert. Elkes liebe alte Nachbarin ist gestorben. Frau Lisbeth Wenzle ist nicht mehr. Sie konnte ruhig im Kreise der ihren entschlafen und in ihrem Alter von fast 91 ist das eigentlich eine Gnade.

Und doch sind alle betrübt und können sich den Verlust noch nicht vorstellen. Die Liege im Garten, auf der sie lag und Kreuzworträtsel löste, soll leer bleiben? Kein Duft mehr von Marmorkuchen, der süß durchs Viertel zieht. Kein gutmütiges Lachen aus einem lebendigen, fast jahrhundertalten Gesicht.

Zur Beerdigung finden sich deshalb sehr viele Menschen ein. Die Trauerhalle an der Karlsruher Alb ist zu klein für all die Schwarzgekleideten, sogar draußen stehen welche und hören der Live-Übertragung zu.

Eine würdige, überwiegend dunkel gekleidete Gesellschaft sitzt still und stumm auf harten Stühlen.

Die Elke, die Lilo und die Joanna nebeneinander. Vor ihnen der blumengeschmückte Sarg.

Sie sind zeitig gekommen. Zehn vor zwei.

Vorher haben sie noch schnell eine Suppe gegessen. Man weiß ja nicht, wie üppig der Leichenschmaus ausfallen wird. Es gab Badische Biersuppe, in Gedenken an Frau Wenzle, denn die hat gerne auch mal ein schönes Bier getrunken, wenngleich sie als Badenerin natürlich grundsätzlich dem Wein zugeneigt war.

»Wann fängt's endlich an?«, nörgelt Joanna.

»Eine Beerdigung fängt net an wie e Rockkonzert. Des sagt mer net!«, tadelt die Oma. »E Beerdigung nimmt mer hin. Die isch einfach!«

»Was sagt mer dann?«

»Weiß net. Was anneres. Und um zwei Uhr ... geht's los.«

»Ha!«, sagt die Joanna. »Ich muss um drei in Ettlinge sein. Schaff ich des? Die Luise will mer obe in Moosbronn ihr neues Pferd zeige ...«

»Psst! Wie kannsch du jetzt an so was denke.«

Ein Mann kommt rein und stellt ein großes, ein *sehr* großes Bild von der Lisbeth auf einen Stuhl neben den Sarg. Listig lachend und mit einem erhobenen Zeigefinger guckt die Lisbeth auf die Trauergemeinde.

»Ach, des war e nette Frau!«, sagt die Lilo. »Immer korrekt. Ich kenn se noch, als sie Kassewartin bei de Badische Blumefreunde war. Was habe mir für schöne Ausflüg gemacht! Zuletzt nach Oberderdinge im Kraichgau in den Rosegarte, den die da habe. In der gute Luft da hinte gedeihe die wunderbar.«

Elke seufzt. Denkt an die Zeit zurück, als sie die Kinder bei der immer fröhlichen Frau Wenzle absetzen konnte.

Joanna seufzt und denkt nicht viel.

Außer, dass es jetzt losgehen könnt.

Da erklingt Musik. Die bekannte Melodie: »Hör mein Lied, Elisabeth!«

Wunderschön. Alle fangen an, ein bisschen zu weinen.

Lisbeth guckt von ihrem Stuhl aus zu.

»Des war ihr Lieblingslied«, schluchzt Lilo.

Elke verdrückt eine Träne und denkt, dass die Biersuppe keine gute Idee war, denn sie muss schon wieder aufs Klo.

Alle anderen lauschen, alle anderen gucken, alle anderen heulen, alle anderen denken an die Lisbeth.

Das Lied verklingt. Jetzt wird der Pfarrer kommen. Zeit wird's, dass einer was sagt, um die Gefühle in Worte zu fassen. Zeit wird's, dass die Elke wieder nach Hause kommt. Sie hat noch so viel zu tun.

Doch der Pfarrer erscheint nicht. Stattdessen fängt das Lied wieder von vorne an. Hör mein Lied, Elisabeth!

»Nochemal«, murrt Joanna. »So gut isch jetzt der Song au wieder net!«

Lisbeth lächelt, alle lauschen, gucken, heulen, denken an sie.

Das Lied ist fertig. Aller Augen wandern vom Sarg zum Bild und zu der Tür, wo nun gleich der Pfarrer erscheinen wird.

Musik erklingt.

Hör mein Lied, Elisabeth!

»Nochemal?«, fragt nun auch die Elke. »Ich hätt Wäsch in de Maschin.«

»Psst«, macht Lilo. »Sei net so pietätlos. Es war halt ihr Lieblingslied.«

»Aber net nur. Ich weiß, dass sie manchmal in Mannheim war. Im Nationaltheater. Und da hat sie Opern gehört ...«

»Pssst.«

Joanna stöpselt sich Stecker in die Ohren.

Eine gewisse Unruhe breitet sich aus, als das Elisabeth-Lied das vierte Mal erklingt. Keiner heult mehr. Die alten Leute blättern im Gesangbuch, die jüngeren sehen auf die Uhr, die ganz jungen machen die Handys wieder an und stellen sie auf Vibration. So lang ohne Außenwelt, das geht nicht.

Die trauernden Angehörigen in der ersten Reihe bewegen sich unruhig. Fragende Blicke wandern zur Seite.

Beim fünften »Hör mein Lied ...« sieht sogar Lisbeth selbst etwas ungeduldig aus.

Draußen knirschen Reifen. Ein Wagen hält. Mit wehendem Talar springt der Pfarrer aus dem Auto und eilt in die Kirche.

Schwer atmend baut er sich am Pult auf.

»Wir sind zusammengekommen, um Lisbeth Wenzle zu verabschieden.«

»Gott sei Dank! Endlich!«, sagt Joanna etwas zu laut und zieht die Stecker aus den Ohren.

Badische Biersuppe

Zutaten:

2 l Hühnerbrühe
33 cl Bier
250 g Brotkrumen
10 cl frischer Rahm
Salz, Pfeffer und frisch geriebene Muskatnuss

Zubereitung:

Die Hühnerbrühe zum Kochen bringen. Bier und Brotkrumen hinzufügen. Etwa 20 Minuten kochen lassen. Durchsieben.

Mit Salz, Pfeffer und etwas Muskatnuss würzen und vor dem Servieren mit dem Rahm binden.

Hochzeitssupp mit Kalbfleischklößchen
oder: Heut ist es so weit

Johanna-Marie hat's endgültig satt. Sie hat ihren Schreibtisch ausgeräumt, und im Kalender vom vorletzten Jahr hat sie eine Eintragung gefunden: »S mit T.«

Es spricht nicht für ihre Beziehung, dass sie erst überlegen muss, für was das Kürzel »S« wohl stehen mag.

»Es muss wohl Sex heiße!«, entstaubt Johanna-Marie ihr Gedächtnis.

»Dass des so lang her isch!«

Mit voller Wucht wird ihr die Ödnis ihrer Partnerschaft mit www.torsten.de klar.

Kein Sex seit mehr 18 Monaten! Sie muss Schluss machen, sie vertrocknet. Sie muss ausziehen, sich trennen, ihn verlassen. Aber sie hat Angst vor diesem Schritt. Todesangst. Sie wird dann alleine sein, so wie die meisten anderen aus ihrer Clique. Und dann muss man nur mit sich alleine sonntags frühstücken, an der Wohnungstür steht nur ein Schild ... grauenhaft. Doch es muss sein. Hier und heute.

Sie stärkt sich mit einer Badischen Hochzeitssuppe, muss dabei fast heulen, weil sie diese Suppe nun niemals bei ihrer eigenen Hochzeit servieren wird. Salz tropft in die Brühe. Wenn ein Lebensabschnitt endet, ist es halt immer traurig, auch wenn er nur aus Hoffnungen bestanden hat.

Da Torsten ihr kaum je zuhört, wird sie ihm eine E-Mail schreiben, denn E-Mails dringen direkt zu ihm ins Kleinhirn vor.

Sie wird ihm eine E-Mail schreiben, aber in geschliffenem Hochdeutsch, nicht in Badisch. Die badische Sprache scheint ungeeignet, um kühle Geschäftsmäßigkeit zu verbreiten. In Badisch hört sich alles gemütlich und harmlos an.

»Lieber Torsten, diese Mail zu schreiben fällt mir nicht leicht, aber ich habe bemerkt, dass wir vor 18 (!) Monaten das letzte Mal SEX hatten. Das ist unglaublich. Ich bin nicht sexbesessen, aber das ist eindeutig zu wenig. Und es ist ja nicht nur der SEX. Es ist ja auch, dass du immer nur auf Reisen bist, und wenn du da bist, sitzt du vor dem Rechner oder du tippst was in dein Tablet ein oder du spielst Spiele auf deinem Handy. Wir gehen niemals aus, wir essen nicht miteinander, wir köcheln nicht miteinander, wir gehen nicht ins Theater ... Du hilfst nicht bei der Hausarbeit und du besuchst nicht mit mir zusammen meine Mutter.

Es gibt nicht einmal mehr Gewohnheit zwischen uns. Nicht mal in Bezug auf SEX, denn sonst hätte ich ja nicht im Kalender nachschauen müssen, wann das war ... Ich bin zu jung, um so zu leben. Ich trenne mich. Hier und heute.

Ich werde ausziehen oder du ziehst aus. Ich habe ja noch den Hamster zu bedenken. Dem kann man nicht zumuten, sich an eine neue Umgebung zu gewöhnen.

Warhscheinlich wirst du mein Fehlen gar nicht merken.«

Johanna-Marie wischt eine Träne weg. Aus solchen Momenten sind Wendepunkte im Leben gemacht.

»Leb wohl! Deine Johanna-Marie.«

Und dann drückt sie auf SENDEN. Die Würfel sind gefallen.

Aus, vorbei. Willkommen, neues Leben! Hier bin ich.

Abends wartet sie im Wohnzimmer. Die mutige Tat war vielleicht zu mutig. Ihr ist schlecht vor Aufregung. Wie wird er reagieren? Wird er auf die Knie fallen? Sie bedrohen? Männer können bekanntlich Gefühle erst dann zeigen, wenn es zu spät ist. Er rastet vielleicht aus ... Er will sie nicht verlieren, gönnt sie keinem anderen ...

Mein Gott. Mein Gott. Zweifel kommen auf. Das Ganze war vielleicht ein Fehler. Wenn sie diese Mail doch rückgängig machen könnte! Ohne Torsten wird sie ganz alleine auf der Welt sein. Jetzt hat sie doch immerhin noch jemanden, auf den sie warten kann.

Endlich kommt Torsten heim. Mit finsterer Miene.

»Mein Gott, diese Weiber.«

Johanna-Marie sieht sich in ihren Befürchtungen bestätigt. Er hat die Trennung nicht gut aufgenommen.

»Bitte, Torsten. Du machst dir doch längst auch schon nichts mehr daraus ...«

»Ich, natürlich! Und wie. Was soll ich denn ohne machen?«

»Du wirst schon zurechtkommen.«

»Eben nicht. Alles bricht zusammen.«

Johanna-Marie greift sich ans Herz. Also doch. Er hat doch an der Beziehung gehangen und konnte es nur nicht zeigen. Der arme Kerl.

Torsten stöhnt. Es zerreißt Johanna-Marie das Herz.

Torsten stöhnt wieder.

»Diese Firma aus Freiburg. Schicke diese absolute Nichtskönnerin. Ich sag ihr die ganze Zeit: Mein Mailprogramm funktioniert net. Die E-Mails werde gleich in den SPAM-Ordner verschoben, sie werde nach ein paar Tag automatisch gelöscht, einige komme gar net an und die, die man lösche will, da muss man zweimal das Lösche bestätige. Wer bin ich? En verdammte Rentner? Hab ich so viel Zeit?

Da sage sie immer bei uns: Wir nehmen diese Firma aus Freiburg. Das ist ein badisches Unternehmen. Da pfeif ich drauf. Lieber verdammte Schwabe komme lasse, die was von unserer interne Software verstehe.«

»Torsten, ich hab ...«

»Diese Tussi also. Kommt irgendwo aus Donaueschingen, dahinne vor, isch das überhaupt noch badisch oder sin des schon verdammte Schwabe, jedenfalls so e Schwarzwaldmädle, wahrscheinlich mit Rothausbier getauft, dabei war se net mal blond, also die jedenfalls setzt sich nebe mich.

Glaubt mir des net mit dem Lösche und dem zweimal Wegdrückemüsse, ich führ ihr's vor, fahr hoch, logg mich ein, seh e E-Mail von dir, sag ihr, die lösche mer jetzt mal exemplarisch. Wer isch des, will se wisse, net dass es was Wichtiges isch. Nee, sag ich, die Mail isch nur von meiner Freundin, des isch nie was Wichtiges. Also, mir lösche die Mail und tatsächlich: Zweimal muss ich bestätige, bevor des Ding endlich weg isch. Naja, jetzt soll die mal heimfahre in ihr grasgrünes Freiburg und sich was ausdenke ...«

Johanna-Marie starrt Torsten so intensiv an, dass sogar er es merkt.

»Hey, was isch los? Was stand drin in dere Mail? Was Wichtiges? Ob du heut Blumekohl oder Rosekohl koche sollsch?«

Johanna-Marie starrt ihn weiter an.

»Un? Was isch jetzt? Was willsch?«

Jetzt könnte sie sprechen, und sie macht den Mund auf – aber es kommt kein Ton heraus.

Hochzeitssuppe mit Fleischklößchen

Zutaten:

250 g Kalbfleisch
100 g Ochsenmark, gewässert, damit es schön weiß wird.
2 Eier
Salz
Muskat
weißer Pfeffer
Fleischbrühe
2 EL gehackte Petersilie.

Zubereitung:
Das Fleisch mit dem Ochsenmark durch die feine Scheibe des Fleischwolfs drehen. Die Masse mit Eiern und den Gewürzen vermischen und von diesem Teig dann mit dem Kaffeelöffel Klößchen formen. In Fleischbrühe kochen. Wenn sie oben schwimmen, vom Feuer nehmen und 20 Minuten ziehen lassen. In die warmen Suppenteller möglichst viele leckere Klößchen geben, mit wenig Brühe auffüllen und mit Petersilie bestreuen.

Badische Bauernsuppe
oder: Die Zahnfee

Gerda reist normalerweise nach Lübeck, wenn sie zum Arzt geht. Check-ups und solche Dinge erledigt sie lieber in ihrer Heimat, da weiß sie, was sie hat. Ärzte namens Jens Blankenburgen oder Swen-Martin Booms sprechen knapp und korrekt und haben kleine Privatsegler im Hafen von Travemünde.

Doch eines Tages meldet sich selbst in ihrem gepflegten Mund ein ziehender Schmerz. Gerda nimmt eine Tablette, und normalerweise ist die Sache damit erledigt. Diesmal nicht. Der Zahn weigert sich, gesund zu werden, im Gegenteil: Er klopft, pocht, und um ihn herum schwillt alles an.

Gerda ist höchst verärgert. Der nächste Vorsorgetermin bei Herrn Professor Doktor Laubenpieper in Mölln ist erst in zwei Monaten. So lange kann sie nicht warten.

Gerda versucht sich abzulenken. Fährt nach Heidelberg, eine Stadt, in der es fast nur Touristen zu geben scheint und in der sie sich deshalb irgendwie nicht so fremd fühlt.

Der Zahn gibt auch dort keine Ruhe. Verärgert besteigt sie die Regionalbahn zurück Richtung Karlsruhe, doch die fährt über Mannheim, bekanntlich eine Arbeiterstadt, die Gerda gar nicht schätzt. Vor allem, weil sie die Menschen dort noch weniger versteht als ihre mittelbadischen Freundinnen.

Mittlerweile ist das Zahnweh unerträglich geworden. Sie kann keine Tablette mehr nehmen, sonst wird ihr schlecht.

Gerda muss sofort zum Zahnarzt. Sofort!

In Mannheim verlässt sie den Zug fluchtartig. Eilt Richtung Wasserturm, wo sie zu Recht die besseren Wohnviertel vermutet. Villen über Villen, aber nirgends ein Dentist.

Sie biegt ab in die Quadrate, läuft weiter, die Geschäfte werden türkischer, die Atmosphäre birgt soziale Spannungen.

Da, ein hohes altes Mietshaus, eher heruntergekommen, daran ein Praxisschild: »Hammerle-Rupp (alle Kassen)«.

»Oh Gott«, flüstert Gerda sich selbst zu. »Eine *Kassen*zahnärztin! In Mannheim. In diesen Quadraten, wo es nur Ausländer gibt! Was würde Mama dazu sagen?«

Mama ruht in Frieden, doch der Zahn lebt noch und bohrt und klopft.

Gerda klingelt, weil man das so macht. Es wäre aber nicht nötig, denn die Tür ist sowieso offen. Sie klimmt zwei Treppen nach oben, es riecht nach Zwiebeln, nach Kohl und nach etwas Undefinierbarem. Vielleicht Hammel.

Gerda klingelt wieder.

Die abgeblätterte, einst im Jugendstil (so viel Zeit muss sein) gehaltene Tür öffnet sich und gibt den Blick frei auf eine hölzerne Absperrung inmitten eines finsteren Ganges, der aussieht wie die Notbehausung, in der Gerdas Oma nach dem Bombenkrieg auf Hamburg gewohnt hatte.

Hinter der Schranke eine rundliche, mütterliche Erscheinung.

»Sie nehmen sicher keine neuen Patienten mehr ...?« Gerda verspürt seltsamerweise kaum noch Schmerzen.

»Awwer natürlich. Kumme Se näher. Warum donn net?«

Halt. Hier stimmt etwas nicht, denkt Gerda, soweit sie noch denken kann. Bei uns oben muss man sich an Ostern anmelden, wenn man an Weihnachten drankommen will.

»Ich wollte mich mal ein büschen umgucken!«, lügt Gerda und versucht, jede Berührung ihrer Zunge mit dem eitrigen Zahn zu vermeiden.

»Awwer so könne Sie net widder fort. Ihr Gesicht is ja gonz geschwolle. Alla, kumme Se näher.«

»Frau Händle, was gibt's denn?«, klingt es aus dem Hintergrund.

»E Patientin!«

Eine hagere ältliche Frauensperson erscheint. Sichtlich überrascht, einen zahlenden Kunden vorzufinden, eilt sie vorbei an einem altmodischen, geisterhaft leeren Wartezimmer auf Gerda zu. Bevor Gerda es verhindern kann, sitzt sie auf einem verschlissenen Behandlungsstuhl, dessen Griff sich feucht anfühlt.

»Den hab ich grad abgewesche!«, sagt Hammerle-Rupp freundlich.

Gerda sieht sich gehetzt um. Der Raum gleicht in keinem Aspekt einer ordentlichen Praxis, wie sie es gewohnt ist. Kein Hightech, nirgends blinkt und blitzt etwas, keine schicken Assistentinnen röntgen, klappen moderne Stühle hoch, zurück, zur Seite, spülen, saugen, klappern. Kein Computer, wo Gerdas Gebiss zu sehen sein wird.

Keine modernen Bilder, keine beruhigende Musik, die Schmerzfreiheit verheißen.

Stattdessen trocknen an einem offenen Fenster, das wohl in einen Mannheimer Hinterhof hinausweist, Küchenhandtücher. Auf einem Holztisch steht eine Kaffeetasse mit abgebrochenem Henkel. Im Hintergrund blubbert etwas. Gerda schnuppert wie ein Hase.

»Gell, das riecht gut. Mir gehe net nüwwer zum Döner, mir kochen uns selbst was für die Mittagspause. Eine Badische Bauernsuppe, mit allem, was dazugehört: viel frisches Weißkraut und leckeres Dörrfleisch, obe ausm Schwarzwald vom Fixenhof im Simonswäldertal. Bin ich persönlich bekannt.«

»Das glaube ich gerne. Frau Dr. Hamm…«

»Nur Hammerle. Ich hab keen Doktortitel, brauch ich net. Was is?«

»Schauen Sie mal. Aber vorsichtig. Meine Zähne sind norddeutsch. Sitzen ganz fest im Kiefer …«

Hammerle-Rupp hustet und blickt mit einem Spiegel in Gerdas Mund.

»Hei jo. Norddeutsch oder net. Der muss raus. Und zwar heit noch. Des is en ganz normaler Zahn, wie ich schun dausendmol gezoge hab. Erst spritz ich des rechts und links gut ein, donn hebel ich die drei Würzelche mit ner kräftige Zang, eins, zwei, drei aus dem Knoche.«

Mordlust glitzert in ihren Augen. Gerda erschauert.

»Und wonn Sie mir des net zutraue ... weil ich schmächtig wirke tu ...«, das Weiblein stemmt den Arm, »dohin stecke viele Jahre Berufserfahrung als Betriebszahnärztin.«

»Wo?«, jammert Gerda.

»Im Landesgefängnis in Bruchsal. Ich versorg da monatlich 825 Leut.«

»Im Gefängnis!« Gerda schaudert. Wenn das ihre verstorbene Frau Mutter wüsste. Eine Debelius! Von den Rostocker Debelius. Verheiratete Vandenberg. Sie hätte nie, nie, nie hier herunterziehen sollen.

»Wie halten Sie es denn da mit der Schmerzbetäubung?«

»Ja, glaube Sie, des sin kei Mensche da hinner Gitter? Auch en Totschläger will kei Schmerze habe.«

»Ich hätte noch rasch einen Termin beim ... Könnte ich vielleicht in einer Stunde wiederkommen?«, fragt Gerda.

»Mache Sie nur. Awwer ich würde Ihne dringendst rate, des Zähnche gleich rausmache zu lasse, sunscht hawwe Sie heit Obend e herrliche Blutvergiftung.«

Gerda schnappt nach Luft. Ein Fehler. Schon ist Hammerle-Rupp über ihr, sie trägt jetzt weiße Gummihandschuhe, eine Spritze in der einen Hand, eine Art Hebel in der anderen. Die ältliche Assistentin kichert ein irres Kichern. Da ist doch dieser dicke Regisseur. Hitchcock. Psycho. Die Dusche.

Gerda schließt mit dem Leben ab und sieht noch ein letztes Mal gedanklich die geliebte Ostsee vor sich ...

»Also, ich muss sagen, diese Zahnärztin in eurem Mannheim da, das ist eine kleine Entdeckung. Die strahlt eine kompetente Ruhe aus! Kein dauerndes Telefongeklingele, kein Computergezappele, keine Patienten, die schon auf den Nachbarstühlen sitzen. Die Frau Doktor – sie hat übrigens eine Großmutter, die aus dem Eckernförder Raum stammt, was man an ihrer feinen, zurückhaltenden Art erkennt – ist eine ruhige, gelassene Erscheinung. Mit menschlicher und beruflicher Erfahrung. Ich habe keine Schmerzen gehabt.

Naja, ich war ja immer schon gegen diese Apparatemedizin …«

Badische Bauernsuppe

Zutaten:

250 g Weißkraut
375 g Kartoffeln
2 ½ l Wasser
1 EL Salz
250 g Dörrfleisch
Sahne
Badischer Weißwein

Zubereitung:

Das in handtellergroße Stücke geschnittene Kraut wird in kochendes Salzwasser gegeben und nach einer halben Stunde werden die Kartoffeln, die in zwei Zentimeter große Würfel geschnitten wurden, hinzugefügt.

Das Gemüse wird weichgekocht.

Das Dörrfleisch schneidet man ebenfalls in zwei Zentimeter große Würfel, welche in einer heißen Pfanne ausgebraten werden und zu der Suppenmasse gegeben werden.

Mit Sahne und einem Schuß badischen Weins abschmecken.

Badische Brezelrahmsuppe
oder: Ich hab dich am Grab vermisst

Vermutlich als Einzige hält sich Lore streng an das Suppengebot, selbst wenn sie alleine ist.

Heute hat sie sich eine Brezelrahmsuppe gemacht. Das ist etwas Besonderes. Wenn sie die Zwiebel angeschwitzt hat, mit Butter natürlich, und mit Weißwein und Brühe abgelöscht hat, fügt sie kleine Brezelchen hinzu, die mitköcheln. Nachdem alles püriert und durch ein Haarsieb gestrichen ist, gibt man natürlich – wie immer – Sahne dazu. Hmmm.

Bevor es dazu kommt, gibt Lores Handy einen bärigen Brummton von sich und zuckt einmal, so wie es ihm der Mann im Mobilshop beigebracht hat, sollte einmal eine SMS eintreffen. Nicht sehr häufig bei Lore, für die ihr eigenes Handy sowieso ein Mysterium ist.

Tatsächlich eine SMS. Lore liest den Text und erschrickt zu Tode. Sie liest ihn noch ein zweites Mal. Jetzt läuft es ihr eiskalt den Rücken hinunter.

Die Worte lauten: »Ich hab dich am Grab vermisst. Wo warst du?«

Oh Gott. Das ist ja eine furchtbare Botschaft.

Lore weiß genau, wer das war.

Die Kollegin hat ihr übelgenommen, dass sie nicht zur Beerdigung von deren Vater letzte Woche mitgegangen ist. Aber sie hatte es ihr doch erklärt. Nämlich dass sie schon lange einen Termin bei ihrer Osteopathin hatte, und die Kollegin hat es doch scheinbar ganz gut aufgenommen: »Ist okay. Du hast ihn ja auch kaum gekannt, und nur weil er mein Ein und Alles war, musst du ja net unbedingt auch mitgehe.«

Lore hat gedacht, damit wär's erledigt.

Den Worten von Kollegen kann man allerdings bekanntlich nie trauen.

Lore denkt nach.

Die Kollegin hat sie gestern freundlich angelacht. Doch im Badischen lacht man oft und gern. Wie's im Inneren aussieht, ist eine andere Frage.

Lore liest den Satz nochmal. Er wird dadurch nicht besser.

Vielleicht war es doch jemand anderes. Neuer Schrecken: Vor zwei Wochen war die Katze ihrer Nachbarin verstorben. Nach 18 schönen gemeinsamen Jahren. Es hatte eine Tierbestattung im Friedwäldchen gegeben. Lore hatte sich gedrückt, denn obwohl sie tierlieb ist, hatte sie diese spezielle Katze nicht leiden können. So eine gefleckte. Hatte immer so scheele Blicke nach Lore geworfen und ihr manchmal hinter den Mülltonnen aufgelauert.

Andererseits ... Sie ist gar nicht per Du mit der Nachbarin. Doch bei SMS gelten andere Regeln. Da ist man mit der ganzen Welt per Du.

Andererseits und noch schlimmer ... Jetzt fällt ihr ihre eigene Großmutter siedendheiß ein.

Mama hat immer gewollt, dass sie öfter ans Grab geht. Wegen der Familientradition. Aber Lore hat niemals die Zeit gefunden. Und jetzt erinnert Mama sie eindringlich daran. Mama hat zwar kein Handy, mit dem sie eine SMS schicken könnte, aber wer weiß. Es gibt Dinge auf Erden, die sich der Logik entziehen.

Lore fühlt sich schuldig. Die Erbsünde mindestens lastet auf ihr. Neue von ihr Vernachlässigte tauchen auf. Beispielsweise die alte Frau Schneider über dem Schreibwarenladen am Eck. Die Seniorchefin. Früher hat Lore immer ihre BUNTE dort gekauft, dann hat die Tochter den Laden übernommen. Frau Schneider senior ist schon vor zwei Monaten gestorben, und Lore hat zwar zehn Euro für den Kranz gespendet, doch war sie nicht auf der Beerdigung gewesen. Der

Chef hatte Zahlen für die Steuerprüfung gebracht, und das war natürlich wichtiger gewesen.

Die Tochter ist mit Sicherheit beleidigt. Eine alte Geschäftsfrau, die immer für jeden ein gutes Wort gehabt hat (nun, um der Wahrheit die Ehre zu geben, war die alte Hexe eigentlich so tratschsüchtig, dass man sich die BUNTE hätte sparen können), stirbt, und die Stammkundin nimmt keinen Anteil. Die neue soziale Kälte, verkörpert von Lore Endle aus Karlsruh.

Das Gewissen nagt an Lore. Wenn sie der Tochter begegnet, sieht sie weg, und ihre BUNTE kauft sie jetzt anonym am Bahnhof.

Lore Endle hat gefehlt, und das Universum weiß es.

Lore versucht gutzumachen, was noch gutzumachen geht. Ihre Mutter ruft sie von nun an doppelt so oft an wie sonst. Wer weiß, wie lang sie wenigstens die noch hat.

Doch die SMS lässt ihr keine Ruhe. Sie bringt es nicht mal fertig, sie zu löschen.

Wo hat sie sich schuldig gemacht, wo als Mitmensch versagt? Ausgerechnet sie, die sie es immer allen recht machen will!

Nachts wacht sie auf, schweißnass. Eine Hand aus dem Grab greift nach ihr.

Irgendwann hält sie es nicht mehr aus. Sie ruft die Nummer an, von der die SMS kam:

»Ja, Danuta!«, meldet sich eine osteuropäisch klingende Stimme.

»Hallo, Sie haben mir eine SMS geschrieben. Wegen des Grabes ... Ich wollte mich nur entschuldigen ...«

»Wofier entschuldigen? Isse Ihre Name Kevin? Nix? Habe wohl falsches Nummer getippt und bei Ihne ist gelandet. Ich arbeite bei Grab-Schmuck Kreuzer als zweite Floristin. Wir hatten Grabschmuck für Dr. Albin Pfeiffer zu erneuern, und unser Lehrling wollte kommen und helfen. Ist natürlich nicht gekomme. Diese Faulenzer. Musse immer mache alles alleine … Faule Leute, diese deutsche Leute.«

Brezelrahmsuppe

Zutaten:

½ l	*Fleischbrühe*
1	*Zwiebel*
30 g	*Salzstangen oder Brezelchen*
¼ l	*Rahm*
50 ml	*Weißwein*
10 g	*Butter*
	Salz und Pfeffer

Zubereitung:
Die Zwiebel würfeln, und in Butter glasig andünsten, mit Weißwein ablöschen und mit Fleischbrühe auffüllen. Die Salzstangen bzw. Brezeln hinzufügen und 15 Minuten mitköcheln lassen.

Mixen und durch ein Haarsieb streichen. Die Suppenmasse mit Sahne und Muskat abschmecken.

Altbadische Forellensuppe
oder: Nur keine Eile

Gerda gelingt es nicht immer, eine aus der Clique zu rekrutieren, die mit ihr trübe Sonntage verbringt. Angeblich lacht ja über Baden immer die Sonne, aber manchmal lacht sie eben auch nicht, und dann ist es genauso grau wie in Norddeutschland. Draußen auf der Straße und drinnen in Gerda.

Manchmal muss sie sonntagmittags alleine essen gehen. Mit der »südländisch-badischen Art«, erst abends groß zu kochen und zu essen, kann sie sich sowieso nicht recht anfreunden. Bei ihr zu Hause wird mittags gegessen, Braten und Klöße, und so hält sie es auch.

An diesem Sonntag begibt sie sich in ein gehobenes Speiserestaurant, den »Badischen Hof« in Waldulm. Sie hat sich fein herausgeputzt, ihren blauen Blazer mit dem aufgestickten Anker angezogen, eine blau-weiß gestreifte Nadelstreifenbluse und eine graue Gabardinehose. Brille, hellrosa Lippenstift, ein Diamantring von ihrer Frau Mutter vom besten Juwelier der Hansestadt und ihre blaue Damenhandtasche mit Spiegel und Tempotaschentüchern: Fertig ist eine Lübeckerin, die sonntags essen geht.

Sie lässt sich an einem Ecktisch nieder und positioniert ihre Handtasche neben sich. Betrachtet wohlgefällig Mamas Brillantring. Wirklich gute Laune hat sie trotzdem nicht. Zu viele Familien und alte Leute in dem Restaurant.

»Haben gnädige Frau gewählt?«

»Was?« Gerda reißt sich von ihrem Ring los. »Könnten Sie sich vielleicht ein wenig gedulden? Ich habe die Karte ja gerade erst bekommen!«

Der Kellner verbeugt sich und zieht sich stumm zurück. Naja, denkt Gerda ein klein wenig giftig. Wer sich zum Rebellen berufen fühlt, sollte halt nicht Kellner werden.

Nach etwa 12 Minuten nähert er sich erneut Gerdas Tisch.

»Hätten gnädige Frau nun gewählt?«

Gerda klappt das lederne Buch zu. »Ich habe zwar keine Silbe von Bestellen gesagt, aber da Sie es offenbar sehr eilig haben ... Bei uns oben im Norden wartet man üblicherweise auf ein entsprechendes Signal. Beispielsweise ein Handzeichen. Aber hier ist eben ein typisches Tourismusgebiet mit Tagesbesuchern, die nicht mehr wiederkommen ...«

Nach langem Hin und Her bestellt Gerda eine Artischocke mit Sauce Hollandaise, eine altbadische Forellensuppe und einen Rehrücken badisch mit Kräuterschupfnudeln im Rotkrautnest.

Setzt sich in Positur, um das Lokal zu beobachten. Sie hat heute nichts mehr vor. Diesen Mittag gilt es gnadenlos auszufüllen.

»Mein Gott!«, empfängt sie kurze Zeit später den Kellner, der mit der dampfenden Artischocke anrückt. »Kochen Sie die Artischocke in der Mikrowelle? Ich denke, im Badischen ist man so stolz auf ausgefeilte Zubreitung.«

»Das trifft zu. Möchten gnädige Frau noch etwas warten?«, fragt der Kellner und macht dabei ein Gesicht, als bereue er seine Berufswahl.

»Nein, lassen Sie sie schon da! Danke. Aber diese Hetzerei schätze ich nicht.«

»Sehr wohl!«

Gerda streift ihren Ring vorsichtshalber ab und legt ihn auf das kleine Tellerchen. Sie betrachtet die Artischocke von allen Seiten. Hier und da zupft sie ein Blatt ab, taucht es in die Hollandaise, lässt es abtropfen. So überschreitet sie die durchschnittliche Artischockenessdauer des Badischen Hofes, und die Forellensuppe, die köstlich duftet, folgt deshalb auf dem Fuße.

»Ich möchte ja nichts sagen, aber ist das hier ein Schnellimbiss? In guten Restaurants wurde früher ein Tisch nur einmal am Mittag oder am Abend besetzt!«

»Ich kann die Suppe ja wieder mitnehmen!«, sagt der Kellner, und diesmal sieht man ihm an, dass er sich fragt, warum man solchen Damen kein Lokalverbot erteilen kann.

»Nun lassen Sie aber mal Ruhe einkehren. Mit dem Rehrücken könnten Sie etwas warten. Außer der Koch hat heute noch etwas Dringendes vor. Immer mit der Ruhe, junger Mann.«

Das Hauptgericht kommt aber doch schon nach zwölf Minuten. Es ist halt schon fertig vorgerichtet.

»Danke, danke. Slow Food. Nicht nur biologisch kochen, sondern auch mit Genuss und langsam essen ... Dieser Gedanke ist noch nicht bis ins Badische vorgedrungen, nicht wahr? Nun, seien Sie mir nicht böse, Herr Ober, ein klein wenig Provinz sind wir doch hier unten, hm?«

»Slow Food ...«

»Immer mit der Ruhe«, sagt Gerda giftig, »das ist eben eine der Bedeutungen dieses Ausdrucks. Ich komme übrigens aus Lübeck. Da ist Englisch praktisch zweite Muttersprache.«

»Sehr wohl!«

Irgendwann ist alles verzehrt.

Die Rechnung naht.

Gerda hat Spaß daran gefunden, den Kellner stellvertretend für den Rest der Welt ein bisschen zu quälen.

»Junger Mann, Sie müssen noch viel lernen. Geduld ist eine Tugend. Hetzerei ist ungesund. In einem Land, das so stolz auf seine Wellnesseinrichtungen ist, sollte man das nie vergessen!«

»Sehr wohl!«

Erst am Montagmorgen entdeckt Gerda ihren herben Verlust. Ihr Brillantring! Weg! Sie muss ihn auf dem Artischockenteller vergessen haben.

Sie hetzt zum Telefon.

»Badischer Hof! Guten Tag!«

»Vandenberg. Ich war gestern Nachmittag bei Ihnen und habe ein Menü zu mir genommen. Ein großer dünner Kellner hat mich bedient ...«

»Ich hatte die Ehre, gnädige Frau.«

»So? Ich habe jedenfalls meinen Ring auf dem Tellerchen neben den Artischocken liegen lassen. Hat man ihn gefunden?«

»Nein, gnädige Frau!«

»Er muss aber da sein. Vielleicht ist er sogar in die Blätter gerutscht ... Was ist denn das für ein Lärm bei Ihnen?«

»Vor der Tür zur Küche steht leider im Moment der Lieferwagen, der die Essensreste zu einem Bauernhof im Schwarzwald bringt. Als Tierfutter. Wir sind ein verantwortungsvolles und umweltbewusstes badisches Restaurant, gnädige Frau.«

»Was? Die Essensreste? Da ist bestimmt mein Ring dabei! Von meiner Mutter, Frau Vandenberg. Geborene Debelius. Von den *Rostocker* Debelius ... egal. Jedenfalls bin ich aus Lübeck. Eilen Sie sich, schnell! Und halten Sie den Wagen auf!«

»Immer mit der Ruhe, gnädige Frau. Diese Hetzerei ist bekanntlich ungesund!«

Altbadische Forellensuppe

Zutaten:

2 geräucherte Forellenfilets
1 großer Bund Dill
450 ml Fischfond
1/8 l Weißwein
100 ml Wasser
200 g Schlagsahne
1 TL Instant-Hühnerbouillon
Salz
Pfeffer
Worcestersauce
2–3 Tropfen Zitronensaft

Zubereitung:
Forellenfilets häuten, entgräten und in Stücke teilen. Den Dill abbrausen, trockentupfen und die Hälfte zur Seite legen.

Den Dill mit dem Fischfond und dem geräucherten Fisch im Mixer pürieren. Dabei nach und nach Weißwein und 125 Milliliter Sahne einlaufen lassen. Die entstandene Masse in einem Topf mit dem Wasser auffüllen und bei sanfter Hitze langsam erwärmen und umrühren. Die restliche Sahne steif schlagen. Den restlichen Dill fein hacken.

Die Suppenmasse nun mit der Bouillon und der Worcestersauce abschmecken und bei Bedarf noch etwas mit Wasser aufgießen. In Suppentassen einfüllen, einen Klecks Sahne sowie Dill darauf geben. Sofort servieren.

Kürbis-Anis-Suppe
oder: Hast keine Bibel du im Haus ...

Das Land Baden, klein wie es ist, verfügt über mehrere beliebte Verbrauchermessen. Die Offerta in Karlsruhe und die Oberrheinmesse in Offenburg. Und natürlich den Maimarkt in Mannheim, der den Nachteil hat, dass man schon vollkommen kaputt ist, wenn man die fünf Kilometer vom Parkplatz über morastiges Wiesengelände und im Slalomlauf durch parkende Autos bis zum Eingang geschafft hat. Übrigens immer in dem Wissen, dass man sich auf dem Heimweg, vollbepackt mit schweren Tüten mit Proben, Prospekten, Spätzleschabern und Edelstahltöpfen sowie Fußbalsam und Salamiwürsten, sowieso verlaufen wird, egal wie genau man sich den Standort des Autos jetzt anhand von Sonnenstand und Fernsehturm einprägt.

Nur durch eine salzhaltige Gratis-WELA-Suppe in Halle 3 kann man sich wieder aufrichten. Besonders die leckere Kürbis-Anis-Suppe nach altem Rezept, die sie seit Neuestem im Programm haben, hat es Elke angetan. Sie, in ihrer Funktion als Hausfrau und Mutter, Tierhalterin und Gartenbesitzerin, ist die fleischgewordene Zielgruppe für den Maimarkt.

Mögen andere auf die Buchmesse gehen, ihre Welt ist jene der Neuheiten in Küche und Keller. »Hmmm«, sagt sie jetzt gerade und streckt das kleine Tässchen für einen Nachschlag hin. »Fein, des Süpple! So gut könnt mer's net selbscht mache. Fascht wie hausgemacht. Da könne Sie mer gern noch mal nachschenke und gleich e Dösle einpacke.«

Die allergrößte Freude bereitet Elke aber die Teilnahme an Gewinnspielen. Freudig hinterlässt sie an allen möglichen Ständen Telefonnummern und E-Mail-Adressen, eine Angewohnheit, die ihre Familie anschließend das ganze Jahr hindurch verflucht.

Eilt Joanna etwa im heißen August im durchsichtigen Tanktop in Erwartung eines Anrufs des von ihr angebeteten Konvex ans Telefon, so vernimmt sie: »Frohe Vorweihnachtszeit wünscht Lebkuchen-Schmidt aus Nürnberg. Denken Sie daran, Ihre Bestellung für die Dominosteine rechtzeitig aufzugeben. Bis zum 11.11. gelten Sonderpreise auf alle Printen …«

»Verpiss dich!«, sagt Joanna dann und legt auf.

Im Oktober wartet nun ein handliches viereckiges Paket bei der Nachbarin schräg gegenüber auf Elke.

Die Nachbarin bemerkt mürrisch: »Die Bestellerei im Internet macht halt viel Arbeit! Vor allem für die, wo's immer abnehme müsse.«

Elke erklärt sich für nicht schuldig. Zu Hause öffnet sie zuerst den Brief, der an dem Paket klebt.

»Herzlichen Glückwunsch. Sie haben bei unserem Preisausschreiben ›Christen Heute‹ teilgenommen, und wir dürfen Ihnen nun Ihren Hauptgewinn zusenden: 20 Bibeln! 10 x die Bibel in Normalausstattung. Dazu außerdem 5 x die Bibel in kindgerechter Form, 3 x die Bibel in Großdruck und 2 x die Bibel in badischer Mundart.«

Elke starrt die Bücher an. Zehn schwarze, fünf bunte, drei graue und zwei gelb-rote.

»Wow! 20 Gesangbücher. Des glaubt mir wieder keiner!«, sagt Joanna und begibt sich auf ihr Zimmer, um Konvex anzurufen.

»Nicht *Gesang*bücher, Joanna!«, belehrt sie ihre leidgeprüfte Mutter. »Bibeln. Das ist ein Unterschied!«

»Egal. Guck nur, dass die Dinger schnell wieder aus dem Haus schaffsch«, sagt Manfred. »Die mache mir e schlechtes Gewisse, weil mer nie in die Kirch gehe.«

»Und was soll ich mit dene mache, bitte schön?«

»Gleich fortwerfe!«

»Um Gottes willen. Bibeln! Des brächt ich nie fertig. Des würd Unglück bringe.«

»Dann biet sie deine Freundinne an. Du hasch doch genug.«

Fortan ist Elke in Sachen Bibeln unterwegs, doch muss sie die todtraurige Feststellung machen, dass auch im wertkonservativen Baden das Interesse an dem Buch der Bücher nicht gerade überbordend ist.

Zunächst versucht sie es bei ihren Nachbarn, die noch kleinere Kinder haben.

»Ich hätt da e ganz hübsche Kinderbibel zu verschenke!«, lockt sie.

Die betreffende Mutter, immerhin Chefin über die christliche Entwicklung von drei minderjährigen Wesen, wirft einen Blick auf das bunte Buch und lehnt nicht mal besonders dankbar ab. »Wir möchten unsere Kinder nicht mit kindischen Bibeln aufwachsen lassen. Das finden wir pädagogisch nicht sinnvoll.«

Eine Erwachsenenbibel will sie allerdings auch nicht abnehmen. »Tut uns leid. Wir suchen uns unsere Bibeln gerne selbst aus. Sie sollten vom Design zu unserer Einrichtung passen.«

Auch in den anderen Familien hat sie wenig Glück. Am dritten Abend machen die Lehmanns aus Nummer 27, offenbar vorgewarnt, nicht einmal mehr auf.

Im Kindergarten unten an der Straße darf Elke schließlich eine Kinderbibel ins Regal stellen: »Lassen Sie halt mal eine da. Aber net mehr. Net dass Sie uns da gleich fünf Stück hinstellen. Bibeln gehen bei de Kinder net mehr besonders gut. Mir habe auch sowieso net mehr so viel Chrischte unner unsere Kinner!«

Auch bei ihren weiteren Bekannten hat Elke nicht mehr Glück.

Die eine fühlt sich mehr zum Buddhismus hingezogen, weil es die frauenfreundlichere Religion sei. Die andere hat angeblich schon »irgendwo im Haus« eine Bibel. Eine weitere Bekannte lehnt Religion als »Opium fürs Volk« sowieso radikal ab, und die aussichtsreichste Kandidatin, eine biedere Mitturnerin in Elkes Gymnastikkreis, hat nun kürzlich eine jüdische Urgroßmutter in ihrem Stammbaum entdeckt und bereits einen Gesprächstermin mit dem Rabbi der Karlsruher Synagoge ausgemacht, um »einen eventuellen Übertritt« zu besprechen: »Des isch net so einfach. Des Judentum isch kei Bekehrungsreligion. Hasch du des gewusst? Da muss mer sich direkt bewerbe.«

»Nein!«, sagt Elke, und es ist ihr auch egal. Sie hat andere Sorgen.

Elke räumt den heiligen Stapel mal hierhin, mal dorthin im Haus, und nachdem schließlich Joanna regelmäßig ihr Handy-Ladegerät und ihren Kakao daraufstellt, beschließt sie, auf ihre alte Frauenclique zurückzugreifen, alle zum Kaffee beziehungsweise zu einer frommen Suppe der Geschmacksrichtung Kürbis-Anis aus dem Hause WELA einzuladen und dabei die Bibeln unauffällig ins Gespräch zu bringen.

Joanna zweifelt: »Glaub ich net, dass die auf Bibeln abfahren. Schon gar net auf die in Gelb-Rot. E Bibel im badische Dialekt. Da höre sich doch die zwölf Gebote direkt lächerlich an.«

»Zwölf?«

»Ey, ja.«

»Joanna, es sind nur zehn. Zehn Gebote. Hast du eigentlich keinen Religionsunterricht?«

»Hab gewechselt zu Ethik, und da gucken wir nur Filme.«

Alltäglich sehen die Bibeln Elke vorwurfsvoll an.

Schließlich erinnert sie sich an das Angebot einer Firma, die immer wieder bei ihr vorstellig wird: »Sie sind Hausfrau. Sie haben Zeit. Sie haben Freundinnen. Vertreiben Sie unser lebensbejahendes Produkt bequem bei sich zu Hause im Wohnzimmer!«

Bisher hat sie diesem Angebot immer widerstanden, aber jetzt wittert Elke eine einmalige Chance.

So schickt sie eine Karte an ihre Mädels: »Dessousparty bei Elke! Neue Modelle von BHs und Tangas eingetroffen. Mittwoch 18 Uhr. Bringt eure Freundinnen gerne mit. Bei Abnahme von drei Spitzenteilen eine Bibel gratis.«

Badische Kürbissuppe mit Anis

Zutaten:

1 kg Hokkaido-Kürbis
1 Zwiebel
1 Karotte
2 Kartoffeln
1 kleines Stückchen Ingwer
1 EL Öl
1 l Gemüsebrühe
100 ml Sahne
Salz, Pfeffer, Petersilie
1 Prise Anis

Zubereitung:

Den Kürbis halbieren, entkernen und das Fruchtfleisch würfeln.

Zwiebel und Karotte anbraten und mit der Brühe aufgießen.

Kartoffel und Kürbis sowie Ingwer hinzugeben.

Die Mischung 25 Minuten kochen. Dann pürieren und mit den Gewürzen, dem Anis und der Sahne abschmecken.

Rinderkraftbrühe mit Bratwurstspätzle

oder: Unnötige Ausgaben ...

Sehr geehrter Herr Finanzbeamter,

Sie wollen mir also die Taxifahrt am 19. Januar 2012 vom Hauptbahnhof Karlsruhe nach Gaggenau nicht anerkennen? Sie sei nicht zwingend nötig gewesen? Ich hätte auch auf eine Straßenbahn warten können? Schließlich war es vormittags und ich sei gewiss ausgeruht gewesen?

So, mein lieber Herr Finanzbeamter, nun werde ich mir erlauben, ihnen den 18. 1. und den folgenden Vormittag zu beschreiben: In der Nacht zum 18. Januar hatte ich schlecht geschlafen, so wie oft vor Lesungen. Morgens bin ich an dem nasskalten Murgufer mit meinem misstrauischen Hund spazierengegangen. Ganz feiner Schneegriesel. Dann habe ich Pauls Sachen im Wohnzimmer aufgebaut: seine Knochen, Spielsachen, sein Futter und seine Decke. Habe dann meine Freundin Lore abgeholt, die für die Dauer meiner Abwesenheit den Hund betreuen sollte. Draußen etwas mehr Schneegriesel. Ich fahr mit Lore im Auto zurück nach Hause. Ich bin jetzt schon müde, doch Lore will sich unterhalten. Über alles Mögliche und auch über Paul und ob sie ihm Reis abkochen soll, weil er's doch am Magen hat.

Während Lore und Paul bereits zusammen QVC schauen und aussehen, als überlegten sie, ob sie unter meiner Kundennummer was bestellen sollen, muss ich mich fertig machen: Duschen. Haarewaschen. Bücher zusammensuchen. Visitenkarten einpacken. Schminken. Schick anziehen. Banane für die Nerven einpacken. Mineralwasser. Kaffee. Wein, falls es am Auftrittsort nichts gibt, ebenso ein Salamibrot. Doppelte Brille, sicherheitshalber? Ein Kuli?

Nachbarin anrufen, die mich nach Karlsruhe mitnehmen wird. Im Auto bin ich nervös, weil sie den Führerschein zwar seit dreißig Jahren hat, aber heute das erste Mal wieder fährt, seit ihr Mann gestorben ist, und das war vor sieben Jahren. Sie sagt, sie kommt nicht gut mit der neuen Brille zurecht. Oh je. Und als sie dann fragt: »Steht da schon einer vor uns an der Ampel?«, verstärkt sich mein Misstrauen.

Endlich am Bahnhof. Stärkerer Schneegriesel. Einparken. In die Bahnhofshalle. Baden-Württemberg-Ticket nach Mühlbach (bei Eppingen/Baden) kaufen, Automat ist defekt, nimmt keine Scheine und keine Karte. Zeit wird knapp. Nummer ziehen und Anstehen am Schalter. Vor mir eine Frau, die sich die Zugroute nach Borsingersiel kurz vor Rügen mit Nahverkehrszügen erklären lässt. Nebenstrecke. Nochmal auf die Toilette. Meine Füße sind kalt.

Dann in letzter Sekunde in die Stadtbahn nach Eppingen. Die Stadtbahn ist voll von komischen Leuten. Ein untersetzter Typ mit Locken starrt mich unverwandt an. Ein Verrückter, der schon die Vergewaltigung plant? Wie wird das erst heute Abend um 21.40 auf dem Weg zurück sein?

Ich habe Probleme, mit meiner Reisetasche irgendwo – und sei es eingezwängt wie ein Hering – einen Stehplatz zu ergattern.

Der Schneegriesel wird stärker. Die Stadtbahn kriecht durch die badische Baustellenresidenz Karlsruhe, bleibt oft unmotiviert stehen, klingelt wie verrückt.

Wir lassen Karlsruhe hinter uns und fahren in den stockfinsteren Kraichgau, der nur durch den sich verstärkenden Schneegriesel erhellt wird.

In Jöhlingen bleibt die Bahn unerwartet stehen. Auf der Bank vorne hinter dem Fahrer streiten sich zwei ganz alte Männer. Ich höre Worte wie »Simpel« und »Dambedei!« Der Fahrer weigert sich weiterzufahren, wenn sich die Männer nicht vertragen. Er wird sonst die Polizei rufen. Ich seh auf die Uhr. Es ist schon halb sieben. Um halb acht fängt die

Lesung an. Schlimmer: Die S-Bahn hat bekanntlich keine Toilette. Ich müsste aber auf die Toilette. Und je mehr ich dran denke, desto mehr muss ich.

Ich hätte heut keinen Kaffee trinken sollen.

Die Bahn fährt langsam weiter. Bretten kommt in Sicht. Letzte Gelegenheit, in einer Stadt auszusteigen und eine Toilette aufzusuchen. Bis Sulzfeld sind nämlich nur noch einsame dunkle Bahnhöfe im Winterschlaf zu erwarten, und wer weiß, wer da mit mir aussteigt. Der Lockenkopf?

In Panik springe ich in Bretten aus der Bahn, gehe in ein scheußliches Klo auf dem Bahnhof. Zwei Mädels stehen drin und zeigen sich gegenseitig ihre Unterwäsche. Am lebenden Objekt.

Sie verlassen die ungastliche Zelle nur unter Protest.

Ich erledige, was zu erledigen ist, mit kalten klammen Fingern. Schleppe die schwere Büchertasche wieder raus. Suche eine saubere Stelle auf dem Bahnhof, stelle mein Gepäck hin. Der Schneegriesel fällt jetzt sehr dicht. Es ist kalt und dunkel.

Draußen rufe ich den meistens schlecht gelaunten Typen an, der mich heute abend auf der Gitarre begleiten wird.

»Jochen«, frage ich ins Handy, »kannst du mich vielleicht in Bretten am Bahnhof abholen und wir fahren dann zusammen nach Mühlbach weiter?«

»Ich fahr grad los!«, murrt er. »Und wo ist das – Bretten? Welcher Bahnhof?«

»Vergiss es«, sage ich und rufe Eva an. Eva aus Eppingen, eine alte Freundin, sollte mich eigentlich planmäßig in Sulzfeld am Bahnhof abholen. »Wo bleibst du?« Und: »Kannst du mich vielleicht doch lieber in Bretten abholen?«

»Bin gleich da.«

Die nächste halbe Stunde verbringe ich in einem muffigen, überheizten Warteraum mit einem jungen Mädchen, das sich am Handy mit seiner Mutter streitet: »Hey, un warum derf ich net bei der Laura übernachte? So ne Scheiße. Soll ich vielleicht nur noch lerne, dann sag's gleich!«

Mama sagt's gleich. Das Mädchen erwidert ein eher unschönes Wort und hämmert auf dem roten Hörer herum.

»Wo willst du hin?«, frage ich, um die Zeit herumzubringen.

»Nach Großvillars.«

»Aha! Bist du ein Waldenserkind?« Ich kenn mich aus. Ich bin kulturell – das ist weithin bekannt – sehr interessiert.

»Ja. Scheiße. Soulier!«, sagt das Mädchen hasserfüllt. Zeit für eine kulturhistorische Belehrung.

»Wusstest du, dass Astor, der von dem Hotel in New York, auch ein Waldenser war?«

»Echt? Scheiße, ey!«

Irgendwann kommt Eva. Wir los. Bretten. Oberderdingen. Kennen Sie diese Orte überhaupt, Sie da an ihrem Schreibtisch? Von Oberderdingen nach Kürnbach und von dort sollte es nach Sulzfeld gehen. Straße gesperrt. Eva kennt eine Abkürzung, aber so genau kennt sie sie dann auch wieder nicht, denn wir kurven zwanzig Minuten über einen dunklen, verschneiten, einsamen Feldweg. Das Navi zeigt nur eine leere Fläche, der Benzinanzeiger zittert knapp über der Reserve.

Irgendwann die ersten verschneiten Häuser von Kürnbach. Kürnbach – Sulzfeld – Mühlbach. Glatte Straßen. Wo ist die Lesung? Wo ist mein Gitarrist? Schule am Ortseingang. Nervöse Bibliothekarin, jugendlicher Ortsvorsteher, der Gitarrist trifft kurz nach mir ein. Der Saal ist voller Zuhörer.

»Wo is denn des Hundle? Habe Sie's net mitgebracht? Jetzt sin mer aber enttäuscht!«

Zwei Stunden gegen enttäuschte Hörer anlesen. Endlich fertig. Applaus. Signierstunde. Schlange bis auf den Hof. Viele Sonderwünsche wie: »Für den kleinen süßen Waudel von meiner Lieblingskusine Elisa aus Eppingen, und dass er seine Operation bald überstanden hat und wieder so fröhlich bellen kann wie damals im Urlaub in Tirol, als das Wetter so heiß war, dass wir dreimal am Tag duschen mussten.«

Mein maulfauler Gitarrist packt und verschwindet wortlos.

Draußen alles verschneit.

Eva kriegt einen Anruf. »Du, ich muss heim. Winterdienst mache. Wenn da einer fällt ... Des zahlt mer kei Versicherung. Es fährt dich sicher jemand von deine Fans zu der Stadtbahn.«

Das stimmt. Es fährt mich jemand zu der Stadtbahn, aber die Stadtbahn fährt nicht. Die Bibliothekarin und ich warten mit eiskalten Füßen bis 22.13 Uhr, als klar wird: Heute Nacht werde ich bei einer mir unbekannten Frau übernachten.

Lore anrufen. Sie sagt, es macht nichts, sie schläft bei mir. Sie kommt mir verdächtig gut gelaunt vor. Hat sie etwa meinen geheimen Vorrat an Zibärtle-Schnaps geplündert?

Ich merke, ich habe noch nichts gegessen. Die Bibliothekarin hat auch Hunger. Also gehen wir in eine Kneipe.

Es gibt nur noch Suppe. Immerhin Rinderkraftbrühe mit Bratwurstspätzle. Wenigstens ein bisschen nahrhaft. Also. Die Bibliothekarin und die Kneipenwirtin kennen sich seit der Schulzeit und haben sich lange – das heißt seit vorgestern – nicht gesehen. Sie haben sich viel zu erzählen. »Mei Tochter war geschtern in Heilbronn und hat sich des Kleidle gekauft, des sie schon so lang wollt. Des grüne. Genau!« Es sind nette und gesellige Menschen im badischen Kraichgau. Und sie lachen auch gern.

Um ein Uhr weckt mich die Bibliothekarin, wir fahren zu ihr nach Hause, stockdunkel. Schnell das Gästebett beziehen. »Zur Toilette müsse Sie durch unser Schlafzimmer, aber wenn Sie leis sind, stört des net weiter. Mer muss ja auch net dauernd müsse.«

Wenn jemand das zu mir sagt, muss ich sofort. Und zwar dauernd.

So liege ich die ganze Nacht wach, mit zusammengekniffenen Beinen in einem fremden Bett, sehe irgendwann den grauen, schneeverhangenen Morgen hinter den badischen Kraichgauhügeln heraufdämmern.

Am Frühstückstisch erwartet mich eine wildfremde Familie mit schweigsamer Bibliothekarin, einer großen schwarzen Katze, die mich böse betrachtet, einem mürrischen Ehemann und einem Sohn von etwa vierzehn, der seine Mutter fragt: »Ist das die Frau, wo die Bücher über Hunde schreibt, weil se kein Mann und kei Kinner hat?«

Die Bibliothekarin, sichtlich froh, mich loszuwerden, fährt mich schließlich eilig zum Bahnhof und setzt mich in die Stadtbahn. Die ist schon wieder überfüllt.

Ich lande auf einem Vierersitz mit einer kleinen dicken und nervtötend fröhlichen Frau aus Wolfsburg: »Ich find das so schön hier im Schwäbischen. Sagen Sie doch mal was! Ich find, das klingt so lustig. Ich könnt mich immer totlachen, wenn ihr sprecht.«

Am Bahnhof hab ich dann ein Taxi nach Gaggenau genommen.

Und verdammt noch mal, ich würd's wieder tun.

Rinderkraftbrühe mit Bratwurstspätzle

Zutaten:

400 ml Rinderbrühe
400 g Mehl
6 Eier
1 Prise Salz
80 ml Wasser
4 Paar grobe Bratwürste

Zubereitung:

Aus dem Mehl, den Eiern, dem Salz und dem Wasser einen Spätzleteig herstellen. Die Bratwürste der Länge nach aufschneiden und den Wurstdarm entfernen. Das Bratwurstmett nun zum Spätzleteig geben und gut vermengen, wenn möglich mit einer Küchenmaschine.

Diesen Teig nun 15 Minuten ruhen lassen, dann schabt man ihn portionsweise in einen Topf mit kochendem Wasser. Sobald die Spätzle oben schwimmen, holt man sie heraus und schreckt sie mit eiskaltem Wasser ab.

Diese Spätzle werden nun in die kräftige Fleischsuppe gegeben.

Erdbeersuppe
oder: Liebe, fleischlos

Ingrid hat Rolf über Nacht in die Abteilung Gewesenes einsortiert und hat sich mit überraschender Konsequenz auf den Gebraucht-Partnermarkt geworfen.

Bevor sie das Internet nach Gleichgesinnten absuchen kann, lernt sie allerdings »ganz normal« einen Mann kennen, und zwar an einem fast rührend altmodischen Ort. Im Zoo in Karlsruhe. Ingrid liest das Buch »Schön mit fünfzig!« direkt vor den Giraffen, die ja bekanntlich auch sehr alt werden, und er sitzt auf der Nachbarbank.

»Des Buch brauche Sie jedenfalls erst in zwanzig Jahr!«, stellt er fest. Diesen Satz kann man getrost als Flirtangebot verbuchen, und Ingrid sieht das auch so. Lächelt so charmant wie damals als amtierende Miss Murg-Schul.

Man verabredet sich. Zum Essen. Treffen wird man sich an der Pyramide in Karlsruhe, und dann wird man weitersehen.

Ingrids Freundinnen warnen und Sylvia wird mal wieder vorgeschickt: »Sag ihm aber net gleich, dass du jetzt e Vegetarierin bisch. Männer habe da komische Vorstellunge. Eine, die net so gern Fleisch mag, könnt auch sonst net sehr fleischlich sein ... Du verstehsch, was ich damit sage will.«

Ingrid versteht nicht.

Sylvia rollt die Augen: »Sie denke, im Bett isch mit dir nix los. Jetz überwind dich halt mal. Geh mit ihm irgendwo Gemütliches hin. In e badisches Restaurant. Und bestell bloß net nur Salat und Mineralwasser! Des stößt Männer ab.«

Man trifft sich an der Pyramide, findet sich auch außerhalb des Zoogeheges noch optisch annehmbar, und Ingrid schlägt todesmutig das Vogelbräu, eine kleine Hausbrauerei mit Gaststätte, vor. Dort wird sie irgendwie schummeln. Fleisch mit Salat bestellen und dann das Fleisch irgendwie unter den Salat schieben.

Pech für Ingrid. Im Vogelbräu ist heute »Schlachttag«, und es gibt nichts als Fleisch und nochmal Fleisch.

Die Unterhaltung leidet ein wenig unter der Abneigung, die Ingrid dabei empfindet, wenn warmes Fett aus einer Bratwurst spritzt.

Ihr Gegenüber scheint hingegen begeistert von der Schlachtplattenkarte und kann sich gar nicht fassen, wie gut sie schmeckt. Und wie oft er das Ripple kaut, so als ob er gar nicht genug davon bekommen könnte. Irgendwie kannibalisch.

»Schmeckt es Ihnen?«, fragt Ingrid ironisch.

Er nickt heftig. Frenetisch. Quetscht zwischen den wolfartigen Reißzähnen hervor: »Prima. Das ist doch was Rechtes. So e Stückle Fleisch. Mei Vorfahre ware Bauern, ganz obe im Schwarzwald. Am Titisee. Da galt en Mann noch was, wenn er nur fescht esse konnt. En richtiger Mann ...«

Muss er das jetzt noch wiederholen? Es klingt ein bisschen unecht und dazu noch angeberisch. Ingrid findet ihn jetzt nicht mehr besonders sympathisch.

Man trennt sich kühl.

»Des war nix. En Fleischfresser. Der hat so was Rohes an sich gehabt. Wie en Menscheaff!«

Wochen später.

Ingrid betritt ihr geliebtes Vitalo Vital, wo eine kerngesund aussehende Köchin aus Sprossen, Rosenkohl und Karotten wahre Wunderwerke zaubert.

Dann, als sie gerade ihren Kressesalat mit Auberginenröllchen zum Tisch trägt, stutzt sie. Da hinten sitzt der Schwarzwälder.

Und verzehrt sichtlich mit Genuss eine garantiert fleischfreie Lauchpastete.

»Hallo!«

»Hallo!«

Schweigen.

»Habe Sie hier die Erdbeersupp schon mal gegesse?«

»Ja, die isch wirklich köstlich. Derf ich Sie zu em Tellerle eilade?«

»Und?«, fragt Lore mit runden Augen.

»Er mag auch net gern Fleisch. Isch praktisch aufm Weg zum Vegetarier. Aber sei Freunde habe ihm gesagt, en richtiger Mann sollt Fleisch bestelle, sonst denkt die Frau, mit ihm sei auch sonst nix los! Kapiert? Sonst ... auch nix. Sonst ... Also ...«

»Wie? Sonscht? Wo?«

»Na, wo schon? Mein Gott, im Hobbykeller! Oder beim Zwiebelschneide! Natürlich im Bett. Lore!«

»Un?«

»Hm. Es stimmt net!«

»Wie meinsch des jetzt?«

»Ach, Lore!«

Erdbeersuppe

Zutaten:

250 g Erdbeeren
1 Becher süßer Rahm
1 Zitrone
Zucker
Zimt nach Geschmack
1 Glas Weißwein

Zubereitung:

Die Erdbeeren treibt man mit einem Holzlöffel durch ein enges Haarsieb. Die entstandene Masse rührt man mit dem süßen Rahm glatt und gießt nach und nach den heißen Wein hinzu, in dem man auch den Zimt, den Zucker und die Zitrone gekocht hat.

Die Suppe muss sämig serviert werden.

Haferflockensuppe
oder: Susanne wird Mutter

Autorin Susanne wirft sich einen Morgenmantel über. Sie hat gerade ein Bach-Konzert gehört, ein gutes Buch gelesen und dazu eine geröstete Haferflockensuppe gegessen. Haferflocken hat man immer im Haus, das ist der Vorteil dieser Suppe.

Der Nachteil ist, dass sie zwei Stunden kochen muss und natürlich, wie fast alle badischen Suppen, nur richtig gut schmeckt, wenn man sie mit Rahm ablöscht. Hmmm.

Nun, in dieser Zeit kann sie die Literaturbeilage der FAZ lesen. Man muss schon aufpassen, wenn man nur noch humoristische Werke verfasst, dass man nicht verblödet. Oder primitiv wird. Vorhin hat sie den SWR-Redakteur vor ihrer Tür in ein Gespräch über Vivaldi verwicktelt. »Seine Musik ist mir eine Spur zu seicht. Zwanzig Stücke, aber immer die gleiche Melodie. In letzter Zeit habe ich Mussorgski für mich entdeckt.«

Er mochte aber nicht über Mussorgski sprechen, sondern hatte nur gefragt, was aus ihrer Wohnung so gut rieche.

»Ach, nichts weiter!«, hat Susanne abfällig gesagt. Der Redakteur soll sie nicht als Suppenhuhn wahrnehmen. Man hat sich mit einem freundlichen Augenzwinkern getrennt. Da entwickelt sich eine zarte, eine wertvolle Beziehung, das spürt sie.

Aber für so einen Mann muss man vorbereitet sein. Deshalb liest Susanne jetzt jeden Tag einen Satz von Thomas Mann. Da manche Sätze über eine Seite gehen, ist dies durchaus eine anspruchsvolle Aufgabe.

Gott sei Dank hat sie neben Lore auch noch diese zuverlässige Studentin aus Gernsbach, die immer mal wieder auf

Paul aufpasst und mit ihm spazieren geht, wenn sie ins Theater oder in exklusive Ausstellungen gehen will.

Es hat geklingelt.

Susanne schaut durch den Schlitz. Erschauert. Wer steht denn da draußen?

Ein Kerl, vierschrötig, in Motorradkluft, mit einer schwarzen Sonnenbrille auf.

Sie lässt die Kette dran und öffnet die Tür nur einen Spalt.

»Ja?«

»Sin Sie Frau Susanne Löffler?«

»Wen haben Sie denn erwartet, wenn Sie bei mir an der Tür klingeln? Was wollen Sie?«

»Mir wern Eltern mitenanner!«

Susanne weicht hinter die Kette zurück. Ein Irrer. Mitten am Tag. Das ist der Fluch des Freiberuflers. Niemand zu Hause in dem ganzen Bau hier.

»Wie bitte?«

»Mir wern bekanntlich Eltern. Und ich möchte gern wissen, wie Sie sich die Unterhaltszahlunge so vorstelle. Denn das kostet ...«

Susanne tastet unauffällig nach ihrem Handy, das auf dem Schränkchen neben der Tür liegt.

Der Vierschrötige erklärt: »Mein Name ist Schreiner. Sascha Schreiner. Mei Urgroßmutter kam aus Lettland! Das war früher russisch. Deshalb Sascha!«

»Freut mich, Herr Sascha, wenn Sie mich aber jetzt bitte ...«

Der Lette stellt einen Fuß in die Tür.

»Nur Sascha für Sie. Wolle Sie bei der Geburt dabei sein?«

Susanne weicht ein Stück zurück. Ihn nur net reize, denkt sie.

»Nun, Sascha«, lacht sie verkrampft, »üblicherweise ist man als Frau bei einer Geburt dabei.« Nur net reize. So tun, als wär er normal, denkt sie.

»Gut. Ich ruf dann an. Habe Sie mir Ihr Nummer?«

Schnell eine Fantasienummer.

»7 71 77 11«, sagt Susanne abgebrüht.

»Leicht zu merke«, stellt Herr Schreiner einfältig fest. »Ich hab ja angenomme, Sie sin jünger. Von dene Erzählunge her.«

»Ja, sehen Sie, in diesem Alter noch Mutter werden, das geht überhaupt nicht, und deshalb, Herr Schreiner, Sascha ...«

»Ja, mich hat's auch wundergenomme. Aber jetzt freue mir uns natürlich. Ich wollt jetzt noch mal auf die Unnerhaltszahlunge zu spreche komme. Die Entbindung kostet, die Zeit danach, das besondere Essen. Un ich brauch e spezielle Betreuung für die Tage davor und danach ...«

Wer wird jetzt Mutter?, denkt Susanne jetzt fast beleidigt. Er oder ich?

»Wer hat Ihnen denn von mir erzählt?«

»Mei Freundin! Sie find' Sie sympathisch und is deshalb froh, dass es mit Ihnen passiert is.«

»Ich kenne Ihre Freundin nicht.«

»Net? So e Rothaarige.«

»Aha.«

»Kann ich reinkomme? Ich wollt ihne e Ultraschallbild zeige.«

Endlich hört Susanne die schweren Schritte von Frau Götz, ihrer Nachbarin, die ihre Einkäufe nach oben schleppt.

»Frau Götz, Frau Götz ...«, ruft Susanne. »Hallo, kommen Sie doch mal heran.«

»Ja?«

»Dieser Herr hier ... Ich weiß nicht, aber ...«

Frau Götz, bodenständige Tochter eines Murgtäler Holzhändlers, wirft einen Blick auf das Bild.

»Ach, wie nett. Werde Sie Vater?«

Sascha Schreiner schüttelt schwerfällig den Kopf.

»Nein, mir werde sozusage Mutter, und der Vater wohnt hier in der Wohnung.«

Frau Götz sieht von einem zum anderen. Mustert Susanne misstrauisch. Späht an ihr vorbei ins Innere der Wohnung.

»Ich dacht, Sie wohne allein. Und ich müsst dann mal gehe!«, sagt sie schließlich kühler.

Schreiner ist beleidigt. »Die will sich net mal des Bildle angucke! Habe Sie kei Herz für so kleine Wese?«

»Ich? Doch! Ich hab ja auch eins.« Frau Götz seufzt und sieht sich das Bild nochmals an.

»Aber das sind ja … mehrere …«

»Ja. Vier!«, verkündet Schreiner.

»Vierlinge!«, sagt Susanne tonlos.

»Ja. Deshalb will ich ja auch Unterhalt. Wenn's ja nur eins gewese wär! Aber mir kriege die net für Geld los. Mir müsse sie verschenke. So schön isch die Hexe halt net.«

»Sie spreche von Ihrer Freundin als Hexe?«, fragt Susanne.

»Ich müsst dann mal gehe!« Frau Götz zieht sich schrittchenweise zurück.

»Mei Freundin!« Der Mensch grollt drohend. »Die isch super. Die Beschte seit langem. Kenne Sie denn die Hexe net? Ausm Kurpark hinte in Gernsbach! Am Spielplatz und so …«

»Nein.«

»Aber ich hab g'hört, Sie sitze immer da und schmuse mit Ihrm Lover. Vergesse alles um sich herum. Passe net auf. Ich kenn den. Der schafft in Forbach hinte im Grüne Baum als Jungkoch … und der isch deutlich jünger als Sie …«

Frau Simone Götz wirft nun scharfe und neidische Blicke in Richtung Susanne. Die lacht irr.

»Schmusen? Ich!«

»Ja, ich kann mer's auch net recht vorstelle.« Schreiner mustert Susanne.

Frau Götz nickt zustimmend.

Susanne erinnert sich endlich, dass sie eigentlich einen Wächter im Haus hat. Paul. Ihren Hund.

Der schläft tief in seinem Körbchen, während sein Frauchen von einem durchgeknallten Letten belästigt wird.

»Paul. Hierher. Sofort!«

Paul trottet heran. Gähnt. Lässt schlechte Zähne sehen.

Der Vierschrötige strahlt: »So, das ist er also! Na, du Schlimmer. Naja, er sieht nicht schlecht aus. Hoffentlich hat er ein bisschen Bildung. Meine Freundin und ich, wir legen Wert auf intelligente Welpen!«

Badische Haferflockensuppe

Zutaten:

50 g	*Fett*
1	*Zwiebel*
50 g	*Haferflocken*
½ TL	*Salz/Pfeffer*
1 TL	*Majoran*
	Muskatnuss
	Etwas Sahne

Zubereitung:

Im erhitzten Fett werden die geriebene Zwiebel und die Haferflocken gedünstet, gesalzen und mit einem Liter Wasser aufgegossen. Nach 30 Minuten Kochzeit wird die Suppe mit Salz, Pfeffer und Majoran sowie mit Muskatnuss abgeschmeckt. Nach Bedarf etwas Sahne unterrühren.

Aphrodisierende Badische Kresserahmsuppe
oder: Erotische Esoterik

Die Anzeige steht in dem Blättle, das hunderttausendfach in Mittelbaden verteilt wird und ebenso hunderttausendfach weggeworfen wird. Dieses Blättle erleidet sowieso oft genug ein hässliches Schicksal. So werden etwa Mülltonnen mit ihm ausgelegt, was vielleicht noch nicht das Schlimmste ist.

Gelesen wird es eigentlich nur von Leuten, die auf der Suche nach was Günstigem sind. Nach einem Aquarium, nach einem Lehrer für Finnisch oder – wie Johanna-Marie – nach einer eigenen kleinen Wohnung für sich und Harald, den Hamster.

Elke sucht eigentlich nichts.

Und dennoch springt ihr beim Blättern eine Annonce in die Augen: »Esoterikberaterin bringt neuen Sinn in Ihr Leben! Einführung in verschiedenste leicht erlernbare Techniken.«

Tel. …

Neuer Sinn. Ein Zauberwort. Elke hat nämlich schon lange das Gefühl, dass ihr Leben vollkommen sinnlos an ihr vorübergeht.

Ihre Kinder behandeln sie wie ein Zimmermädchen, geben allerdings kein Trinkgeld. Ihr Mann Manfred spricht sie öfter, als der Ehe guttut, mit »Mutti« an, und ihre Schwiegermutter hasst sie nicht einmal mehr, was auch ein schlechtes Zeichen ist.

Neuer Sinn, wie ihn die Esoterikberaterin verspricht, tut also dringend not.

Die Mädels, meist sinnsuchenerprobt, finden Elkes Entscheidung gut: »Mit dene Technike kannsch dann allein weitermache und dei Lebe mit neue Inhalte fülle!« So Ingrid, die ihr Leben allerdings weniger mit neuen Inhalten als mit neuen Verehrern füllen möchte.

»Technike?«, fragt Elke misstrauisch. Sie ist halt schon arg lang nur daheim. Umgeben von Kindern und der Schwiegermutter. Verschiedene Techniken kennt sie höchstens beim Fensterputzen: Ledertuch oder Wischer?

»Ohne e vernünftige Entspannungstechnik kommt mer heut net mehr durchs Lebe«, mahnt Sylvia, die im Laufe des Lebens schon zwei Jahresgehälter in ihre eigene Sinnsuche investiert hat. »Mandalas. Seelenwanderungen. Rückführungen. Qui Gong. Reiki. Yoga. Meditation. Zumba. Klopftechnik. Akupressur. Feng-Shui. Chakren. Autogenes Training. Biofeedback. Channeling. Tarot ...« Wohlwollend ergänzt sie: »Gib mal richtig Geld für dich selbst aus!«

»Also, ich hab jetzt meine Wohnung von einem Feng-Shui-Berater untersuchen lassen, und der hat festgestellt, dass mein Esstisch absolut falsch steht. Er wundert sich, dass ich überhaupt noch lebe«, berichtet Gerda. »Ich sehe den Tod von Michelangelo jetzt in einem anderen Licht! Schließlich hat er immer mit mir an genau diesem Tisch gegessen.«

»Micheldingsda? He?«, fragt Joanna. »Mir hatte den grad in der Schul. Hat der echt bei dir daheim gegesse?«

»Joanna, Michaelangelo ist doch schon lange tot!«, mahnt Susanne.

»Ja«, erwidert Gerda. »Zwei Jahre!«

Joanna runzelt die Stirn: »Ich hätt wette könne, dass des länger her war. Der hat doch so was an die Deck gemalt, in Venedig drübe.«

»Michelangelo war Gerdas Wellensittich, Joanna.«

»Ich hab ja bisher nix von so was gehalte!«, murrt Elke. »Esoterik. Des isch was für alleinstehende frustrierte Fraue, die ihre Zeit totschlage müsse.«

Sylvia regt sich auf: »Vorurteile. Des sin Superfraue! Schlank und gesund. Tolle Haut. Glänzende Haar, weil sie die mit frisch gelassenem Morgenurin spüle. Ihr Fußnägel schneide die grundsätzlich nur bei Vollmond. Gönn dir halt mal was. Entdeck die Magierin in dir. Des lohnt sich. Vielleicht sieht sie ja auch deine Aura. Würd mich allerdings net wundere, wenn die in Spüli getaucht wär.«

Esoterikberaterin Carmen Hölzel hört sich am Telefon immerhin warm und freundlich an. Als Adresse nennt sie eine Straße in Rheinmünster, einer Ortschaft zwischen Baden-Baden und Kehl.

Der Termin wird gefunden, und Elke reist aufgeregt über die B36 an. Hoffentlich ist sie spirituell aufnahmefähig genug für diese Frau.

Das schicke Mamortreppenhaus wirkt recht freundlich mit roten Herzchen überall und auch die Wohnungstür ist knallrot gestrichen. Der Name »Carmen Hölzel« ist mit goldenen Lettern aufgedruckt, umkränzt von kleinen Abbildungen von sprudelnden Sektgläschen.

Elke ist erleichtert. Frau Hölzel scheint keine dieser fleischlosen und strengen Naturfanatikerinnen zu sein, die immer wie Cellolehrerinnen aussehen. Und auch nicht so ein zartes ätherisches Wesen, das an einem Selleriestängel kaut und sich nur von Fliedertee ernährt.

Carmen Hölzel, die jetzt im Türrahmen erscheint, ist nämlich ziemlich groß, hat einen stattlichen Busen, braune, kunstvoll wilde Locken, einen leicht südlichen Teint und runde dunkle Kirschaugen. Sie trägt kein Yogaoutfit, sondern eng anliegende signalrote Leggins und ein kurzes Hemdchen im Animal Print darüber. Im Nabel glitzert frivol ein Schmuckstein.

Und sie riecht gut. Gar nicht nach diesen Duftölen, die Esoteriker so lieben, oder gar nach Weihrauch, sondern nach einem süßen schweren Parfüm.

»Au weh!«, sagt die Esoterikberaterin, als sie Elke sieht. »Des war aber Zeit, dass du gekomme bisch. Guck dich mal an! Da rührt sich nichts mehr beim Gatten, hm?«

Verunsichert betritt Elke die elegante Wohnung. Hat sie sich anders vorgestellt. Meist haben diese weisen Frauen ja Rattanmöbel und Korkböden, und an den schlohweißen Wänden hängen weiß gerahmte Bilder von Seegras oder Möwen im Gleitflug.

Hier dominiert Rot und Plüsch und Schwarz und Gold. Und vor allem ein großes Bett in Herzform.

»So, jetzt mal runter mit deine Sache. Oh je. Wade wie en Mittelstürmer vom KSC. Schon mal was von Enthaarungscreme gehört?«

Elke starrt.

»Naja, komm, mir trinke erst mal en Sektle. Geht aufs Haus. Und probier von dene Canapées ... Selbscht gebacke.«

Sie nennt es Sekt, denkt Elke. Wie humorvoll. Aber es wird Holundersaft sein. Oder Rooibostee.

Ist es nicht. Es ist Sekt. Am hellichten Tag. Und Elke trinkt deshalb gleich zwei Gläser. Die selbstgebackenen Canapées lässt sie weg.

»Magst du nicht? Sind mit Muscheln. Mit Muscheln ist gut kuscheln. Eiweiß, du verstehst.«

»Nein«, stottert Elke verlegen. »Ich esse viel Suppen!«

»Suppe? Kann ich heute nicht mit dienen, aber hättsch doch was gesagt. Ich rate dir, zu gewissen Anlässen – du verstehsch? – e Kresserahmsüpple zu mache. In gewisser Zusammensetzung sagt man ihr gewisse Wirkungen nach. Du verstehsch?«

»Nein!«, sagt Elke.

Dann zieht sie sich aus. Sieht sich nach der Massageliege zum Drauflegen um.

Hölzel lehnt sich zurück und lacht: »Oh je. Wo hasch denn den Slip her? Von deiner Oma geerbt? Und der BH! So was kannsch anziehe, wenn du im Betreute Wohne bisch.

Und net emal da. Da geht auch noch was. Jedenfalls, so was wie des da geht gar net. Also – wie oft?«

»Was? Wie oft?«

»Sex! Mit deim Typ. Dreimal die Woch?«

»Ich bin verheiratet!«

»Also dreimal im Monat!«

»Erlauben Sie mal!«

»Aha. Also dreimal im Jahr.«

Elke schweigt und rechnet nach. Ist bald fertig.

»Also, bevor mir an die Techniken gehe, muscht du erscht emal einkaufe gehe. Ich geb dir hier e Adress. Slips, rot, mit Spitze und hier obe ganz hoch geschnitte und unne … Naja, des wird dir die Bine schon erkläre. Und den BH verbrennsch. Das so was überhaupt noch verkauft wird! Ich mag gar net an dei Nachthemde denke. Und dann gehsch du ins Solarium und zum Friseur und läsch dir amerikanische Nägel mache, mit dene kannsch du ihm wunnerbar de Rücke zerkratze. Mach du's, bevor's e annere macht.«

»Mein Manfred ist nicht so ein Mann. Er isch viel im Garte un spielt mit dem Hund …«

»Bisch du aus nem Bäckerblume-Heftle ausgeschnitte? *Alle* Männer sin so Männer. Du würd'sch dich wunnere, was da läuft. Glaubsch du, die Wohnung hier bezahl ich? Fehlanzeige! Und den Porsche da unte auch net. Wenn der TÜV fällig wird, krieg ich en neuer. Damit ich net zur Werkstatt muss.«

Carmen reckt sich behaglich wie eine Katze.

Elke denkt an die unangenehmen Stunden, die sie mit dem Familienauto in den zugigen Hallen des TÜV verbringen muss, streckt die Hand aus und verlangt ein weiteres Glas Sekt.

»Und die Esoterik?«

»Was für e Esoterik?«

»Die mir des Leben mit neuem Sinn erfüllt! Hier ist die Annonce!«

Carmen liest und flucht.

»Ach, die kleine Schlampe da unte hat wieder den Text falsch aufgeschriebe. Ich schick immer mei Kusine zu der Annahmestell, weil die in dem Salon nebedran schafft. Ich sag: Dodo, der Text heißt: ›Erotikberaterin bringt neue Sinnlichkeit in dein Lebe‹! Hauptschul!«

»Wieso Hauptschul? Ich hätt Real!«

»Ja. Hauptschul! Des isch doch nur e Synonym für jemand, der so doof isch wie en Eimer Immi. Aber die da wollt wirklich net lerne. Ich hab ihr ja Nachhilfe gegebe, aber vor meim Diplom hatt ich halt kei Zeit mehr.«

»Diplom?« Elke streckt die Hand nach dem Sekt aus. Alles dreht sich. Vor allem das Bett.

»Ja. Volkswirtschaft und internationale Beziehunge. Hab in Freiburg an der Uni gearbeitet, aber die bezahle ja nix. Und dann hab ich e Koste-Nutze-Analys gemacht, und des hier bringt mir mehr. Und was verdiensch du so? Netto?«

»Nix«, gluckst Elke beschwipst. »Ich bin Ehefrau, Hausfrau und stolze Mutter! Ich liebe es, zu kochen, zu bügeln, zu putzen und mei Familie den ganzen Tag zu verwöhnen. Hicks.«

»Hauptschul!«, sagt Carmen erbarmungslos.

Aus der Hexenküche: Aphrodisierende Badische Kresserahmsuppe

Zutaten:

1 *Gemüsezwiebel*
¾ l *Gemüsebrühe*
2 *Kästchen Kresse*
1 *frische rote Peperoni/Pfefferschote*
200 ml *Sahne*
1 *Eigelb*
2 *Tomaten*
Muskatnuss
½ TL *Liebstöckel*
Salz, Pfeffer
1 *Glas Badischer Weißwein*

Zubereitung:

Die Zwiebel in Butter andünsten, bis sie glasig ist. Kurz mit Mehl anschwitzen und mit Brühe und Wein aufkochen. Die Kresse pürieren und in die Brühe geben.

Die Sahne unterziehen, sodann die Gewürze und die Peperoni hinzugeben.

Erst wenn die Suppe nicht mehr kocht, wird das Eigelb untergezogen.

Die gehäuteten Tomaten würfeln, in die Suppentasse geben und dann die Suppe darübergießen.

Riewelesuppe
oder: Kein Problem!

»Ich hab Klassetreffen! Net von unserer Realschul, Lore. Vom Gymnasium!«, verkündet Ingrid. »So e Klassetreffe ist ja für manche Leut was, wovor sie direkt Angst habe. Wege dem Vergleich, bei dem sie ungünstig abschneide. Ihr wisst schon: Nix erreicht. Kein Mann, kei Kinner, net e mal e Karriere. Nix. Aber net ich! Ich hab kei Problem! Des sin sowieso nur Äußerlichkeite. Wollt ihr noch von der Riewelesupp? Schmeckt super, gell? Also, nochmal ... Ich geh da total emotionslos hin. Ich zieh was ganz Normales an, net wie die annere Fraue, die extra in die Stadt renne und sich für den eine Abend e ganz neues Outfit besorge. Gut, e neue Hos wär sowieso mal fällig. Und wenn mer schon dabei isch, kann mer auch gleich des passende T-Shirt kaufe, des kriegt mer ja oft hinnerher net mehr.

Neue Frisur? Ich hab doch kei neue Frisur. Ich hab sie e bissle nachschneide lasse, des war aber sowieso fällig. Un wenn ihr glaubt, dass ich mich für den Anlass schmink oder mit Schmuck behäng wie en Christbaum ... Natürlich zieh ich des Goldkettle von meiner Mama an, die habe sie ja schließlich alle noch gekannt. Und dann geh ich da total emotionslos hin. Keine Gefühle und kein Problem! Nur kalte klinische Neugierde, was aus de Mitschülerinne geworde sein mag.

Und wenn's einer gut geht, dann freu ich mich! Ich kann des. Neid isch mir fremd. Mer kann von Mensche, die ihrn Weg gemacht habe, nur profitiere.

Also gut, e kleine Einschränkung tät ich bei der Frieda mache. Des war e selten blöde Kuh. Hat Geld verlangt, wenn sie einen in Mathe hat abschreibe lasse. Natürlich net von der Christel. Die zwei ware ja ein Arsch und ein Hintern, verzeiht die ordinäre Worte, aber die habe ewig zusammegesteckt und gekichert. Man hätt fascht meine könne … Naja, lasse mer des.

Die Doris war auch so eine, die sich bei de Lehrer eingeschleimt hat. Immer so brav und so ordentlich, aber die hat's faustdick hinner de Ohre gehabt. Ich weiß verbürgt, dass die was mit unserem Biolehrer hatte. Net vorm Abi, aber direkt danach. Also, die will ich net sehe, und die Uschi auch net. Die hat mir damals die Hauptroll weggenomme in ›Romeo und Julia‹, nur weil sie längere Haar gehabt hat. Die und die rothaarige Ina, die nebe ihr saß, des ware sowieso die Klassestreber. Aber die Schlimmschte war die Brigitte. Ich will gar net sage, was die im Landschulheim gemacht hat.

Zusamme mit der einmalig blöde Kuh von Jutta. Ich sag nur des Wort: Kerze! Mehr sag ich net. Ich will net belangt werde, nach so viele Jahre.

Es war Zeit, dass mir Abi gemacht habe, denn ich hätt des alberne Lache von der Jutta kein Tag länger ertrage.

Un ausgerechnet die hat en Arzt geheirat. Mit dem Lache. Ich frag mich, ob dere ihre Kinner, sie hat vier, dieses Lache geerbt habe. Also, wenn sie Bilder von dene viele Kinder mitbringt, dann sag ich ganz emotionslos: ›Was ist das hier? Ein Klassentreffen oder e Familienzusammenführung?‹ Ich hab schließlich auch e Tochter. Deshalb muss ich aber kei abendfüllende Fotoshow mache.

Ich war ja äußerst beliebt. Und wär bestimmt Klassesprecherin geworde, wenn diese unsägliche Esther mich net ausgebootet hätt. Esther! Schon der Name isch e bissle prätentiös. So alttestamentarisch. Kam bei de Lehrer natürlich gut an. Ihr wisst ja, Drittes Reich und schlechtes Gewissen. Die ganze Nummer. Immer hat sie alles und alle bewertet. Ingrid, du solltest nicht auf dem Klo rauchen, das fällt auf uns alle zurück … und so weiter. Nee, also des war e schreckliche Person. Die isch Politikerin geworde. Des wunnert mich ebenso wenig wie die Tatsache, dass die fette Eva angeblich für e Zeitung schreibt. Unter dem Kürzel E. L. Die hieß doch Kaiser. Müsst's doch E. K. sein. Wird also doch noch geheirat habe. In letschter Sekund zug'schnappt. Naja, des isch mir ganz egal. Wer's braucht.

Ich setz mich hin, beobacht und analysier. Scharf, kühl und amüsiert. Wie gesagt, und des merkt ihr ja auch daran, wie ich sprech: Ich hab kei Problem und bin total emotionslos!«

Riewelesuppe

Zutaten:

2 Eier
1 Eigelb
150 g Mehl
1 l Fleischbrühe

Zubereitung:

Mehl, Eier, Eigelb und Salz vermischen. Mit einem Reibeisen auf ein Papier durchreiben und dort 20 Minuten trocknen lassen. Dann in die kochende Brühe geben, herunterstellen und etwa fünf Minuten sachte weiterköcheln lassen.

Mit Schnittlauch bestreuen und servieren.

Badisches Brennnesselschnitzel
oder: Susannes runder Geburtstag

Susanne begeht am kommenden Samstag einen nicht näher bezifferten runden Geburtstag, und sie hat zu einem Sektfrühstück geladen. Anschließend geht's nach Kuppenheim in ein gutes Restaurant. Doch um nicht gegen den Kaloriensparvorsatz der Mädels zu verstoßen, hat Susanne dort lediglich Badische Brennnesselschnitzel vorbestellt. Eine vegetarische und preisgünstige Spezialität des Hauses. Dem SWR-Redakteur kann sie so etwas natürlich nicht anbieten. Den wird sie stattdessen demnächst endlich zu englischen Scones und Earl Grey bitten, um dabei mit ihm über Shakespeare zu diskutieren. Beispielsweise rein zufällig über dessen Sonette, die immer noch zu dem Schönsten gehören, was es an Liebeslyrik gibt.

Hoffentlich, denkt Susanne, während sie die Getränkeliste zusammenstellt, schenke die Mädels mir kein Gutschein. Gutscheine sin in meiner Situation was Furchtbares. Ich hab kei Zeit, sie einzulöse. Ich will net in e Wellnesshotel in Bad Dürrheim. Ich will auch net mit em Gleitschirm über de Bodensee fliege und will erst recht kei Kosmetikbehandlung bei der Anja Ascona in Bruchsal, wo ich stundenlang auf ner Liege ausharre muss. Ebensowenig will ich irgendwo in Mannheim in em abgedunkelte Lokal esse, oder mit ner Pferdekutsch durchs Albtal fahre. Ich will net e Nacht im Gefängnis in Gengenbach verbringe oder in de Spielbank in Bade-Bade die geschenkte Chips verzocke.

Ich hab dauernd Verpflichtunge und Lesunge und Einladunge. Da isch so en Gutschein, der an der Pinnwand hängt, e dauernde Ermahnung. Des muss ich noch abarbeite. Wann läuft er aus? Und die annere frage die ganze Zeit: Un? Warsch schon in dem Hotel in Bad Bellinge? Un? Hasch du dein Frühstücksgutschein in Karlsruh im Dorint Hotel für zwei Persone schon eingelöst? Oder die Freifahrt mit dem Elektroboot auf dem Kutzerweier in Mannheim? Oder die Nachtwächterführung in Ladenburg? Oder den Fototermin im Europa-Park Rust mit der Euromaus? Hat mer's net eingelöst, gilt mer als undankbar.

So en verdammte Gutschein isch immer nur Arbeit und e reine Last ...

»Habt ihr euch schon überlegt, was mer der Susanne schenke solle?«, erkundigt sich Ingrid bei einem konspirativen Treffen in Elkes Garten. Der Hund bellt, die Katz flieht, der Sohn kickt Bälle auf dem Rasen herum und Joanna ist vor der Armada alter Frauen, die plötzlich den Garten verschandeln, in ihr Zimmer geflüchtet.

Johanna-Marie hat klare Vorstellungen: »Also ich bin für en Gutschein. Ich mein, sie hat ja alles. Sie verdient gut und sie hat kein Mann und kei Kinder. Mit nem Gutschein kann sie sich selbst raussuche, was sie mache will.«

Elke stimmt zu: »Okay, des isch e gute Idee. Ich denk, da drüber freut sie sich. Kleinlich dürfe mer aber net sein, denn sie lädt uns – unter uns gesagt – zu einem ziemlich feine Esse in diesen Sternetempel in Kuppenheim ein. Diesmal net nur Supp. Glaub ich jedenfalls. Hoff ich.«

»In Lübeck kann man in einem gehobenen Restaurant im Dunkeln speisen! Das wäre doch etwas Besonderes!«, hofft Gerda.

»Lübeck! Da will doch keiner hin. Wie wär's mit ner Ballonfahrt über de Bodensee?«, schlägt Sylvia vor.

»Oder e Behandlung bei Anja Ascona in Bruchsal? Da kommt sie zehn Jahr jünger raus. Wenn's reicht.« Sylvia hat da einschlägige Erfahrungen.

»Ich denk, e Nachtwächterführung in Ladeburg wär auch mal was ganz anderes. Vielleicht sogar auf Lateinisch. Die Susanne ist doch so gebildet«, sinniert Lore.

Jetzt überschlagen sich die Ideen.

»Ein Kinogutschein fürs ZKM Kino in Karlsruh.«

»Europa-Park Rust! Mit Euromaus-Foto!«

»Oder mer schenke ihr freien Eintritt in die Spielbank in Bade-Bade und e paar Chips zum Verliere dazu …«

Sylvia entscheidet: »Also, kaufe mir en Gutschein. Gutschein isch immer gut. Ich kenn niemand auf der Welt, der sich net über en Gutschein freue würd.«

Badische Brennnesselschnitzel mit Joghurt-Minz-Soße

Zutaten:

200 g junge Brennnesseln (frisch oder tiefgefroren)
1 Zwiebel
30 g Butter
3 Roggenbrötchen vom Vortag
6 EL Milch
4 EL Vollkornhaferflocken
1 Ei
Salz, Pfeffer, Muskat, Würzhefeflocken und Rapsöl
Naturjoghurt
Frische Pfefferminzblätter

Zubereitung:

Gewaschene, gehackte und mit heißem Wasser überbrühte Brennnesseln, goldgelb angebratene Zwiebel sowie in Milch eingeweichte Roggenbrötchenwürfel zu einer Masse verkneten, würzen und nach Bedarf mit einem Ei zu kleinen Schnitzeln verarbeiten. In Würzhaferflocken wenden und in Rapsöl ausbacken.

Gerne mit einer Soße aus mit Salz und Pfeffer abgeschmecktem Naturjoghurt und frischen Pfefferminzblättern servieren.

Badische Buttermilchsuppe
oder: Ingrid spricht wirklich sehr gut Französich

Ingrid macht viel Aufhebens um ihre Französischkenntnisse. »Meinem Mann war es sehr wichtig, dass ich kosmopolitisch …« Jetzt sucht sie nach einem passenden Verb und endet etwas schwächlich: »… bin!«

So schaut sie gern auf andere, nicht-frankophone Personen herab. Lässig tropft es von ihren Lippen: »Ja, ich fahr oft rüber ins Elsass, bei Beinheim, da hab ich sogar e Freundin, aber natürlich sprech ich halt auch die Sprach, da fühlt man sich annerscht. Fascht wie zu Haus!«

Neidische Blicke treffen sie. Französisch ist nichts, das man einfach so mit einem Fingerschnippen erlernen kann. Das riecht nach Arbeit in Abendkursen und Auswendiglernen endlos langer Vokabeltabellen, für die man in dem Alter keinen Nerv mehr hat.

Genau beurteilen kann man natürlich die Sprachkompetenz von Ingrid nicht, aber sie guckt jedenfalls immer sehr französisch, wenn sie spricht, und ihre Nasale können es bestimmt mit jeder Pariserin aufnehmen.

Deshalb wendet sich Sylvia an Ingrid. »Du, mir habe da en betriebswirtschaftliche Gaststudent aus Toulon in der Firma, und der muss so e blöde bürokratische Sprachprüfung mache. Kannsch du dem was übersetze? Er würd auch was bezahle oder dich zum Esse einlade. So e kleines Textle aus der Zeitung isch es, glaub ich.«

»Ja, das würd ich schon hinkriege. Ich mein, Zeitung, da kann mer ja auch e bissle freier übersetze. Journalistesprach isch ja sowieso … unkonventioneller. Isch es aus de BNN?«

»Ich glaub! Vielleicht auch aus der Badische Zeitung.«

»Naja«, lacht Ingrid etwas blasiert. »Des sin ja sowieso für uns kosmopolitisch denkende Mensche reine Provinzblättle. Net bös sein, aber ich les ja gern mal Le Monde und Figaro. Er soll mer's gern schicke. Oder bring du's grad beim nächste Stammtisch mit, Sylvia. Ich kann euch gern auch mal zeige, wie man des macht. Und de Text dann mal vorlese. Ich mein, allein der Klang ...«

Eine gewisse Bewunderung schlägt Ingrid entgegen. Bewunderung, die sie kennt, seit sie Schönheitskönigin an der Murg war und die sie in letzter Zeit manchmal schmerzlich vermissen muss.

Der nächste Stammtisch wird erhellt von Jean-Lucs attraktiver südfranzösischer Gegenwart. Ihm zuliebe hat man die ausgefallene badische Buttermilchsuppe geordert. »Das kennt der bestimmt net!«

Jean-Luc kennt es nicht, probiert, behauptet in gebrochenem Deutsch, es schmecke sehr gut, wirft feurige Latin-Lover-Blicke in die Runde, und Ingrid dolmetscht ein bisschen herum.

»Jetzt sagt er, es gefällt ihm wirklich sehr gut in Deutschland!«

»Und jetzt ....« Sie lacht verschwörerisch. »Na, des kann ich jetzt kaum übersetze. Des kapiert mer nur in Französisch. Du bist mir einer! Tu es quelq'un!«

Jean-Luc versteht nix, lacht aber, und Neid breitet sich am Tisch aus wie eine gelbe Wolke.

Inzwischen kramt Jean-Luc das Zeitungsausschnittchen hervor. Es sei gelost worden. Jeder habe einen Artikel bekommen und er habe nun den.

»Na, me montrez, s'il vous plaît.«

Und in die Runde der Ignorantinnen: »Das heißt, gib es mir mal. Also, dann legen wir mal los. Ich les es jetzt mal auf Deutsch vor. Ihr könnt dann ja mal rate, und dann übersetz ich des. Du écrits, Jean-Luc, das heißt, er soll schreibe!«

Alle ärgern sich, dass sie in der Schule nicht besser aufgepasst haben. Wie dieser Jean-Luc an den Lippen von Ingrid klebt! Und die nutzt das natürlich voll aus.

Erst laut und dann immer leiser und holpriger liest Ingrid vor: »Karl Habermeier Betriebs- und Verwaltungs-GmbH Dettenheim, Philippsburger Straße 134. Die Gesellschaft ist aufgrund des Umwandlungsbeschlusses vom 3. 5. 2013 in eine Kommanditgesellschaft unter der Firma »Habermeier-Trautwitz GmbH & Co.KG, Waghäusel (Amtsgericht Mannheim HRA 506515) gemäß § 190 ff UmwG umgewandelt. Auf die bei Gericht eingereichten Urkunden wird Bezug genommen. Das Registerblatt ist hier geschlossen. Als nicht eingetragen wird bekanntgemacht: Den Gläubigern des an dem Formwechsel beteiligten Rechtsträgers ist, wenn sie binnen sechs Monaten nach dem Tag, an dem sie die Eintragung des Formwechsels in das Register des Sitzes desjenigen Rechtsträgers, dessen Gläubiger sie sind nach §19, Abs.UmwG, ihren Anspruch nach Grund und Höhe schriftlich anmelden, Sicherheit zu leisten, soweit sie nicht Befriedigung erlangen können. Dieses Recht steht den Gläubigern nur zu, wenn sie glaubhaft machen, dass durch den Formwechsel die Erfüllung ihrer Forderung gefährdet wird.«

Ingrid lässt den Ausschnitt sinken. Jean-Luc hat kein Wort verstanden und strahlt südfranzösisch bewundernd.

Die anderen am Tisch lächeln.

»So, Ingrid, mer sind ganz Ohr und ganz gespannt. Leg nur gleich los mit deiner Übersetzung. Vor allem das mit der *Befriedigung erlangen*, also das klingt richtig spannend.«

»Merde«, zischt Ingrid.

Und das verstehen eigentlich alle – außer einer.

»Wie bitte?«, fragt Gerda.

Badische Buttermilchsuppe

Zutaten:

50 g Fett
1 EL Zwiebeln
100 g Mehl
2 ½ l Buttermilch
Salz
1 ½ Brötchen

Zubereitung:

Die Zwiebeln glasig dünsten. Dann das Mehl hinzufügen und das Ganze gut durchdampfen.

Die Masse mit der Buttermilch ablöschen und eine Stunde kochen. Würzen und abschmecken.

Mit gerösteten Weckschnitten servieren.

Kohlrübensuppe mit Orangen

Susanne legt den Zauberberg von Thomas Mann zur Seite. Scheußlich langatmig das Ding, aber wenn man in gewisse Kreise vorstoßen will, dann wird erwartet, dass man weiß, worüber sich die Leute in diesem schrägen Sanatorium da hoch oben in den Bergen so unterhalten.

Morgen kommt nämlich der Tag.

Zweimal hat ihr der SWR-Redakteur den viel zu zeitig gefallenen Novemberschnee vor dem Auto weggeschippt. Zumindest glaubt sie, dass er es war. Irgendwie hatten die zur Seite geschafften Häufchen so kreativ und intellektuell ausgesehen. Jetzt kann sie ihn guten Gewissens einladen. Zu einem russischen Teenachmittag mit ihr und dem Kollegen Tolstoi.

Die entsprechenden Werke hat sie besorgt und zurechtgelegt.

Es klingelt mal wieder an der Tür.

Diesmal steht nur Lore davor. Susanne tut so, als freue sie sich, dabei wollte sie eigentlich noch rasch was von Rousseau lesen.

Und der Spiegel und die FAZ warten auch noch.

»Hallo, Susanne. Hallo, Paul. Na, des ware schöne Tage, die mir miteinander gehabt habe, gell, Paul. Als Frauchen am Bodesee war. Guck, er freut sich!«

Paul guckt wie immer.

Lore äugt umher und liest den Titel des Buches auf Susannes Glastisch. »Zauberberg ... Würdsch du auch da lebe wolle, Susanne?«

»Wo?«

»In Orte, die so wunderschöne Name habe. Ich les das immer in dene Bio-Heftle, die umsonscht in dene Supermärkt herumliege, wo alles teuer und gesund isch.«

»Du spinnst!«

Lore seufzt.

»In der Welt von dene Heftle wollt ich wohne. Da heiße die Sache Rapunzel und Sonnige Schätze, Lebensquell und Sonnentor. Des sin übrigens Teebeutel. Und die Suppen und Thainudle stammen aus der Natur Compagnie. Narumi macht glücklich. Dahinner verbirgt sich Dinkel-Mandel-Mehl. Vom Ökoland kommt der Fisch und vom Wiesentraum die getrocknete Früchte. In der Bohlsener Heimatmühle wird der Cookie von Hand gebacke und die Creme kommt vom Bioturm. Mount Hagen, grad wie dein Zauberberg, macht den Kaffee und Sojabohne ... mmmm ... krieg ich aus dem Green Valley. Erntesegen isch für die Suppewürfel verantwortlich, man könnt aber auch die von Rapunzel nehme. Wenn mer Marmelad kauft, isch man auf der Zwergenwiese unterwegs, ewige Jugend krieg ich mit einer Hautcreme von Amanprana. Love choc macht Schokolade, auf dem Bioplanet wird Olivenöl hergestellt ...«

»Hör auf, Lore. Des is e kitschige Scheinwelt. Die Name solle dich zum Kaufe verführe!«

»Na und? Ich kauf lieber e Marmelad, die Sonnenglanz oder Morgengold heißt als eine vom NETTO, auf der nur ›Fruchtaufstrich mit Farbstoff‹ draufsteht.«

»Du spinnsch. Und jetzt sei mir net bös und lass mich weiterlese. Ich erwarte bald Besuch, und da möcht ich mit jemand Bestimmtem über den Zauberberg und seine Bedeutung im 21. Jahrhundert sprechen.«

»Is gut. Ich bin ja auch net wege dir gekomme.«

»Net? Wieso?«

»Ich bin verabredet.« Lore lächelt wie ein Kind. »Ich hab jemand kennegelernt, Susanne.«

»Ja?«

»Ja. Hier bei dir im Haus. En Mann. Als ich den Paul letzthin gehütet hab. Als du am Bodesee warst. Es roch immer so gut aus der Wohungstür, hat er g'sagt, und dann hab ich ihm halt e bissle von der Kohlrübesupp abgegebe und dann isch er nochmal gekomme, mit dem gespülte Teller und ner Flasch Wein, und … naja … jetzt habe mer uns verliebt. Er schätzt häusliche Fraue, die koche könne. Und stell dir vor, vor allem Suppe esst er gern. Blaustrümpf, die gebildet tun, hätt er im Sender genug um sich, sagt er.«

»En Mann?« Susanne wird schwindelig.

»Ja, hier bei dir im Haus. Er macht was beim SWR … Und er findet unsere Suppenkur über ein ganzes Jahr hinweg sehr interessant. Will vielleicht mal en Beitrag drüber mache. Du bisch blass, Susanne. Hasch was? Ich müsst aber jetzt gehe. Mir wolle zusamme en Karottekuche backe. Er hätte da noch e Rezept von seiner Mutter. Gut, für dich wär der natürlich nix gewese. Net intellektuell genug, gell, Susanne?«

»Nein!«, sagt Susanne und beschließt, ihren Hund zu heiraten. Caligula hat auch sein Pferd geehelicht. Wahrscheinlich war er ebenfalls von solchen Schlangen umgeben gewesen wie sie.

Sie rafft den letzten Stolz zusammen: »Nein, Lore, für mich wär der wirklich nix gewese. Hab ihn kaum bemerkt. Wo, sagtest du nochmal, arbeitet der eigentlich?«

Kohlrübensuppe mit Orangen

Zutaten:

500 g	*Kohlrüben*
300 g	*Kartoffeln*
2	*Zwiebeln*
1	*Orange*
	Olivenöl
100 ml	*Sahne*
1 TL	*Rosenpaprika*
½	*Muskatnuss gerieben*
2 EL	*Kürbiskerne*
	Pfeffer und Salz
1 l	*Gemüsebrühe*

Zubereitung:

Paprika in Olivenöl anschwitzen, Kartoffeln und Steckrüben geschält und gewürfelt hinzugeben. Brühe angießen. Die Orange halbieren, eine Scheibe für die Deko herunterschneiden, den Rest auspressen und zur Suppe geben. Alles 20 Minuten köcheln lassen, dann die Sahne, Muskat, Pfeffer und Salz hinzugeben und mit dem Küchenstab fein pürieren. Die Kürbiskerne in Öl anrösten und zusammen mit der Orangenscheibe und etwas Rosenpaprika auf den Tellern dekorieren.

Und jetzt?

Alle sitzen zusammen. Das Jahr neigt sich wieder einmal dem Ende zu. Fast nichts von dem, was sie sich gewünscht haben, ist in Erfüllung gegangen. Sie sind nicht wesentlich schlanker, kaum glücklicher, nicht schöner und nicht jünger und auch nicht erfolgreicher als vorher.

Aber immerhin leben sie noch.

Noch ….

Düster sagt nämlich Susanne: »Ich hab im Fernsehen in so ner Wissenschaftssendung gesehe, dass es einzellige Organisme gibt, die wesentlich länger lebe als mir.«

»Echt?« Lore ist die Einzige, die derzeit pausenlos strahlt.

»Ja. Gewisse Bakterie. Besonders erwähnt worde isch da so en bestimmte Schwamm. Hab den Name vergesse. Was Lateinisches. Jedenfalls klammert sich dieser Schwamm unte im Meer, Tausende von Meter tief, an Koralleriffe fest, in ewiger Dunkelheit, und macht nix als existiere. En typischer Einzeller halt. Der lebt glatt Hunderte von Jahre. Beneidenswert.«

»Wolltsch du jetzt so en Schwamm sein?«, fragt Elke die Johanna-Marie.

»Net unbedingt! Der kann net esse und net trinke und kein Sex habe, wenn du verstehst, was ich mein. Dann kann ich auch beim Torsten bleibe.«

Gerda verzieht das Gesicht. Essen, Trinken, Sex. Typisch für die Leute hier unten. Gut, dass der brave Pastor Stüveking das alles nicht hören muss.

Ingrid schüttelt affig ihre Haare nach hinten: »In meiner Familie lebt man auch oberhalb des Meeresspiegels lange. Forscher haben herausgefunden, dass besonders schöne Menschen länger leben als hässliche. Oder durchschnittliche, so wie ihr. Das kommt davon, dass schöne Fraue bessere Jobs habe, reichere Männer und deshalb auch teurere Autos mit bessere Knautschzone.«

Susanne tippt sich an die Stirn, Elke ist beleidigt und Sylvia ignoriert Ingrid einfach und fasst zusammen: »Mädels, mit unserer Suppenesserei sin mer schon aufm beschte Weg, so en freudloser Schwamm zu werde. Vielleicht lebe mer e paar Tag länger, weil mer e bissle schlanker sin, aber die paar Tag lohne so net. Lasst uns mal widder e richtiges badisches Menü koche! Mit Forelleklößle und mit Zanderfilet auf Weintraube und mit Rehrücke un Schwarzwälder Kirscheisbombe. Mit allem.

Mit allem, nur net mit Supp!«

Mehr von Eva Klingler

In Ihrer Buchhandlung

Eva Klingler

Baden all inclusive

Roman

Die Möchtegern-Bühnenautorin Theodora Thamm ist ständig knapp bei Kasse. Obwohl Schwäbin bis ins Mark, bewirbt sie sich notgedrungen als Reiseleiterin für Baden. Während der einwöchigen Schulung zwischen Heidelberg und Weil am Rhein muss sie ihren Chef, den Schwabenhasser Robert Reutter, von ihren Fähigkeiten überzeugen. Gleichzeitig jagt Theodora ihrem verschwundenen Exfreund Klaus hinterher, und während sie von einem Fettnäpfchen ins andere tritt, steht plötzlich Klaus' Ehefrau samt Tochter auf der Matte. Von deren Existenz hatte Theodora bisher keine Ahnung …

Ein turbulentes »Road-Movie« mit viel Herz, in dem es kreuz und quer durch Baden geht.

240 Seiten.
ISBN 978-3-8425-1148-4

Silberburg-Verlag

www.silberburg.de

Unterhaltsames aus Baden

In Ihrer Buchhandlung

Julie Leuze

Selig am See

Roman

Selig am See – schön wär's! Die hübsche Sozialpädagogin Sarah will nur eines: ein harmonisches, geregeltes Leben in Konstanz am Bodensee. Gar nicht so leicht zu erreichen, wenn man einen chronisch untreuen Künstler als Freund hat und in einem Kindergarten arbeitet, in dem die Eltern genauso durchgeknallt sind wie ihr Nachwuchs. Dass Sarah sich Hals über Kopf in den verheirateten Paul verliebt, macht das Ganze nicht einfacher. Eine glückliche Familie zerstören? Das würde Sarah niemals fertigbringen! Wenn da nur nicht dieses hartnäckige Gefühl wäre, dass der ebenso unnahbare wie attraktive Paul genau der Richtige sein könnte …

240 Seiten.
ISBN 978-3-8425-1241-2

Silberburg-Verlag

www.silberburg.de

Eine berührender Liebesroman

In Ihrer Buchhandlung

Rita Hampp

Das Rosenhaus am Merkur

Roman

Zeit ihres Lebens hat Kinderbuchautorin Clara unter ihrer hartherzigen Mutter, der einstigen Rosenkönigin von Baden-Baden, gelitten. Nun liegt die Mutter im Sterben. Clara kehrt in ihre Heimatstadt zurück, um sich um ihren geliebten Vater zu kümmern. Im Keller ihres Elternhauses entdeckt sie ein handgeschriebenes Buchmanuskript, gewidmet einer gewissen »Carlotta«. Was hat es damit auf sich? Wer ist Carlotta? Und was hat die Rosenleidenschaft ihrer Mutter damit zu tun? Mit Hilfe des attraktiven jungen Antiquars Gregor begibt sie sich auf die Spur des unbekannten Verfassers. Und schließlich muss sie sich nicht nur einem lange gehüteten Familiengeheimnis stellen, sondern auch ihren eigenen Gefühlen für den wesentlich jüngeren Gregor.

384 Seiten.
ISBN 978-3-8425-1181-1

Silberburg-Verlag

www.silberburg.de